소슈 Sousyu

Illustration : 사메가미

탑을관리
해보자 2

피치
유리

탑을 관리 ◇2◇
해보자

소슈 Sousyu
Illustration : 사메가미

CONTENTS

3장 탑의 지맥에 담긴 힘을 써보자

CHARACTER

평범한 회사원이었지만 교통사고를 당해 영혼이 이세계로 날아오고 말았다. 여신 아수라나 에리스의 보호를 받아 이전 기억을 유지한 채로 새로운 인생을 시작하게 된다. 전투 능력은 떨어지지만, 대상의 스테이터스를 확인하는 능력을 아수라에게 받았다. 원래 세계의 지식이나 상식, 감각을 살려 탑을 관리하며 다양한 도구를 발명. 외모도 성격도 매우 평범하지만, 만나는 미녀의 마음을 속속 사로잡아 탑에서 미녀의 비율이 급상승 중.

코스케를 서포트하기 위해 아수라가 창조한, 세 쌍의 하얀 날개를 지닌 금발금안의 미녀. 치트급 전투 능력을 보유해서 코스케를 모든 위험에서 지키려고 한다. 성실하고 융통성이 없는 구석이 있지만, 아무튼 주인인 코스케가 제일. 코스케를 위해서라면 뭐든 하지만, 요리가 서툴다는 일면도 있다. 미츠키와 비교하면 청소가 특기.

코스케의 영혼이 날아온 세계, 아스가르드를 관리하는 여신. 윤회에서 벗어난 코스케의 영혼을 한발 먼저 알아채고는 에리스를 보내 보호했다. 그 이후로 코스케의 생활을 지켜보며, 그 존재와 행동이 세계에 새로운 무언가를 불러오는 것을 기대하고 있다.

코우히와 마찬가지로 코스케를 위해 아수라가 창조한, 세 쌍의 검은 날개를 지닌 은발은안의 미녀. 코우히보다는 처세술에 능한 구석이 있고, 주인인 코스케에게는 일부러 코우히와 달리 편한 태도로 접하고 있다. 치트급 전투 능력을 보유하고 있으며, 코스케 지상주의인 것은 코우히와 동일하다. 요리는 잘하지만, 코우히가 특기로 삼은 청소는 서툴다.

아스가르드에서는 삼대신 중 하나인 여신 에리사미르로 숭배받고 있다. 다른 두 신, 스피카와 자미르는 동생에 해당한다. 아수라의 명으로 이세계에 날아온 코스케의 영혼을 맞이하고, 아수라와 마찬가지로 코스케를 지켜보고 있다.

실비아

콜레트와 같은 파티로 활동한 휴먼 미녀. 과거 신전에 있던 무녀이지, 빼어난 미모가 화근이 되어 트러블에 말려들면서 신전을 떠났다. 현재도 여신 에리사미르의 경건한 신자로, 코스케와 만난 것을 계기로 에리스의 무녀가 된다.

콜레트

미츠키가 소환한 버밀리니아 일족의 수장인 흡혈공주. 고풍스러운 어조가 인상적인 백발적안의 미녀로, 코스케와 피의 계약을 맺었다. 코스케의 피와 상성이 좋은지, 더없이 맛있게 느껴지는 모양. 탑 안에 설치된 버밀리니아 성의 주인.

슈레인 버밀리니아

실비아의 파티 동료인 엘프 미녀. 본인의 미모가 주위에서 주목받고, 그 시선 때문에 때로는 식사도 제대로 하지 못해서 지긋지긋해했다. 코스케의 동료가 되어 찾아온 탑에서 [세계수의 묘목]의 존재를 알게 되었고, 그 화신인 에세나의 무녀가 되었다.

원리

탑에 설치된 〈세계수의 묘목〉에 깃든 요정. 세계수의 성장과 함께 외견이 변하며, 현재는 초등학생 정도의 미소녀. 약간 혀짤배기지만, 말도 할 수 있다.

에세나

코스케가 설치한 소환진에서 소환된 요호의 리더격 존재. 다른 요호와는 다른 성장을 하고 있다.

나나

코스케가 설치한 소환진에서 소환된 회색 늑대의 리더격 존재. 원리와 마찬가지로, 다른 회색 늑대와는 다른 성장을 보이고 있다.

지금까지의
이야기

퇴근길에 교통사고를 당해 영혼이 이세계로 날아간 코스케는 이를 보호해 준 여신 아수라와 에리스의 도움을 받아 아스가르드에서 살아가기로 결심한다. 여섯 날개와 치트급 전투 능력을 가진 최강 미녀 코우히와 미츠키를 거느리게 된 코스케는 지금까지 아무도 제패하지 못했던 센트럴 대륙 중앙 탑을, 주로 코우히와 미츠키의 활약으로 공략. 거주 환경의 정비, 마물 소환진 설치, 탑 외부 마을과 통하는 전이문 설치 등등 탑의 관리자로 바쁜 나날을 보내게 되었다――.

오프닝

눈앞에 쌓인 서류를 얼추 다 정리한 아수라는 일을 마무리하고 펜을 놓았다. 아무리 세계를 지탱하는 신이라 해도, 많은 존재의 위에 있는 이상 서류 작업에서는 도망칠 수 없다.

남은 서류의 산을 보며 한숨을 쉰 아수라는 문득 아스가르드로 보낸 코스케를 떠올렸다. 코스케를 완전한 이세계인 아스가르드로 보내면 뭔가 자극적인 일이 일어날 것으로 예상하기는 했지만, 곧바로 해 주었다. 설마 보낸 지 반년도 지나지 않아 탑을 공략할 줄은 몰랐다.

탑을 공략한 코스케가 앞으로 어떻게 관리해 나갈지, 아수라도 굉장히 기대하고 있었다. 아수라는 탑 내부에 마을을 짓는다는 발상은 전혀 하지 못했다. 그것만이 아니라, 코스케는 탑에 있는 것들의 가치를 정확하게 알아보고 해야 할 일을 하고 있다.

이세계 출신이라는 이유도 있겠지만, 아수라는 그 이상으로 코스케가 자란 환경이 영향을 준 게 아닐까 생각하고 있었다. 어쩌면 코스케와 비슷한 환경에서 자란 사람을 똑같이 전생시키면 비슷한 일을 할지도 모른다. 그러나 아수라는 그럴 마음이 전혀 없었다.

코스케가 영혼만의 존재로 신역에 전이한 건 아수라도 예상하지 못한 일이었으니까. 코스케가 이 방에 왔을 때 했던 말은 거짓말이 아니다. 어째서 코스케의 영혼이 이 [상춘정]에 오게 되었는지는 현재도 조사 중이라 알 수가 없다.

그런 생각을 이어가던 아수라는 집무실 문 앞에서 말소리가 들리는 걸 깨달았다. 자신의 심복 삼자매라는 사실은 들려오는 목소리로 금방 알 수 있었다.

"그런 곳에서 소란 피우지 말고 들어오렴."

아수라가 말을 걸자, 문이 열리고 세 명의 여성이 들어왔다. 에리스와 그 동생들이다.

얼굴은 똑 닮았지만, 분위기는 전혀 다르다. 에리스와 차녀 스피카는 모두 조용하지만, 에리스는 사려가 깊고 스피카는 과묵하다는 이미지가 있다. 그 두 사람과는 달리 명랑함이 전면에 드러나는 게 삼녀 자르다.

제일 처음으로 말을 꺼낸 것도 역시 자르였다.

"아수라 님! 그건 어떻게 되었나요?!"

자르는 구체적으로 말하지 않았지만, 아수라는 바로 알아채고 시선을 에리스에게 돌렸다. 에리스는 고개를 살짝 끄덕였다.

"어머어머. 들켜버렸네."

무엇에 관해서인지는 굳이 말하지 않았다.

"그건 그렇죠! 그렇게나 요란하게 움직였는데 눈치채지 못할 리가 없잖아요!"

자르가 그렇게 주장하자, 옆에 서 있던 스피카가 고개를 끄덕끄덕 움직였다.

갑자기 세계에 나타나 코우히와 미츠키를 거느리고 고작 몇 달 만에 센트럴 대륙 중앙에 있는 탑을 공략한 코스케가 신들에게 주목받지 않을 리 없다. 그렇게 특수한 방식으로 나타난 코스케를 보면, 아수라의 관여가 있었다는 걸 바로 알 수 있다. 다른 신들에게 들키지 않고 세계에 남자 한 명을 출현시킬 수 있는 존재는 이 세계에 아수라밖에 없으니까.

"그건 그러네. 하지만, 지금은 말하지 않겠어."

"…………그에게 간섭하지는 말라는 건가요?"

자르가 못마땅한 표정을 짓자, 아수라는 고개를 가로저었다.

"아니, 그런 건 아니야. 단지…… 그래. 섣불리 손을 대는 건 인정할 수 없다고 해야 할까?"

아스가르드는 코스케가 원래 있던 세계와 달리 신들의 영향이 강하다. 그렇기에 수많은 신이 차례차례 코스케에게 손을 댄다면 세계에 어떤 영향을 주게 될지 전혀 예상이 되지 않는다. 적어도 코스케가 이 세계에 익숙해지기 전까지 불필요한 간섭은 삼가야 한다는 것이 아수라의 생각이었다.

"손대면 안 된다……는 건, 보는 정도라면 괜찮다는 건가요?"

"응, 그래. 그 정도라면 괜찮겠지. 아아, 그리고 그쪽에서 먼저 간섭했을 때도 소극적일 필요는 없어. 마음대로 하면 돼. 나머지는, 너희라면 어느 정도의 간섭은 허용하기로 할까. 이미 에리스는 관여하고 있는 모양이니까."

놀리듯이 말한 아수라는 미소를 지으며 에리스를 바라봤다. 동시에 자르와 스피카도 에리스에게 시선을 보냈다.

"제 경우는, 그가 먼저 접근한 거니까요."

모두의 시선을 받은 에리스는 슬쩍 시선을 돌리며 대답했다. 참으로 노골적인 태도를 보고, 두 여동생은 눈을 흘겼다.

"그래. 그런 걸로 해두자."

에리스의 대답을 들은 아수라는 즐거운 표정을 지으며 고개를 끄덕였다.

제1장 탑 바깥에서 교류하자

(1) 정령 소통

실비아와 콜레트를 탑에 받아들이고 며칠이 지났다. 세계수 에세나의 무녀로 선택받은 콜레트는 73층에 있는 엘프들에게 인사하거나 세계수 주변에 결계를 치는 작업을 하는 등 바쁘게 돌아다니고 있다. 한편, 실비아는 코스케에게 탑에 관한 이야기를 듣는 등 비교적 평온하게 보내고 있었다.

그 와중에 탑 LV(레벨)이 하나 올라가서 5가 되었다. LV 4가 되고 나서 꽤 시간이 지난 건, 좀처럼 경험치를 벌 조건을 채우지 못했기 때문이다. 곧바로 탑 LV 5에서 뭐가 추가되었는지 확인하자, 큰 변화가 몇 가지 있었다.

우선 각종 소환진을 보면 중급 LV 소환진을 설치할 수 있게 되었다. 중급이라고 해도 하위의 부류지만, 하급보다는 꽤 효율 좋게 PT(포인트)를 벌 수 있어 보인다.

예를 들어 [네로 토끼 소환진]의 경우는 이렇다.

명칭 : 네로 토끼 소환진

랭크 : 마물 랭크 C

설치 코스트 : 2500PT(신력) 혹은 성력+마력 합계 70만 PT

설명 : 네로 토끼를 랜덤으로 최대 500마리 소환한다. 500마리
　　　를 토벌하면 얻을 수 있는 PT는 신력 총 5000PT

　얻을 수 있는 PT가 하급 마물에 비해 올라갔다. 검증해 볼 필요
는 있겠지만, 하급 마물 소환진의 소환 숫자를 지켜본 바로는 절
반 이하로 내려가는 경우가 거의 없었다. 중급 마물 소환진에서도
소환 숫자가 250마리를 밑도는 경우는 거의 없을 테니, 가급적 설
치하는 편이 PT를 벌 수 있으리라. 그렇다고 코우히나 미츠키에
게 토벌하라고 시키는 건 시간이 아깝다.

　그렇기에 코스케는 성장해서 주변에 자연스럽게 발생하는 마물
로는 부족해진 늑대나 여우가 있는 층에 중급 마물 소환진을 설치
해 보고 싶었다. 어느 정도는 희생이 발생할지도 모르지만, 그건
어쩔 수 없다고 딱 잘라냈다.

　이어서 다른 설치물도 확인했다.

　추가된 설치물로는 [세계수의 묘목]이나 [버밀리니아 성]처럼
신력을 발생시키는 것이 몇 종류 더 늘었다. 그래도 그 두 가지만
큼 대량의 신력을 발생시키는 건 아니지만, 그만큼 설치 코스트도
싸져서 10만 PT~20만 PT(신력) 사이였다. 많이 설치할수록 설
치 코스트도 늘어나기에 마구 설치할 수는 없지만, PT가 모이면
언젠가 설치하는 게 나아 보인다.

　다음 변화는, 각 층에 계절을 설정할 수 있게 되었다는 것이다.

이걸로 각 층에 눈을 내리게 하거나, 우기와 건기를 설정할 수 있다. 이런 설정에 관해 표시된 설명문에서는, 현재 각 층의 계절은 탑 주변과 똑같이 해두는 것으로 설정되어 있었다.

100층이나 있는 만큼 코스케도 계절 설정을 이것저것 바꿔보고 싶다는 욕구는 들었지만, PT가 대량으로 필요하기에 자유롭게 시험해 보는 건 한참 지나야 할 것 같다.

마지막으로 성력과 마력 크리스털에 저장되는 PT가 100만 PT 까지로 늘어났다. 이것도 지금처럼 하루마다 최대치까지 저장되는지 알 수 없었기에 이것저것 검토해 볼 필요가 있다.

관리 메뉴를 체크하던 중, 변함없이 붉은 드레스를 입은 슈레인이 나나와 원리를 데리고 관리실로 들어왔다. 예전에 슈레인은 붉은색은 자신의 색이라 말했었다.

"여기에 있었느냐."

"응? 어쩐 일이야?"

코스케가 고개를 갸웃하자, 슈레인이 나나와 원리를 쓰다듬으며 말했다.

"음. 나나와 원리가 좀 더 동료를 늘리고 싶다고 말하고 있어서 말이다?"

"뭐……?"

그 말의 의미를 이해하지 못한 코스케가 다시 고개를 갸웃하자, 슈레인 설명을 덧붙였다.

"코스케 공이 하는 일을 어느 정도 이해하고 있는 거겠지. 소환할 수 있다면 동료 늑대나 여우를 더 늘려줬으면 좋겠다고 말하고 있느니라."

"아니아니, 잠깐 기다려 봐. 말하고 있다니, 슈레인. 얘네랑 대화할 수 있어?"

"음. 평범한 대화처럼 못 해도 어느 정도 의사소통은 가능하지."

슈레인이 태연하게 긍정하자, 코스케는 놀랐다.

"굉장하지 않아?"

"그런가? 뭐, 나도 조금 전에 알아채긴 했지. 이 녀석들은 정령과 의사소통을 할 수 있는 모양이라서 말이다. 정령을 개입해서 이야기할 수 있었느니라."

"정령과? …………그렇구나."

코스케는 정령과 대화할 수 없다. 그러나 슈레인은 정령과 의사소통할 수 있기에 정령을 사이에 두고 나나나 원리와 어느 정도 대화가 가능하다고 한다. 슈레인의 말을 들은 코스케는 그 밖에도 정령의 목소리를 들을 수 있는 존재를 떠올렸다.

"응? 그렇다면, 엘프도 대화할 수 있나?"

"나는 엘프 모두가 정령과 의사소통할 수 있는지 모르지만, 아마 가능하지 않겠느냐?"

슈레인의 대답을 들은 코스케는 바로 확인해 보기 위해서 콜레트를 찾아갔다.

콜레트는 코우히와 함께 조금 전 73층에서 돌아와 있었다. 아무래도 실비아와 둘이서 푸념 같은 것(?)을 하고 있다.

거실로 들어온 코스케를 본 콜레트가 다급한 표정을 지었다.

"응? 왜 그래?"

"아, 아아, 아무것도 아니거든. 그, 그보다도, 어쩐 일인데?"

자신에게 똑바로 다가온 코스케를 본 콜레트는 어째서인지 굳어졌다. 그 주변에 있던 코우히와 미츠키, 그리고 실비아는 뭔가 히죽거리는 표정이다.

그 모습에 코스케는 고개를 갸웃했지만, 그보다도 먼저 정령에 관해 묻고 싶었기에 그쪽을 우선해서 질문하기로 했다.

"콜레트는, 정령과 대화할 수 있어?"

코스케의 갑작스러운 질문에 콜레트는 눈을 깜박거렸다.

"갑자기 뭐야? 그야 뭐, 나는 엘프니까 어느 정도 의사소통은 가능한데?"

예상대로의 대답이라 만족한 코스케는 계속 물었다.

"그럼, 나나와 원리하고 대화할 수 있어?"

"뭐? 무슨 소리야. 그런 건 당연히 무리잖아."

어이없다는 듯 말한 콜레트에게 슈레인이 도움을 줬다.

"이들은 정령 소통이 가능한 모양인데, 그대와는 무리인가?"

"에엑……?! 진짜?! 잠깐 기다려 봐."

생각지도 못한 슈레인의 말을 듣자, 콜레트는 황급히 나나와 원리를 봤다.

"으으음. 와, 정말로 되네. 어? 응, 그래. 그렇구나."

나나와 원리 앞에서 때때로 고개를 끄덕이는 콜레트를 보던 슈레인은 감탄한 표정을 보였다.

"역시 엘프로구나. 나보다 명확하게 대화할 수 있는 모양이야."

"그래?"

"음."

슈레인은 무슨 이야기가 오가는지 전혀 알지 못하는 코스케에게 살짝 고개를 끄덕여줬다.

콜레트와 나나&원리의 대화는 잘 진행된 모양이라, 두 마리의 반응은 꽤 기뻐 보였다. 바쁘게 움직이는 나나의 꼬리를 보니 코스케도 알 수 있었다.

한동안 그 상황이 이어졌지만, 이윽고 그것도 진정되었다. 슬슬 괜찮겠다 싶었던 코스케가 콜레트에게 물었다.

"어때……?"

"이 아이들, 굉장하네. 처음에는 동료가 있는 계층이나 소환에 관해서 불완전하게 이해하고 있었는데, 내가 설명하니까 확실히 이해하게 됐어."

"그건…… 굉장하지 않나?"

"응. 적어도 나는 이런 게 가능한 마물은 들어본 적이 없어."

콜레트는 어이없다는 듯 고개를 가로저었다. 그 모습에 쓴웃음을 지은 코스케는 두 마리에게 질문했다. 코스케의 말은《언어 이해(권속)》덕분에 통하고 있으니 문제는 없을 거다.

"슈레인에게 들었는데, 숫자를 좀 더 늘려줬으면 좋겠다고?"

"워흥."

사실 이건 일부러 확인하지 않아도 알 수 있는 대답이었지만, 일단 콜레트를 보고 말하자 고개를 끄덕였다.

"얼마나 늘려야 하는지 알겠어?"

"일단, 두 배 정도는 늘려도 괜찮대. 원리 쪽은 늑대와 비슷하게 늘려줘도 괜찮다는데."

"그렇구나. 이건 편리한데."

어림짐작으로 하는 것보다는 훨씬 효율적이다. 낌새를 보긴 해야겠지만, 숫자 관리는 나나와 원리에게 맡겨도 되겠다.

"아, 맞다. 중급 마물을 배치해도 괜찮은지 물어봐 줄 수 있어?"

"중급? 또 무리한 말을 하네. 어떤 마물?"

"일단은 네로 토끼라든가?"

역시 이름만으로는 모르는지 나나가 고개를 갸웃했다.

"한번 사냥해 보지 않으면 모른다네."

"뭐, 그건 그렇겠네. 그럼 일단 거점에서 조금 떨어진 곳에 하나만 설치해서 낌새를 보자."

"알았다고 말하고 있어."

나나도 원리도 코스케와 대화하게 된 것이 기쁜지 몸을 기댔다. 코스케도 그에 응해서 두 마리의 몸을 쓰다듬었다. 변함없이 폭신폭신 복슬복슬해서 기분 좋다.

"그리고, 한동안 거점으로 돌아가고 싶다고 말하고 있어."

"응? 어째서?"

"중급 마물에 확실히 대처할 수 있는지 보고 싶대."

"그렇구나. 알았어. 그럼 지금부터 가 볼까."

코스케가 그렇게 말하자, 콜레트가 대답하기도 전에 두 마리가 왈왈 소리쳤다. 일부러 콜레트를 통해서 듣지 않아도 기뻐하고 있는 걸 알 수 있었다. 그 모습을 본 코스케는 저도 모르게 두 사람의 목덜미를 쓰다듬어줬다.

(2) 전이문 증설

나나와 원리의 요망으로 늑대와 여우를 늘리게 되었기에, 소환진을 설치하기로 했다.

먼저 7층에 [회색 늑대 소환진(10마리)]를 3개, [네로 토끼 소환진]을 1개, [신성한 바위]를 1개 설치했다. [네로 토끼 소환진]은 만약을 대비해 거점에서 조금 떨어진 곳에 설치했지만, 그들이 사냥을 나가는 범위에는 들어가게 했다.

덤으로 5층 마을에서 이동하는 동선을 변경했다.

1층(외부 폐쇄)~5층↔6층↔41층~45층↔51층~60층↔71층~72층↔61층~70층↔7층~40층↔46층~50층↔73층~100층

※ '~'는 한 층마다 연결되어 있다. ↔는 상호 통행 가능.

구체적으로는 마을에서 저층→중층→초급 · 중급 던전→고계층→중급 · 상급 던전으로 갈 수 있게 조정해서, 앞으로 나아갈수록 공략 난이도가 올라가게 설정했다. 천궁탑(아마미야)에서는 51층~60층이 초급 · 중급 던전, 61층~70층이 중급 · 상급 던전

으로 되어있다. 현재 모험가들의 계층 공략은 상급자가 겨우 중계층으로 향하는 느낌이고, 던전 계층에는 아직 도달하지 못했기에 타이밍으로 봐도 딱 좋다.

던전 계층은 관리 메뉴에서 보물 상자를 설치할 수 있기에 언젠가는 던전 안에 설치하는 것도 생각하고 있다. 안에 넣을 수 있는 아이템도 직접 생산해서 준비할 수 있지만, 지금은 거기까지 손댈 수 없기에 뒤로 미뤘다.

관리실에서 여기까지 작업한 뒤, 나나와 원리를 데리고 각자의 층으로 향했다. 코우히와 실비아를 데려갔다.

7층과 8층은 딱히 달라진 점이 없다. 설치하고 각 소환진에서 늑대와 여우를 소환해 이름을 붙여준 뒤 네로 토끼를 토벌하는 모습을 봤다. 그 결과, 역시 여유롭게 해치울 수는 없어도 불가능한 건 아니었기에 네로 토끼 소환진은 그대로 남겨놨다.

새로 설치한 [신성한 바위]는 얼핏 보면 평범한 바위다. 신력에 관해서도, 주시해야만 미약한 신력을 방출하는 느낌이 드는 수준이었다. 그것 말고는 딱히 큰 변경점도 없기에, 각각의 계층에 나나와 원리를 남기고 코스케 일행 세 사람은 5층으로 향했다.

탑의 전이문은 설치한 시설에서 쌍방으로 통신할 수 있다. 그러지 않으면 각각의 위치에서 전이하려다가 꼬여버릴 위험이 있기 때문이다.

외부에서 5층에 있는 건물로 이어지는 전이문은 왕래가 많아서 연락이 필수이기에, 크라운 직원이 바깥으로 이어지는 문과 상의

하고 있다. 탑 계층을 이동하기 위한 문은 사용하는 사람이 있다면 색이 변하기에, 모험가들은 그걸 보고 판단하고 있다.

5층 마을에는 현재 약 120명 정도가 상시로 활동하고 있다. 크라운 직원으로 일하는 사람이 20명 정도이고, 나머지는 모험가나 상인, 건물을 짓는 직공들이다. 코스케는 건설 중인 건물이 완성되면 모험가들도 더 안정적으로 늘어나리라 보고 있다.

모험가들은 류센만이 아니라 그 주변 마을에서도 모이고 있다. 게다가 장사에 관해서는 딱히 출입을 제한하지 않았는데도 거의 크라운이 독점한 상황이다.

참고로 크라운의 이름은 아직 붙이지 않았다. 좋은 이름이 떠오르지 않기도 했지만, 크라운이라는 명칭 자체를 퍼뜨리고자 일부러 이름을 붙이지 않고 있기도 했다.

코스케 일행은 전이문에서 바로 와히드가 있는 집무실로 향했다. 와히드는 현재 크라운의 대표자로 활동하고 있다. 그래도 장사에 관해서는 거의 슈미트에게 맡기고 있기에 와히트가 직접 터치하고 있는 건 모험가와 직공에 관한 부분뿐이다. 그 두 가지 부문도 언젠가 누군가에게 맡기고 싶었기에, 현재 와히드가 대신할 인재를 찾는 중이다.

코스케 일행이 전이문을 지난 시점에서 직원이 슈미트를 부르러 갔다. 일단 와히드의 집무실에 얼굴을 내민 코스케 일행은 먼저 응접실로 들어가 두 사람을 기다리기로 했다.

잠시 지나자 와히드가 슈미트와 함께 방으로 들어왔다.

먼저 첫 대면인 실비아를 소개했다. 실비아, 와히드, 슈미트가

각자 자기소개와 악수를 나눴고, 코스케가 실비아에게 와히드와
슈미트의 지위를 설명했다.

"그렇다면 실비아 공은 에리사미르 님의 무녀인 셈이로군요."

코스케의 설명을 듣던 슈미트가 고개를 끄덕였다.

"뭐, 정확하게는 공주무녀 예정이라는 느낌이려나?"

"뭐라고요?!"

코스케가 추가로 설명하자 슈미트가 놀란 표정을 보였다.

이 세계에서 공주무녀는 신의 의지를 직접 들을 수 있는 존재로,
일반인에게도 잘 알려져 있다. 게다가 실비아의 접신 상대는 삼대
신 중 하나로 이름 높은 에리사미르 여신이다. 원래는 신전 안에
숨겨져 있는 존재가 이런 곳에 있다고 하니 슈미트가 놀라는 것도
당연했다.

그 실비아는 고개를 가로저었다.

"아뇨. 저의 힘은 아직 멀었어요. 신내림도 한 번밖에 못 했죠.
게다가 코스케 씨의 힘을 빌리지 못했다면 할 수 없었으니까요."

"이거야 원……. 역시 코스케 님을 따라가겠다고 결정한 것은
틀리지 않았군요. 매일 놀라기만 합니다."

이번에는 슈미트가 그렇게 말하며 고개를 좌우로 내저었고, 실
비아도 어째서인지 고개를 크게 끄덕였다. 그걸 보고 뭔가 좋지
않은 흐름이 될 것 같다고 느낀 코스케는 조금 억지로 화제를 바꾸
기로 했다.

"그건 넘어가고, 난센에 전이문을 설치하는 건 문제없을 것 같
아요. 단지, 류센과 마찬가지로 마을 외곽이 좋겠죠."

"알겠습니다. 그럼 바로 준비하지요."

코스케의 말을 듣고 바로 움직이려던 와히드를 일단 말렸다.

"아, 잠깐만. 이번에는 난센만이 아니라, 기왕 이렇게 됐으니 북서쪽과 남동쪽 마을에도 같이 만드는 게 좋을지도……. 이름이 뭐였더라?"

"케네르센과 믹센이지요……. 아니, 함께 말입니까? 다른 곳에도 전이문을 늘리겠다고요……?!"

이야기 도중에 알아챈 슈미트가 놀라서 코스케를 바라봤다.

"어라? 말하지 않았나요?"

코스케의 태연한 대답을 듣자, 슈미트는 머리를 감싸 쥐었다. 확실히 그때, 하나밖에 늘릴 수 없다고 말하지 않았다는 걸 겨우 깨달은 것이다. 그리고 동시에, 상인들에게 미치는 영향을 생각하고 겨우 이마에 손을 올렸다.

"아뇨……. 확실히 늘리겠다고 말씀하셨죠……."

"아, 다행이네요. 그래서 말인데, 기왕 이렇게 되었으니 차라리 전이문을 단번에 늘려서 각 마을에 대한 의존도를 분산시킬까 해요."

슈미트는 코스케의 우회적인 말투에 뭔가 걸리는 점을 느꼈는지 물어봤다.

"난센에서 무슨 일이 있었습니까?"

"뭐……. 조금, 있었죠."

딱히 숨길 생각도 없었기에, 난센에서 일어난 일을 이야기했다. 코스케에게 이야기를 들은 슈미트는 납득한 듯 끄덕였다.

"과연, 그렇게 된 거였군요……. 확실히 그렇다면 리스크를 분산한다는 의미에서는 단번에 설치할 필요가 있겠습니다. 하지만 모든 마을이 적대하게 되면 의미가 없을 텐데요."

"그런 일이 가능한가요?"

코스케가 고개를 갸웃하자, 슈미트는 고개를 가로저었다.

"거의 없겠죠. 탑에서 얻을 수 있는 이득이 더 크니까요."

슈미트는 애초에 탑 자체를 어찌하지 못하는 한 마을 쪽에서 물품 유통을 막는 건 불가능하다고 여기고 있다. 딱히 일부러 마을 안까지 들어가서 거래할 필요가 없는 거다. 전이문이 설치된 거점에는 강력한 결계가 있어서 공격하는 건 거의 불가능하다. 애초에 전이문이라는 작은 문을 쓰는 이상, 수십 명 정도의 소대나 중대라면 몰라도 대군을 보내는 것도 불가능하다.

"뭐, 지금부터 걱정해도 소용없겠죠. 일단 머리 한구석에는 넣고 계세요."

"알겠습니다."

와히드와 슈미트도 코스케의 제안에 동의했다. 이어서 슈미트가 전부터 이야기했던 안건을 확인했다.

"그런데, 물품 유통에 관해서는 역시 예전에 말씀하신 대로 진행하실 겁니까?"

크라운에 소속된 자는 전이문 이용이 자유롭게 가능하고, 그 이외는 제한을 걸겠다고 이야기했었다. 특히 상인(과 그 상품)의 이동에서 크라운에 소속되지 않은 자는 마을 하나와의 거래만을 허가한다. 예를 들어 류센에서 찾아온 상인은 류센 쪽으로밖에 나갈 수 없는 것이다. 게다가 모험가도 바깥에서 대량의 물건을 가지고 들어오지 못하도록 제한한다.

"그렇죠. 애초에 전이문 자체가 출입하는 사람을 개별적으로 인식하니까, 제한을 거는 것 자체는 딱히 문제없어요."

"현재로서도 임시로 발행하는 통행증이 있으니 딱히 문제없겠죠. 앞으로는 정규 통행증에 마력문이나 성력문을 등록할 예정입니다."

코스케의 설명에 와히드가 말을 덧붙이자 슈미트도 고개를 끄덕였다.

"제한을 도입했을 때 설명이 필요한 정도, 일까요."

전이문은 지금까지 없었던 방법으로 대륙 안의 도시를 이동할 수 있다. 상인이 아니더라도 그 편리성은 이미 알아챘을 거다. 그렇기에 크라운에 소속된 자가 아니라면 멋대로 이동할 수 없다는 건 조직으로서 당연한 대응이다. 크라운에게는 전이문을 자유롭게 이동할 수 있다는 것 자체가 큰 재산인 셈이다.

"그렇죠. 게다가 애초에 크라운에 등록만 해버리면 상관없어지니까요."

크라운에 등록만 하면 크라운 카드를 써서 탑을 자유롭게 드나들 수 있다는 건 이미 결정된 사항이다. 그러면 통행증 발행을 기다리는 수고도 없어진다.

"크라운 결성 준비도 거의 끝났습니다. 이제는 카드에 달렸죠."

"아, 그런가. 나중에 상황을 보고 올게."

"부탁드립니다."

크라운에 관한 세세한 규정은 거의 정해졌다. 이후에는 코스케가 허가만 내리면 되기에 딱히 문제는 생기지 않을 것이다. 그것 말고도 향후에 관한 상의를 나눈 뒤에 이번 회합(?)을 이걸로 마친 코스케, 실비아, 코우히 세 명은 관리층으로 돌아갔다.

(3) 믹센의 신전

코스케는 눈앞에 지어진 세 개의 신전을 보고 그저 압도당했다. 각 신전의 크기만 해도 주변 건물에 비하면 꽤 크다. 참배자가 많이 들어올 수 있고, 원래 있던 세계의 유명한 신전 이상으로 넓다. 그리고 코스케가 이 세계에 오고 나서 본 건축물 중에서도 가장 압도적이면서 장엄하고 화려한 분위기를 발하고 있었다. 그게 세 개나 있는 거다.

세 개라는 건 물론 에리사미르, 스피카, 자미르의 삼대신을 모시는 신전이다. 단, 이 세계의 종교관에서는 한 신전에 신을 하나만 모시는 경우가 거의 없다. 삼대신을 정점으로 두고, 각 신 아래에 속한다고 전해지는 신들을 각각의 신전에 모시고 있다.

애초에 한 마을에 신전이 세 개나 있는 것 자체가 드문 일이다. 대부분의 마을은 신전 하나에 다종다양한 신들을 모신다. 사람들의 신앙심이 두터운 신이라면 몰라도, 신자가 적은 신은 본산을 제외한 곳에 무녀나 신관이 있는 일 자체가 거의 없다. 그런 신은 신전이 있는 것조차 드물기에, 이런 신을 믿는 경우에는 제각각 기도를 바친다. 물론 신앙하는 방법 자체가 신들에 따라 천차만별이지만.

이 세계에서 '신전'이라는 말에는 두 가지 의미가 있다.

하나는 건물의 종류를 의미하는 신전이라는 명칭이다. 그리고 또 하나가, 신관이나 무녀 등등 성직에 있는 사람들이 운영하는 조직의 명칭이다. 단, 조직 명칭은 신전으로 부르기도 하고 교회로 부르기도 한다. 두 가지의 호칭에 명확한 구별은 없다.

과거에는 어느 특정 신들만을 신앙하는 경우에 ○○ 교회라고 부르기도 했지만, 애초에 신앙이 다른 종족끼리 섞여서 생활하는 사이에 그런 신앙의 구별이 없어진 것이 가장 큰 원인이다. 그때의 흔적으로 교회라는 명칭이 남았다. 한편, 신전이라는 호칭도 정착했다고는 말하기 힘들다. 다수의 마을에 있는 신전을 규합하는 커다란 신전을 대신전이라 부르면서 구별하기도 하지만, 기본적으로 그런 신전은 건물 자체도 크기에 건물 호칭과 겹치기 때문이다.

현재에는 신전도 교회도 일반적인 명칭으로 쓰이는 것이 일반적인 상태다.

지금 코스케 일행이 있는 곳은 믹센이라는 도시. 대륙 남동쪽에 있는 이 도시는 센트럴 대륙의 성지로 유명해서, 대륙에서 유일하게 삼대신 각각의 신전이 지어져 있다. 그래서 마물에 습격당하는 위험을 무릅쓰고 대륙 전체에서 신앙심 깊은 순례자들이 많이 모인다. 물론, 모험가가 아니라면 개인으로 마물에게 대처하기는 어려우므로 순례 투어 같은 게 있어서 호위를 데리고 오는 사람이 많다. 그런 신자들에게 대응하고자 많은 성직자가 여기에 살고 있다. 그렇기에 믹센은 대륙 안에서도 상당한 인구를 가진 도시가 되었다. 이 세계에서는 인구가 5만 명을 넘어서면 '마을'이 아니라 '도시'라고 부르게 되는데, 믹센은 틀림없이 '도시'라고 자랑할 만큼의 규모였다.

어째서 코스케 일행이 믹센에 왔느냐면, 전이문 설치를 위한 사전 답사도 있지만 실비아의 이야기를 들었기 때문이다.

◆

실비아의 갑작스러운 제안을 들은 코스케는 고개를 갸웃했다.

"믹센에……?"

"네. 애초에 그 도시는 삼대신을 모시는 성지예요. 그곳이라면 제가 하는 신내림의 단서를 얻을 수 있을지도 몰라요."

예전에 했던 에리스의 신내림은 코스케의 보조가 있었기에 가능했다는 건 실비아 자신도 알고 있었다. 자신의 힘만으로 신내림할 수 있는 건 무녀에게는 최고위 기술 중 하나다.

"그렇구나. 뭐, 어차피 한번쯤 가려고 했으니까, 같이 갈래?"

"꼭, 부탁드려요."

"알았어. 그리고, 나머지 멤버는?"

"이번에는 제가 함께하겠습니다."

그렇게 말하며 손을 든 건 코우다.

"그러면, 나는 패스네."

코스케가 탑 밖으로 나갈 때는 코우히나 미츠키 중 한 명이 탑에 남아달라는 것이 예전부터 코스케의 희망이었다. 이번에는 코우히가 입후보했기에 미츠키는 대기하게 된다.

"나도 같이 가도 되겠느냐?"

슈레인이 동행 멤버를 신청했다.

"어쩐 일이야? 신기하네."

"뭘. 가끔은 나도 코스케 공과 여행하고 싶었을 뿐이니라."

"흐~응? 뭐, 거절할 이유는 없으니까 딱히 상관은 없지만?"

"정말이냐?!"

슈레인의 기뻐하는 표정을 본 코스케는 놀랐다.

생각해 보면 슈레인과 함께 탑 밖으로 나간 적은 없었다. 딱히 슈레인이 흡혈공주(뱀파이어)라서 그런 건 아니다. 이 세계에서 뱀파이어는 메이저한 존재는 아니지만, 딱히 토벌 대상인 것도 아니라서 다른 아인들과 똑같이 대우한다. 유감스럽게도 아인을 배척하는 나라가 전혀 없는 건 아니지만, 센트럴 대륙은 다른 대륙에서 이주한 사람들이 모여서 그런 박해는 거의 없다. 지금까지 함께 밖으로 나가지 않았던 건, 그저 타이밍이 맞지 않았을 뿐이다.

"응. 76층에 딱히 문제가 없다면 괜찮아."

"그건, 괜찮느니라."

"그럼 문제없네. 콜레트는, 그렇게 원망스러운 표정을 지어도 안 돼."

"그럴 수가~."

코스케를 노려보던 콜레트는 어깨를 풀썩 떨궜다.

"코우히를 통해서 셰릴 씨가 엄격하게 말했거든."

"어…… 어느새……."

자신이 모르는 사이 코스케와 셰릴이 결론을 내렸다는 걸 알자 콜레트는 경악했다.

코우히는 세계수 에세나의 무녀로서 엘프 마을의 무녀인 셰릴에게 한창 수행을 받고 있었기에 73층 세계수에서 멀리 벗어나는 게 금지되었다. 유일한 예외는 코스케가 있을 때 관리층에 오는 것이고, 그건 코스케가 에세나와 연결되어 있기에 나온 예외 조치다. 그렇다고 코스케가 곁에 있으면 다 되는 것도 아닌 모양이다.

그런 판단은 에세나와 셰릴이 하는 것이라 코스케는 잘 모른다.

"셰릴 씨에게 허가가 나올 때까지 열심히 해."

"하아……. 알았어."

코스케는 다시 어깨를 떨구며 한숨을 쉰 콜레트에게 쓴웃음을 지었다.

◆

그리하여 이번에는 코스케, 코우히, 슈레인, 실비아, 이렇게 네 명이 믹센을 찾았다.

"실비아. 에리사미르 신전은 어디인지 알겠어?"

"한가운데에 있어요."

"알았어. 그럼 들어가 볼까. 일반인이 들어가도 되는 거지?"

"물론이죠."

신전 안 예배당은 일반인이 들어갈 수 있게 개방되어 있다. 대부분의 신전은 입구 정면에 예배당이 있도록 짓는다. 언제까지고 외관에 압도당할 수는 없기에, 코스케 일행은 에리사미르 신전에 들어가기로 했다.

신전을 향해 걸어가던 슈레인이 신전 입구에 접어들다가 묘한 목소리를 냈다.

"흠……?"

"슈레인. 왜 그래?"

"아니, 조금. 흠. 나는 다른 용건이 생겼느니라. 밤에는 여관으로 돌아갈 테니 일단 헤어지자꾸나."

"아, 잠깐, 슈레인. 앗, 빠르잖아."

신전과는 완전히 다른 방향을 보면서 갑자기 그런 말을 남긴 슈레인은 코스케가 말릴 새도 없이 가버렸다.

"어쩔 수 없지. 우리는 신전에 들어가자."

"괜찮으시겠습니까?"

체념한 듯 고개를 좌우로 흔든 코스케에게 코우히가 확인했다.

"여관도 이미 정했으니 괜찮아. 게다가 언제까지고 여기에 있으면 다른 사람을 방해하게 되잖아."

"알겠습니다."

"알았어요."

코스케의 말에 코우히와 실비아가 동의했고, 세 사람은 예정대로 에리사미르 신전으로 들어갔다.

신전에 들어간 코스케는 다시 놀랐다. 내부도 외관에 밀리지 않게 근사했지만, 그보다는 예상 밖으로 코스케의 감각에 와닿는 것이 있었기 때문이다.

신전에 들어가자마자 바로 있는 예배당 정면에는 에리사미르 여신의 신상이 있었다. 긴 의자 같은 것도 있고, 예배자가 신상을 향해 각자의 자세로 기도를 바치고 있다.

코스케가 놀란 것은 그 신상이 아니라, 신상 주변에 감도는 기운이었다.

"이건······?!"

코스케가 신상으로 다가가 그대로 바닥에 앉았다. 그걸 본 코우히가 당황하며 아이템 박스에서 천을 한 장 꺼냈다.

"주인님. 이걸."

"아아. 고마워."

코스케는 그 자리의 분위기에 삼켜진 채 코우히에게 받은 천을 바닥에 깔고 다시금 그 위에 책상다리로 앉았다. 주변에서도 비슷한 모습으로 기도를 바치는 사람이 있기에 코스케의 행위를 꾸짖는 사람은 없다.

코스케는 그대로 눈을 감고 주변에 감도는 기운을 찾기 시작했다.

주변에 감도는 신력은 당연히 느낄 수 있었다. 그러나 그것 말고도 코스케에게는 그립게 느껴지는 기운이 있었다. 현재 코스케가 느끼고 있는 기운은 어딜 봐도 그가 아는 본래의 것보다는 한없이 약했다. 그러나 신상 주변에 감도는 기운의 일부는, 틀림없이 [상춘정]에서 느꼈던 그 기운이었다.

코스케는 그 기운을 느끼기 위해 더욱 깊이 집중했다.

이때 코스케는 딱히 의식하지 않았지만, 그건 명백하게 성직자들이 수행의 일환으로 하는 행위 중 하나였다. 그러나 코스케의 행동은 실비아가 아는 누구보다도 한없이 자연스럽게 이루어졌다. 실비아는 더 강하게, 혹은 더 깊이 신의 기운을 느끼려 하는 코스케를 그저 멍하니 지켜만 보고 있었다.

(4) 접신과 신구

눈을 감고 주변에 감도는 [상춘정]의 기운을 느꼈다. 예배당에 감도는 기운은 실제의 [상춘정]보다는 월등히 약한 잔향 같은 것에 불과하다. 그래도 틀림없이 동일한 것이었다.

코스케는 자신을 중심으로 해서 그 기운을 찾았다.

평온한 수면에 돌멩이가 떨어져 일어나는 파문처럼 자신의 힘을 퍼뜨렸다. 그 파문을 따라 [상춘정]의 기운을 찾자, 마치 다른 파문에 닿은 것처럼 파문이 돌아왔다. 그걸 찾아서 [상춘정]의 기운이 나오는 발생원을 찾았다.

신전에 존재하는 기운은 미약했지만, 그래도 어느 정도 강약은 느껴진다. 자신 쪽으로 끌어당기려는 듯 기운이 강한 곳을 찾자, 이윽고 그 중심을 발견할 수 있었다. 그건 틀림없이 이 세계와 [상춘정]을 잇는 접점이었다.

단, 접점이라고 해도 이쪽 세계에 그 기운을 풍기는 구멍이 뚫린

건 아니다. 극히 자연스럽게 공간과 [상춘정]을 연결하는 '장소'로서 존재하고 있을 뿐이다. 그러나 틀림없이 그 접점과 [상춘정]이 연결되어 있다는 걸 확인했다. 그것만 확인한다면, 이후에는 [상춘정]에서 배운 방법으로 신력을 써서 부르기만 하면 된다.

『아수라, 에리스. 이 목소리가 들려?』

코스케가 묻자, 바로 대답이 돌아왔다.

『응. 확실히 연결됐어. 여기서 에리스가 가르쳐준 것이 겨우 도움이 되었네.』

『이번에는 무모한 방법을 쓰지 않으셔서 안심했습니다.』

『아하하하하.』

코스케는 얼버무리듯이 웃었지만, 곧바로 아수라의 유감스럽다는 목소리가 들려왔다.

『어머, 미안해. 나는 이 이상은 안 되는 것 같아. 다음에 봐.』

『응. 다음에 봐. 변함없이 바쁜 것 같네.』

『당연하죠.』

실제로 모습은 보이지 않지만, 에리스가 고개를 끄덕이는 모습이 뇌리에 떠올랐다.

『그래도 용케 이 부름만으로 대답해 줬네. 딱 한마디이긴 했지만.』

『당신이 불렀기 때문이지요.』

『그런가?』

『그것 말고 이유가 있습니까?』

『아니, 과연 어떨까?』

코스케는 이해할 수 없지만, 에리스에게는 당연한 일인 모양이었다. 에리스의 어이없다는 기척을 느낄 수 있었다.

『하아……. 뭐, 좋습니다. 그건 넘어가고, 이제 길을 만드는 법은 알게 되셨습니까?』

지금 코스케가 쓴 방법은 실비아가 했던 신내림과는 완전히 다른 방법이었다. 신의 자취를 직접 몸에 받아들여서 이야기하는 것과는 달리, [상춘정]과 코스케를 직접 연결한 것이다.

『응. 뭐…… 여기를 발견해서, 왠지 모르게?』

『그렇다면 어서 법구를 써서 언제라도 연결할 수 있게 하시는 게 좋겠죠. 언제까지고 그곳에 눌러앉아 계실 수는 없잖아요?』

『알겠습니다. 에리사미르 님.』

『어째서일까요. 당신이 그렇게 부르니까 몸이 근질거리네요.』

『우왓, 너무해.』

『저번처럼 장난만 치신다면 시간이 아무리 많아도 부족해진다고요?』

『이크, 그랬었지. 그럼, 일단 끊을게?』

『네. 그러시죠.』

에리스의 대답을 들은 코스케는 [상춘정]과의 연결을 끊었다.

코스케가 그 자리에 책상다리로 앉아 눈을 감고 나서 30분 정도 시간이 지났다. 그 자리에는 당연히 코우히나 실비아가 있었지만, 그 이외에도 코스케의 모습을 관찰하는 사람이 늘어났다. 그것은 주로 이 신전에 소속된 신관이나 무녀다. 실비아가 얼추 확인해 보니 지위가 높은 이들이 늘어난 것처럼 보인다.

실비아는 그것도 무리가 아니라고 생각했다.

코스케는 의식하지 못한 걸지도 모르지만, 그가 지금 실행하고 있는 건 성직자들이 목표로 삼는 도달점 중 하나다. 코스케가 현재 하는 자세나 신기를 파악하는 방법은 신전에 전해지는 정식 방법은 아니지만, 그건 딱히 중요하지 않다. 신전에 전해지는 방법조차도 다양한 방식이 있으니까.

신비에 접촉한다.

그것만 달성한다면, 성직자들에게 있어 수단이나 방법 같은 건 부차적이다.

그리고 지금, 코스케는 그걸 위한 하나의 형태를 실비아나 다른 성직자들의 눈앞에 보여주고 있었다. 코스케가 몸에 두르고 있는 그 분위기를 보면 틀림없이 신비의 일부와 접촉하고 있다고 느낄 수 있다. 지위가 높은 이들일수록 그 모습을 더 잘 볼 수 있는 것이다.

코스케가 거의 움직이는 기색을 보이지 않는 가운데, 주변에 있던 성직자들이 웅성거리기 시작했다. 그들은 일제히 그 인물이 나타난 방향을 보더니 코스케를 방해하지 않게 작은 목소리로 뭔가 이야기를 나눴다. 코스케의 모습을 바라보던 실비아도 몸을 돌려 그 인물을 확인하자 눈을 동그랗게 뜨고 고개를 숙였다.

"오랜만에 모습을 보였다 했더니, 또 터무니없는 분을 데려왔구

나. 실비아."

"신전장님……."

실비아에게 인사하면서도 코스케에게서 눈을 떼지 않는 그 여성은 이 신전을 통괄하는 신전장이었다. 일시적으로 이 신전에 소속되어 있던 실비아는 신전장과 면식이 있다. 신전장은 약간 표정을 굳힌 실비아를 알아채고는 조금 슬픈 표정을 지었다.

"여전히 용서하지는 못한 모양이구나."

"그렇지는 않아요. 저 자신은 옛날 일을 이미 털어냈어요. 하지만 이유가 어찌 됐든 저는 이미 신전을 나온 몸이에요. 게다가 주변 사람들이 용납하지 않겠죠."

실비아의 말을 듣자, 신전장은 한숨을 쉬었다.

"변함없어 보이는구나. 아무튼 건강해 보여 다행이야."

"네. 신전장님도요."

"고맙다. 그런데, 거기 계신 분을 소개해 줄 수 있겠니?"

신전장의 질문에 반사적으로 대답하려던 순간, 실비아는 코우히의 시선을 느꼈다. 그러나 그 시선은 이미 코스케에게 이동했다. 물론 실비아는 그 시선의 의미를 바로 알아챘다.

"가능하면 이분이 눈을 뜨실 때까지 기다려 주실 수 있을까요?"

두 사람의 모습을 본 신전장은 순간 눈을 동그랗게 뜨더니 미소를 지었다.

"그래. 그게 좋겠구나. 그때까지는 나도 공부하도록 할까."

신전장은 그렇게 말하고는 코스케의 모습을 볼 수 있는 근처 긴의자에 앉았다.

"너도 앉는 게 어떠니?"

"감사합니다. 하지만, 저는 이대로 있어도 괜찮아요."

"그래."

신전장은 그렇게 말하며 고개를 끄덕이고는 코스케에게 시선을 돌렸다. 그 눈빛은 완전히 고위 무녀처럼 바뀌어 있었다.

결국 코스케가 눈을 뜬 것은 신전 앞에 앉고 나서 약 한 시간이 지난 뒤였다.

처음에 눈부신 듯한 표정을 지은 코스케는 곧바로 옆에 대기하던 코우히에게 물었다.

"시간이 얼마나 지났어?"

"한 시간 정도입니다."

"시간 감각이 전혀 다른데. 접속에 시간이 걸린 탓인가? 아."

그 자리에서 일어나려던 코스케는 휘청거리며 코우히의 부축을 받았다. 한 시간 가까이 같은 자세로 거의 움직이지 않았으니 당연하다. 한 시간 가까이 미동도 하지 않으면 몸에 상당한 부담이 걸린다.

"괜찮으신가요?"

"응. 괜찮아."

코스케는 그렇게 말하고는, 이번에는 실비아를 봤다.

"실비아. 법구 가지고 있어?"

법구란 성직자들이 항상 착용하는, 기독교로 따지면 십자가 같은 물건이다. 코스케가 원래 있던 세계에서 불교의 법구와는 완전히 무관계하다.

"물론 가지고 있죠……. 하지만, 그보다도 소개해드리고 싶은 분이 있는데요……."

실비아는 그렇게 말하며 신전장을 봤다. 코스케도 신전장이 입은 무녀복을 보고 고위 성직자라고 추측했다. 그런, 코스케에게는 먼저 해두고 싶은 일이 있었다.

코스케는 신전장에게 고개를 숙였다.

"죄송합니다. 인사를 드리고 싶기는 하지만, 조금 더 시간을 주실 수 없을까요? 미리 꼭 해두고 싶은 게 있어서요."

코스케의 표정을 본 신전장은 고개를 끄덕였다. 무엇보다, 오랫동안 성직자로 일하면서 쌓아온 감 같은 것이 움직였다. 자신을 제쳐두고 뭔가 하려는 모양이지만, 코스케가 하는 일을 지켜보는 게 낫다는 느낌이 든 것이다.

"물론 상관없습니다. 오히려 그, 해두고 싶은 것을 보여주실 수 있을까요?"

"네. 기다리시게 하는 거니 상관없죠."

코스케는 고개를 끄덕이고는 실비아를 봤다.

실비아는 황급히 목에 걸어놨던 법구를 벗어서 내밀었다. 실비아의 법구는 펜던트 형식이다. 그걸 받은 코스케는 다시 책상다리로 앉아 이번에는 그 법구를 위에 올리고 눈을 감았다.

실비아의 법구에서 그 힘이 담긴 파장이 느껴진다. 그것은 펜던트가 원래 가진 것이 아니라, 실비아가 계속 기도를 바쳐왔기에 존재하는 힘이다.

법구가 가진 힘을 느끼는 건 어느 정도 수준의 마도구나 성도구를 만드는 직공이라면 가능하다. 그러나 그건 어디까지나 미약하게 느껴지는 정도다. 마도구나 성도구를 만들 때는 거기서 마력이나 성력을 사용해서 다양한 용도의 물건을 만든다.

단, 지금부터 코스케가 만들려고 하는 것은 마력이나 성력을 사용한 게 아니다. 크라운 카드를 제작하는 장치를 만들 때 필요했던 기술을 그대로 응용하여, 신력을 써서 [상춘정]의 에리스와 연결하는 '길'을 만들려는 거다. 지금까지는 '길'을 연결할 입구가 없었다. 그러나 조금 전 코스케가 [상춘정]과 연결할 수 있었기에, 지금 이곳은 그 조건을 클리어했다. 그렇지만 그 '길'도 언제까지고 연결되어 있는 건 아니기에, 코스케는 '길'을 연결하기 위한 제작을 서두른 것이다.

이번에는 단시간에 일어난 코스케는 오른손에 법구를 올리고 실비아에게 내밀었다.

"실비아, 손을 올려봐."

"예? 네, 네. 이러면, 될까요?"

실비아는 코스케의 지시대로 앞으로 내민 코스케의 오른손에 자기 오른손을 포갰다. 코스케는 두 사람의 손 사이에 끼워진 법구에 실비아 자신의 신력이 통하도록 조정했다. 그리고 그대로 법구가 중계 지점이 되고, 실비아의 신력이 조금 전 만든 '길'을 통과하도록 만들었다. '길'이 한번 연결되어 있는지라 시간은 오래 걸리지 않았다.

"앗······?!"

갑자기 신력을 빼앗긴 실비아가 한순간 휘청거렸다. 그걸 예상했던 코스케는 쓰러지기 전에 그녀를 부축했다.

"괜찮아?"

"괘괘괘, 괜찮아요!"

갑자기 코스케의 부축을 받은 실비아의 얼굴이 빨개졌다.

"응? 그래?"

빨개진 실비아를 보고 고개를 갸웃한 코스케가 말을 이었다.

"그럼, 처음에는 눈을 감는 게 하기 쉬울 테니까, 눈을 감아봐."

"네, 네. 알겠습니다."

코스케의 지시대로 순순히 눈을 감은 실비아는 그대로 코스케의 말에 이끌려 '길'을 따라갔다. 그리고 그 '길' 너머에는, 조금 전 코스케가 했던 때와 마찬가지로 에리스가 있었다.

『이제 연결됐어?』

코스케가 확인하자, 바로 에리스에게서 대답이 돌아왔다.

『네. 확실히 연결되었습니다.』

『다행이네. 실비아도 들려?』

『············.』

『실비아?』

대답이 없었기에 코스케가 다시 부르자, 실비아가 황급히 대답했다.

『네, 넷?! 드, 들리고 있어요!』

『그렇게 놀랄 것까지는 없잖아.』

『무무무, 무리예요! 어째서 코스케 씨는 여신님과 그렇게 편하게 이야기하시는 거죠?!』

교신 중에는 서로의 얼굴이 보이지 않지만, 말의 분위기로 봐서 실비아는 고개를 힘차게 좌우로 휘젓는 것 같았다.

『아니, 어째서냐고 물어도……. 익숙해서?』

한없이 태평한 코스케의 대답을 듣자 실비아는 침묵하고 말았다. 그 모습을 느꼈는지 에리스가 끼어들었다.

『그런 것보다도, 바로 본론으로 들어가는 게 좋지 않을까요?』

『아차, 그랬지. 실비아, 일단 이걸로 언제든 에리스와 연결할 수 있게 되었어.』

『당연히 제가 바쁠 때는 응답하지 못할 경우도 있지만, 기본적으로는 응답할 겁니다.』

『그……그런가요?』

『네. 물론 질문 같은 건 대답할 수 있는 것과 대답할 수 없는 것이 있습니다.』

『그야 그렇지. 그보다, 대답할 수 없는 게 많지 않을까?』

신에게는 신의 사정이 있다. [상춘정]에서 여러 가지를 배운 코스케는 그걸 실감하고 있었다.

『당신과는 달리 사정을 아니까 괜찮을 겁니다.』

『우와, 너무하네.』

『사실입니다. 그리고 그 신구(神具)는 탑에서도 쓸 수 있어요.』

『어? 그래?』

『만든 본인이 무슨 소리를 하는 건가요.』

『아니, 틀림없이 바깥에서만 쓸 수 있을 줄 알았는데.』

『그래서는 신구로서 의미가 없을 테니까요.』

『흐음. 그렇구나. 과연~.』

『나 참······. 자, 다들 더는 기다리지 못할 테니 슬슬 접속을 끊는 게 좋겠어요.』

『그러게. 알았어.』

에리스에게 재촉받은 코스케는 안심하고 교신을 끊었다. 이미 신구는 완성되었으니 아쉽지는 않았다.

에리스와의 대화를 마친 코스케는 눈앞에서 머리를 감싸 쥐고 있는 실비아를 보고 고개를 갸웃했다.

"왜 그래? 힘을 너무 많이 썼다든가?"

"그게 아니에요! 접속이 끊어진 게 갑작스러워서 인사도 드릴 수 없었다고요. 어쩌죠?!"

실비아가 살짝 패닉에 빠졌다. 실비아에게 에리사미르 여신은 신앙의 대상이다. 그런 갑작스러운 작별은 자신의 마음속에서는 있을 수 없었다.

"아니, 괜찮아. 일단 진정해."

"정말요······?"

실비아가 조심조심 물었다.

"정말이라니까. 저쪽에서도 사정은 잘 알고 있을 테니까."

"알겠습니다······."

코스케의 위로(?)를 들은 실비아는 억지로 납득하기로 했다.

"그런데, 그 신구의 사용법은 알았어?"

"어렴풋하긴 하지만, 알게 됐어요."

잠시 고민한 실비아가 살짝 끄덕이자, 코스케는 미소를 보였다.

"그거 다행이네. 이것만큼은 감각으로밖에 가르쳐 줄 수 없으니까. 나머지는 몇 번 사용해 보고 익힐 수밖에 없어."

"알겠습니다."

어쩐지 힘차게 고개를 끄덕이는 실비아를 본 코스케는 쓴웃음을 지었다.

"아니, 그렇게 힘을 줄 건 없는데."

"그렇지 않아요. 모처럼 만들어주신 신구인데, 제가 쓸 수 없다면 의미가 없으니까요."

"아~ 응. 뭐, 적당히 해."

달래는 걸 포기한 코스케는 그렇게 말할 수밖에 없었다.

그런 코스케와 실비아의 모습을 지켜보던 신전장이 중간에 끼어들었다.

"그럼, 슬슬 소개해 줄 수 있겠니? 실비아."

그 말을 듣고, 실비아는 그제야 떠올랐다는 듯 황급히 신전장을 봤다.

"죄송합니다, 신전장님. 이쪽이 지금 제가 신세를 지고 있는 코스케 씨와 코우히 씨예요."

"처음 뵙겠습니다. 코스케라고 합니다."

"처음 뵙겠습니다. 코우히입니다."

"그리고 코스케 씨, 코우히 씨. 이쪽이 이 신전의 신전장이신 로렐 알파이드 님이에요."

"잘 부탁해요. 이래 봬도 일단 신전장을 맡고 있습니다."

코스케와 신전장 로렐이 서로 고개를 숙였다.

"자, 번거롭겠지만 이것저것 여쭙고 싶은 게 있으니, 장소를 바꿔서 이야기를 나눠도 될까요? 차 정도는 내드릴 수 있답니다."

로렐의 갑작스러운 제안에 코스케는 수긍했다.

"그럴까요. 그럼 받아들이도록 하겠습니다. 코우히와 실비아도 괜찮을까?"

"네."

"네. 물론이죠."

신전장이라는 지위에 있는 사람이 일부러 다른 방에 불러서 묻고 싶은 게 있다. 그게 일반인이 들을 수 있는 곳에서는 적합하지 않은 이야기라는 건 코스케라도 알 수 있었다. 신전장의 제안은 그다지 눈에 띄고 싶지 않은 코스케 일행에게도 유리했기에 순순히 제안을 받아들이기로 했다.

"그럼, 함께 와주셨으면 좋겠습니다."

로렐은 그렇게 말하며 앞으로 걸어갔고, 코스케 일행은 그 뒤를 따랐다.

(5) 신전장과 대변자

코스케 일행은 신전 안에 있는 손님용 방으로 들어왔다. 코스케 일행이 3인용 소파에 앉고, 테이블을 사이에 둔 맞은편에 로렐이 앉았다.

로렐은 에리사미르 신전의 신전장이지만, 코스케가 보기에 그리 고령인 것 같지는 않았다. 온화한 미소를 짓는 그 얼굴은 기껏해야 40대 정도다.

테이블 위에서 무녀가 탄 음료수가 나왔다.

코스케는 한마디 양해를 구하고 입에 옮겼다.

"아, 이거 맛있는 클리프네요."

클리프란, 코스케가 원래 있던 세계의 커피와 비슷한 음료수다.

"그런가요? 고마워요. 이건 나도 좋아하죠."

로렐도 기뻐하며 클리프를 마셨다.

"그런데, 일부러 사람들 눈을 피해서 묻고 싶은 게 뭡니까?"

먼저 말을 꺼낸 건 코스케였다. 그리고 코스케의 말을 듣자 로렐은 오른손을 뺨에 댔다.

"어머. 역시 알아채셨나요?"

"당연하죠……라고 말씀드리고 싶지만, 먼저 눈치챈 건 제가 아니라 코우히입니다."

그 코우히는 로렐이 주목하는데로 불구하고 진지하게 클리프를 입에 옮기고 있다. 코스케를 위해 이 음료수를 입수하려는 생각이라는 건 코스케도 바로 알 수 있었다.

"후후. 멋진 동료를 가지셨네요."

"자랑스러운 동료죠."

로렐이 웃자, 코스케도 진지하게 끄덕였다.

"어떻게 된 건가요?"

두 사람의 대화에 의문을 느낀 실비아가 끼어들었다.

"실비아. 이곳의 신전장인 로렐 씨가 그저 잡담만 하러 우리를 여기에 불렀다고 생각했어?"

"네?!"

실비아는 코스케의 그 말을 듣고 로렐을 봤다.

"당신은 옛날과 변함없어 보여서 안심했어. 실비아."

로렐은 실비아를 보며 웃었다.

"그 대신, 코스케는 이야기가 빨라서 고맙네요."

그렇게 말하며 미소를 짓자, 코스케도 미소를 지었다.

"거절하겠습니다."

"그건, 이야기가 너무 빠르지 않나요?"

코스케가 바로 거절을 입에 담자, 로렐은 어이없다는 듯 한숨을 쉬었다.

"듣지 않아도 대충 알 수 있으니까요. 이 신전에 소속되지 않겠느냐는 권유거나, 실비아의 법구를 달라는 것 중 하나, 혹은 그 양쪽이겠죠?"

"정말로, 이야기가 빨라서 좋긴 하네요."

"지금은 그 정도밖에 생각나는 게 없으니까요."

"어머, 그 밖에도 있을지도 모르는데요?"

"있습니까?"

코스케가 묻자, 로렐은 침묵했다. 그 침묵이 대답이 되었다.

코스케를 본 로렐은 한숨을 한 번 내쉬었다.

"이유를 물어봐도 될까요?"

"그 밖에도 할 일이 너무 많고, 신전에 얽힐 여유가 없어서요."

"정말로, 단호하게 말하네요."

"우회적으로 말하면 나중에 귀찮아지니까요."

코스케는 단호하게 확실히 거절하는 게 뒤탈이 없다고 생각하고 있었다.

"무슨 일이 있어도⋯⋯?"

"안 됩니다."

"그래요. 그렇다면 펜던트는? 돈은 아끼지 않을 생각인데요."

권유가 무리라는 걸 깨달은 로렐은 목표를 법구로 바꿨다.

"아아, 그건 간단해요. 그건 실비아밖에 쓸 수 없어요. 아니면 실비아까지 데려가시려고요?"

"네?! 그런가요?!"

그 말을 듣자 정작 본인이 놀랐다.

로렐은 의아한 표정을 지었다.

"어떻게 된 거죠?"

"어떻게 되고 뭐고 없어요. 그건 실비아가 가진 신력에만 반응하니까요. 말하자면, 실비아의 신력 자체가 작동시키기 위한 열쇠가 되는 거죠."

"신력이라니⋯⋯. 그 법구는 신구라는 건가요?!"

"그렇게 되겠네요."

코스케의 입에서 바로 긍정하는 말이 나오지, 로렐은 할 말을 잃었다.

코스케가 예배당에서 보여준 좌선(?) 비스무리한 일이나 실비아의 신구 제작 방법은 성직자에게는 어떤 수단을 써서라도 배우고 싶은 것이다. 그건 조금 전 멀리서 모습을 지켜보던 신관이나 무녀들의 모습을 보면 알 수 있다.

애초에 이 세계에서 마력이나 성력은 이해하더라도 신력이라는 건 확인되지 않았다. 마법이나 성법은 있어도, 인간이 다룰 수 있는 신법(神法)은 존재조차 하지 않는다. 신과 같은 강력한 마법이나 신과 같은 치유가 가능한 법술은 있어도, 신 그 자체의 힘인 신력은 보통 쓸 수 없다는 것이 신전에서의 일반적인 생각이다.

때때로 신구라 불리는 것이 발견되지만, 대부분이 현재의 인간은 쓸 수 없는 물건이다.

"당신은……. 자신이 무슨 말을 하는 건지 확실히 이해하고 있나요?"

로렐의 그 말을 듣자, 코스케는 쓴웃음을 지을 수밖에 없었다. 애초에 코스케는 이 세계에 오고 나서 대부분의 시간을 탑 관리에 쏟아부었다. 다른 이들과는 전혀 교류하지 않았다. 이 세계의 상식과 어긋났다는 것은 당연히 잘 알았다.

"뭐, 다른 사람들과 다르다는 건 알고 있어요."

"그래요. 역시, 확실히 알고 있지는 않나 보네요."

"무슨 뜻이죠?"

코스케는 로렐의 말에 눈썹을 찡그렸다.

"당신이 그곳에서 한 일. 그리고 지금 여기서 말한 것은 우리와 같은 이들에게는 도저히 간과할 수 없는 것이라는 뜻이에요."

그 우회적인 말을 듣자, 코스케는 로렐이 무슨 말을 하려는지 알 수 있었다. 정확하게는, 전해 들었다. 코우히가 염화를 써서 알려 줬으니까.

"아아. 그런 건가요. 하지만 그건 악수(惡手)에요. 로렐 씨."

코스케는 일부러 신전장이라 부르지 않고 로렐이라고 이름을 불렀다.

"무슨 뜻이죠……?"

"먼저 첫 번째. 아까 말했듯이 이 법구는 실비아밖에 쓸 수 없어요. 이렇게 말해도 억지로 써보려는 사람이 나오겠지만……. 추천하지는 않아요. 신벌을 받고 싶다면야 실험해 보는 것도 좋을지도 모르겠지만요."

코스케가 꺼낸 말의 의미를 이해하지 못한 로렐이 고개를 갸웃했다.

"신벌을……?"

"왜 의아하게 생각하시죠? 그건 신구라고 말씀드렸을 텐데요. 만들려면 에리사미르 여신의 힘도 빌려야 한다고요? 자신이 직접 만든 신구에 집적대는 녀석이 나왔는데 내버려 두는 신이 있을 것 같지는 않네요."

"…………"

코스케의 그 말을 듣자 로렐은 침묵했다. 실제로 신구를 억지로 쓰려다가 신벌을 받았다는 이야기는 얼마든지 있다. 제대로 된 근거도 없이 자신이라면 할 수 있다고 착각하는 바보는 얼마든지 있다는, 그런 알기 쉬운 사례다.

"하물며 그걸 실행하려는 게 자신의 이름을 내건 신전 관계자인가요. 그 여신의 성격을 고려하면, 신벌을 내리지 않는 게 이상하다고 생각하지 않나요?"

"신께서 직접 만드셨다니, 그것도 에리사미르 여신께서……."

지금까지의 역사에서 에리사미르 여신이 직접 이 세계에 뭔가를 한 일은 손꼽을 정도밖에 없다. 에리사미르의 신자들에게는 그게 상식이다.

코스케는 어떻게든 신구만이라도 손에 넣으려고 생각하는 로렐에게 더 말하는 건 그만두고 실비아에게 시선을 보냈다.

"뭐, 그렇게 생각하신다면 그래도 상관없죠. 실비아, 어쩔래? 실비아가 줘도 된다고 말한다면 넘겨줄 수도 있어."

"그런 짓은 하지 않아요!"

직접 에리스와 대화한 적이 있는 실비아다. 에리사미르와 연결할 수 있는 신구를 타인에게 넘겨준다니, 신자인 실비아에게 있어서 그건 신에 대한 배신행위나 다름없다. 그런 일을 할 리가 없다는 표정을 지은 실비아를 보자 코스케도 고개를 끄덕였다.

"그렇게 된 겁니다. 그리고, 두 번째로. 밖에 있는 사람들을 써서 우리를 강제로 붙잡으려는 건가요?"

"앗?! 어떻게 된 건가요?!"

생각지도 못한 말에 의문의 목소리를 내지른 건 실비아였다.

그걸 슬쩍 확인한 로렐은 의연한 표정을 지었다.

"오해입니다. 그들은 그저 호위를 위해 있을 뿐이에요."

"과연. 호위인가요."

"그런 셈이죠."

다른 목적이 있는 건 명백했지만, 그래도 눈앞의 로렐은 미소만 짓고 있었다. 코스케도 더 따지지는 않았다. 지금 상황에서는 그냥 나 몰라라 하고 있으면 될 뿐이니까.

그렇기에 코스케는 다른 방향에서 치고 들어가기로 했다.

"그런데, 그들은 신의 사도에게도 손을 댈 수 있을까요?"

"무슨 뜻이죠?"

"아뇨아뇨, 그냥 약간의 여흥 같은 질문이에요. 코우히……."

코스케는 대화에 전혀 끼지 않았던 코우히를 갑자기 불렀다.

이름을 불렀을 뿐인데도 코스케가 무슨 말을 하려는지 알아챘는지, 코우히는 약간 놀란 표정을 보였다.

"괜찮으신가요……?"

"응. 뭐, 최소한이라도 좋으니까 부탁해도 될까?"

"네."

코스케의 말에 코우히가 수긍했다. 원래 소란스러워지니까 숨기고 있었을 뿐, 코스케가 원한다면 코우히는 숨길 이유가 없다.

로렐과 실비아는 갑작스러운 두 사람의 대화가 무엇을 뜻하는지 알 수 없었다. 그러나 코우히가 코스케에게 고개를 끄덕인 순간, 그 몸이 빛에 휩싸였다. 그리고 그 빛이 사라진 뒤, 코우히의 등에는 한 쌍의 하얀 날개가 나타났다.

마법을 일부 해제해서, 타인에게는 보이지 않게 숨긴 날개를 드러낸 것이다. 코우히가 코스케가 아닌 다른 사람에게 이 모습을 보여주는 건 난생 처음이다. 탑에 있는 슈레인이나 하이 엘프는 외모로는 모르더라도 코우히나 미츠키가 가진 존재감으로 어렴풋이 알고 있을 뿐이었으니까.

"ᅳ"앗⋯⋯⋯?!""

놀란 두 사람을 곁눈질한 코스케는 의미심장하게 웃으며 로렐에게 말했다.

"그러니까 악수라고 했잖아요. 로렐 씨."

코스케는 차마 말을 잇지 못하는 로렐에게 덧붙였다.

"다시 한번 물어볼까요. 그들은. 아뇨, 여러분은 대변자에게 공격을 가할 수 있습니까?"

코스케가 부드럽게 웃으며 말하자 로렐은 바로 대답할 수 없었다.

대변자, 신의 사도, 사자⋯⋯ 등등. 그들의 존재는 옛날부터 확인되어 있고, 다양한 이름으로 불렸다. 공통적인 건 기본적으로 사람과 똑같은 형상이라는 것. 그러나 휴먼(인간족)이나 아인이라 불리는 종족에게 없는 유일한 특징으로, 날개가 있다는 게 거론된다. 날개의 색깔이나 개수, 크기는 다양하다. 그리고 최대의 특징으로 거론되는 건, 그들이 가진 힘이다. 불합리할 정도로 강대한 그 힘은 때로는 인류종을 돕고, 때로는 심판을 내렸다. 신탁을 받는 무녀를 통해서 신의 의지로 움직인다는 걸 인정받을 때도 있고, 그렇지 않을 때도 있다. 그 행동 원리는 현재도 정확하게 판명되지 않았다. 신이 세계에 무언가를 할 때 그 옆에서 대기하는 형태로 나타날 때도 있다. 따라서 신의 사도라 불린다. 그렇기에 신전의 신관이나 무녀에게 그들은 신앙의 대상이며, 또한 경외하는 존재이기도 했다.

갑자기 자신의 정체를 드러낸 코우히 앞에서 로렐과 실비아는 머리를 숙였다. 성직자인 두 사람에게는 신앙의 대상이니까 그건 당연한 행위였다.

그러나 코우히는 그런 실비아를 보며 눈살을 찌푸렸다.

"실비아. 당신이 저에게 그런 태도를 보일 필요는 없습니다."

"하……하지만!"

실비아가 반론하려 했지만, 코우히는 고개를 가로저었다.

"무엇보다, 주인님이 그걸 바라지 않으세요."

실비아가 놀라 고개를 들자, 코스케가 고개를 끄덕이고 있었다. 실비아가 함께 보낸 시간은 아직 짧지만, 코우히(와 미츠키)가 코스케를 최우선으로 생각하고 움직이고 있다는 건 말하지 않아도 알고 있다.

"아……알겠습니다."

마지못한 느낌이지만, 아무튼 실비아는 납득하면서 끄덕였다.

아무리 실비아에게는 신앙의 대상이고 무릎을 꿇을 필요가 있다지만, 그 행위로 인해 정작 본인의 심기를 불편하게 해서는 말이 안 된다.

"자, 그럼……."

그런 두 사람의 모습을 지켜보던 코스케가 로렐을 바라봤다.

"다시 한번 확인하겠는데, 진심으로 칼을 겨눌 수 있다고 생각하십니까?"

"아뇨아뇨, 설마요. 애초에 오해이고……."

코우히의 시선이 로렐의 말을 가로막았다.

"당신은, 저의 주인님에게 거짓말을 관철할 수 있다고, 진심으로 생각하시는 겁니까?"

로렐은 신의 사도에게 거짓이 통하지 않는다는 말을 떠올렸다.

"………………………."

겉으로는 변화를 내비치지 않게 조심하고 있었지만, 로렐은 내심 식은땀을 흘렸다. 직접 코스케 일행에게 위해를 가하거나 혹은 위협하기 위해 바깥에 사람들을 배치한 게 아니라는 건 사실이다. 그러나 이 신전에 속한 누군가가 미리 그런 준비를 해놓을 수 있다는 건, 수장인 이상 이해가 가는 일이었다. 자신들의 눈앞에서 신들의 일부에 접촉하는 행위를 보이고, 게다가 그걸 위한 도구를 만든 사람이라니, 신전에 소속된 성직자가 내버려 둘 수 있을 리 없다. 무력으로 위협하는 것도 수단 중 하나다.

어떻게 하면 이 자리를 벗어날 수 있을까. 로렐이 머리를 최대한 굴리고 있는 사이, 코스케가 먼저 말을 꺼냈다.

"뭐, 우리는 여러분이 먼저 손대지 않는다면 딱히 이쪽에서 뭔가 할 생각은 없어요."

"그거야, 물론……."

"단지, 지금 상황을 보면 당신에게만 언질을 받아봤자 의미가 없어 보이긴 하죠?"

방 바깥에 그런 자들이 모인 걸 생각하면, 코스케의 염려는 기우가 아니다. 이제 와서 그들을 철수시킨 뒤에 그런 사람들은 없다고 주장해도 의미는 없다.

지금 코스케의 말을 듣고, 그가 무엇을 바라는지는 대략 예상이 간다. 그러나 이후의 일을 고려하면, 코스케가 하는 말을 전부 인정하고 싶지는 않았다. 그렇지만 이미 그런 잔꾀는 의미가 없다. 코우히가 정체를 드러냈다는 건 그런 뜻이다.

로렐은 체념한 듯 한숨을 쉬며 대답했다.

"그럼, 이 신전을 관리하는 자들을 모으기로 하죠. 이러면 되겠습니까?"

"으~음. 뭐, 그게 제일 좋겠네요."

코스케도 로렐의 말에 고개를 끄덕이며 동의했다.

결국, 신전 고위직이 모인 곳에서 코우히가 다시 날개를 꺼내고 언질을 받아냈다.

신전 관계자는 함부로 코스케 일행에게 손대지 않는다. 만약 신전 관계자가 코스케 일행에게 위해를 가하는 경우, 그 상사는 연대책임을 지게 된다. 이번 일에 관해서는 불문에 부친다 등등. 여러 규정(?)을 정하고 그 자리는 해산하게 되었다.

그래도 씁쓸한 표정을 지은 사람이 몇 명 있었지만, 코스케가 알 바는 아니다. 그건 신전 내부의 문제다. 이후에는 코우히를 알게 된 것으로 인해 더욱 멍청한 짓을 저지르는 사람이 나오지 않기를 바랄 뿐이다. 그렇지만, 나오면 나오는 대로 코우히의 힘으로 짓 뭉개면 된다. 쓸데없이 싸움을 벌일 생각은 없지만, 가만히 상대의 요구를 받아들일 생각도 없다.

"그런데 실비아는 그 신전에 돌아가지 않아도 되겠어?"

신전에서 여관으로 돌아오는 와중에 갑자기 코스케가 실비아에게 물었다.

"무슨 뜻인가요?"

코스케가 한 질문한 의미를 이해하지 못한 실비아가 눈살을 찌푸렸다.

"아니, 애초에 실비아는 그 신전에 있었잖아?"

로렐과 실비아의 태도로 바로 알아챘다.

"아아, 그거 때문이었나요. 괜찮아요. 애초에 저는 그 신전에서 추방당했으니까요."

그런 말이 태연하게 나왔기에 코스케는 눈을 동그랗게 떴다.

"응? 그랬어?"

"네."

"흐~응. 그렇구나."

코스케가 바로 납득하자 실비아가 탐색하는 시선을 보냈다.

"그것뿐인가요?"

"응. 뭐, 지금은. 실비아가 말할 생각이 있다면 듣겠지만?"

"아뇨. 지금은, 그만둘게요."

"그럼 나도 안 물어볼게. 게다가 듣지 않아도 딱히 문제는 없으니까. 그 이전에 에리스가 실비아를 선택한 시점에서 문제 같은 건 없어."

어느 의미로는 최강의 보증인(?)이다.

그걸 들은 실비아는 코스케와 에리사미르 여신이 어떤 관계인지 물어보려 했지만, 바로 생각을 고쳤다. 이거야말로 말할 생각이 있다면 이야기해 줄 거고, 말할 수 없다면 아무리 물어봐도 대답해 주지 않을 거다. 언젠가는 듣고 싶은 마음은 있지만, 딱히 지금 당장은 듣지 않아도 된다고 생각했다. 오늘은 코우히에 대해 알게 된 것만으로도 충분하다. 사실 그것만으로도 간당간당했다. 무엇보다 코스케가 만들어준 신구도 있다. 지금은 이걸 능숙하게 쓸 수 있게 되는 것이 최우선 사항이다. 실비아는 그렇게 생각하고 있었다.

(6) 서큐버스의 매료

신전을 나와 여관으로 향한 코스케 일행이 본 것은 생각지도 못한 광경이었다.

믹센의 여관에 네 명이 묵을 수 있는 커다란 방을 빌렸는데, 그 방 중앙에 슈레인과, 손발이 묶이고 재갈이 물린 여성 한 명이 있었기 때문이다.

"으~음. 이건 대체 무슨 상황?"

코스케는 두 사람에게 다가가서 물었다.

슈레인은 뭔가 장난스러운 미소를 짓고 있다.

코스케는 다음으로 손발이 묶이고 재갈이 물린 상태로 바닥에 앉은 여성을 봤다. 그리고 그 여성에게 시선을 돌린 순간, 코스케의 심장이 크게 두근거렸다.

현재, 코스케 주변에 있는 어느 여성보다도 근사한 쭉쭉빵빵한 몸매. 얼굴이야 인간을 초월한 수준인 코우히나 미츠키보다는 조금 떨어지지만, 그래도 누구나 인정할 미모다. 물결치듯 웨이브가 진 흑발은 빛을 반사하며 요염하게 빛났고, 특징적인 붉은 눈동자가 요사한 매력을 발한다.

이상하다고 생각했을 때는 이미 늦었다. 코스케의 다리가 무의식적으로 그 여성에게 향했다.

"흠. 아무리 코스케 공이라도 시선을 빼앗기는가."

코스케의 그 모습을 본 슈레인이 그렇게 말하면서 "짝." 하고 손뼉을 쳐서 방 전체에 퍼지는 소리를 냈다. 코스케는 그 소리를 듣고 정신을 차렸을 때, 이미 사태는 움직이고 있었다.

순식간에 코우히가 여성에게 검을 들이밀고 있는 걸 본 코스케는 황급히 말렸다.

"코우히. 잠깐잠깐."

"하지만……!!"

"아니, 나는 상황을 전혀 모르겠거든. 적어도 설명이라도 들은 뒤에 해도 늦지는 않잖아?"

솔직히 방에 들어오자마자 못 보던 여성에게 정신이 팔렸고, 제정신을 차린 순간 이런 상황이 벌어졌다. 코스케에게는 너무나 갑작스러워서 영문을 모르겠다. 적어도 슈레인의 설명이 필요했다.

코스케의 제지를 들은 코우히는 여성에게 들이밀었던 검을 마지

못해 내렸다. 그리고 그걸 확인한 코스케는 안심하며 슈레인을 봤다.

"그래서? 이게 무슨 상황이야?"

"흠. 코스케 공과 함께 걷다 보니 무언가가 몰래몰래 따라오는 기척이 느껴지질 뭐냐."

"그래서……?"

"뭐, 그것만이라면 방치해도 되었겠지만, 그자에게서 신기한 기운이 느껴져서 낌새를 보기로 한 것이야."

이것이 신전 앞에서 슈레인이 코스케 일행과 헤어진 이유다.

"신기한 기운이라니?"

"흠. 뭐, 한마디로 말해서 매료지."

"그건…… 다짜고짜 상대를 유혹하는 그런 종류?"

"뭐, 틀리지는 않느니라."

슈레인의 말로는, 여성을 본 순간 코스케가 정신이 팔렸던 것도 매료의 힘이 작용했기 때문이라고 한다. 덤으로, 지금 생각하니 실비아도 똑같은 상태였다는 게 보였다. 실비아도 슈레인의 설명을 듣고 납득한 듯 끄덕이고 있었다.

"동성도 유혹하는 매료라니…… 굉장하지 않아?"

코스케가 놀라자, 슈레인은 크게 끄덕였다.

"음. 그렇긴 하지. 적어도 나는 처음 봤느니라."

코스케는 다시금 여성을 봤다. 마음을 굳게 먹었기에 똑같은 상태에 빠지지는 않았지만, 그럼에도 변함없이 눈길을 끄는 매력은 굉장하다는 말밖에 나오지 않았다. 이것도 평소에 코우히나 미츠

키 가까이에서 보내는 코스케이기에 마음을 굳게 먹는 것만으로도 평소 상태로 있을 수 있는 거다.

"그건 알았는데, 왜 이런 상태가 된 거야?"

여성에게 매료하는 힘이 있다는 건 알겠지만, 어째서 묶인 상태로 앉아있는지 알 수 없었던 코스케는 고개를 갸웃했다.

"주인님. 그게 아니에요. 이런 상태인데도 불구하고 주인님이 조금 전 그런 상태가 되었다는 게 위험한 겁니다."

코우히가 인상을 팍 쓰고 끼어들었다. 그걸 들은 코스케도 그 말을 이해했다.

"그건 즉, 손발이 묶이지 않았다면 매료의 힘이 더 강했다는 뜻이야?"

"틀림없이 그랬겠지."

슈레인이 단언하듯 수긍했다. 그걸 들은 코스케도 겨우 코우히의 행동을 이해했다. 아무리 생각해도 코스케에게는, 그보다 세상의 남자들에게는 위험물 수준의 인물이다.

거기서 코스케는 문득 의문을 느꼈다.

"어라? 그런 굉장한 힘이 있는데 어째서 평범하게 이 도시에 있을 수 있어?"

슈레인에게 붙잡힐 때까지 여성은 코스케 일행의 뒤를 밟았다고 했다.

"그건 말이다. 뭐, 나도 그렇긴 하지만. 이런 종족의 특징은 은밀이라든가, 주변 사람들에게서 자신의 인식을 벗어나게 만드는 특기가 있느니라."

"뭐랄까……. 관련 직업에서는 사족을 못 쓸 것 같네……."

슈레인의 설명을 들은 코스케의 뇌리에서 암살자라는 단어가 떠올랐다.

"실제로 그런 직업에 종사하는 사람도 있지 않겠느냐? 이자가 그런지는 아직 묻지 않았다만."

"물어보지 않았어?"

코스케 일행이 여기에 올 때까지 상당한 시간이 지났을 텐데.

"물어보고 싶어도 물어볼 수가 없었느니라. 이자의 목소리에도 그 힘이 있으니까. 동족의 힘을 가진 나조차도 홀려버릴 것 같아서 역시 좀 놀랐지."

"그건 참……."

일동은 모두 말문이 막혔다. 말문이 막힌 사람 중에 코우히도 포함되어 있다는 것이, 이 여성이 얼마나 강력한 힘을 가졌는지 알려주고 있다.

"그렇다면, 무슨 목적으로 주인님의 뒤를 밟았는지도 묻지 못한 거군요?"

"그런 셈이지."

슈레인의 대답을 듣자, 코우히는 고민에 잠긴 모습을 보였다. 코스케의 뒤를 밟은 사정을 묻지도 않았는데 이대로 풀어주는 것도 문제라고 생각하고 있는 거다.

"그러니, 나로서는 전문가에게 맡기는 게 어떤가 싶은데?"

"전문가?"

그런 사람이 있나 싶어서 코스케는 고개를 갸웃했다. 만약을 위해 실비아를 봤지만, 고개를 도리도리 저으며 부정하고 있다.

그 두 사람의 반응을 본 코우히가 슈레인에게 해답을 내놓았다.

"미츠키, 로군요?"

"그래. 나를 소환할 정도이니라. 아마 이런 이들에 대한 것도 잘 알겠지?"

반대로 말하면, 코우히는 잘 모른다. 그렇기에 지금까지 아무런 방법도 쓰지 못하고 단순한 방법으로 여성을 배제하려 한 것이다.

코스케도 그렇구나, 하고 수긍했다.

"그렇다면 코우히 공. 이 자리는 맡겨도 되겠느냐? 나는 미츠키 공을 불러오마."

"어쩔 수 없군요. 그것밖에 없겠죠."

탑까지 전이할 수 있는 게 나와 슈레인밖에 없는 데다. 자신이 코스케 곁에서 떨어진다는 선택지는 없는 이상 이럴 수밖에 없었다. 코우히는 마지못해서 한다는 표정으로 수긍했다.

"저녁 먹을 때까지는 늦지 않게 돌아오마."

슈레인은 그렇게 말하고는 방을 나갔다. 미츠키가 올 때까지 여성을 이대로 놔두는 건 안타깝지만, 코스케에게 주는 영향이 너무 커서 별수 없었다. 무엇보다 구속을 푸는 건 코우히가 허락하지 않으리라.

결국 미츠키가 올 때까지 코스케는 최대한 여성을 보지 않으려고 하면서 시간을 보냈다.

슈레인은 선언대로 저녁 식사 전에 돌아왔다. 오는 도중에 어느 정도 설명했는지, 미츠키는 바로 여성을 보더니 납득한 듯 끄덕였다.

"흐응. 그렇구나아. 이거 굉장하네."

미츠키는 그렇게 말하더니 여성에게 다가갔다. 코스케 일행의 대화를 듣던 여성은 뭔가를 느꼈는지 필사적으로 뒤로 물러나려 했다.

"거기, 도망치지 마. 모처럼 도와주려는 건데."

여성에게 다가간 미츠키는 그녀의 미간에 오른손 검지를 대고 뭔가 중얼거렸다.

"자, 이걸로 끝. 이제 구속을 풀어도 괜찮아."

미츠키가 그렇게 말한 순간, 코스케는 여성에게서 느껴지던 압박감(?) 같은 게 사라진 걸 느꼈다.

"그런가."

미츠키의 말을 듣자마자 슈레인이 마법을 풀었다. 여성을 묶고 있던 구속은 끈만이 아니라, 슈레인의 마법도 병용했던 모양이다.

"저기……. 감사합니다아."

재갈을 푼 여성이 미츠키에게 고개를 숙였다.

"어머. 감사를 표한다면, 내가 뭘 했는지 알고 있는 거야?"

"네~. 쐐기를 박아주신 거죠? 그건 제 고향에도 전해지는 기법이니까요오. 저에게는 그걸 걸어줄 수 있는 사람이 없어서……"

미츠키가 여성에게 걸어준 건 매료의 힘을 봉인하는 술법이다. 여성의 종족에도 그 술법은 전해지지만, 거는 상대에 따라 상응하는 힘이 필요하다. 이 여성은 본래 가진 매료의 힘이 너무 강해서 그 매료를 봉인하는 기술을 쓸 수 있는 사람이 없었던 것이다.

설명을 들은 미츠키가 살짝 끄덕였다.

"그래. 그나저나 당신, 세이렌도 섞여 있어?"

그 말을 들은 여성은 눈을 크게 뜨며 놀라움을 드러냈다.

"그런 것까지 아시는 건가요~?"

"응. 뭐, 어렴풋이 느낀 거지만."

"과연. 그런 거였나."

두 사람의 대화를 듣던 슈레인도 납득한 듯 고개를 위아래로 흔들었다.

"그나저나 굉장히 절묘하게 섞인 모양이구나."

"그러게. 게다가 이 모습을 봐서는, 그쪽은 아마 본인도 눈치채지 못한 것 같아."

"그건 그렇지."

미츠키와 슈레인의 대화는 다른 사람이 따라가지 못했다.

"두 사람. 서로만 납득하지 말고 우리에게도 제대로 설명해 줬으면 하는데?"

"하긴. 그럼 그 전에, 할 일이 있잖아?"

"할 일?"

코스케가 미츠키의 말을 듣고 고개를 갸웃했다.

"애초에 왜 코스케 님의 뒤를 밟았는지 확인해야지. 가르쳐 줄 거지?"

미츠키가 보자 여성은 살짝 끄덕이며 이야기를 시작했다.

피치 트레인이라고 이름을 댄 여성은 코스케 일행을 미행하던 이유를 무척 간결하게 이야기했다.

"점괘가 나왔으니까요."

생각지도 못한 이유였기에 코스케는 잘못 들었나 싶어 고개를 갸웃했다.

"응? 점괘?"

"네~. 제가 사는 마을에는 점이 잘 맞는 아주머니가 사시는데요. 그 아주머니의 점에서, 믹센으로 가면 자신의 운명과 만날 거라는 점괘가 나왔거든요."

"그건 또 독특한 점이네……. 운명이라니?"

"저도 들었을 때는 몰랐는데, 지금은 알겠는걸요~?"

비치는 그렇게 말하며 코스케를 빤히 바라봤다.

"응……? 무슨 소리야?"

"그러니까~. 당신이, 저의 운명이에요."

"뭐……?!"

코스케는 저도 모르게 말문이 막혔다.

(아니아니, 그럴 리가. 그런 전개는 2차원만으로 충분하다고.)

설마 그런 전개가 자신에게 찾아오리라고는 생각하지 않았다.

옆에서 그걸 듣던 실비아가 게슴츠레한 시선으로 코스케를 바라봤고, 슈레인과 미츠키는 재미있다는 표정으로 코스케를 바라봤다. 코우히는 평소 그대로다.

"아, 잠깐만요. 딱히 운명적으로 맺어질 사람이라거나 그런 게 아니고, 제 인생에 크게 얽히게 되는 사람이라는 의미라고요~.

뭐, 딱히 저는 운명의 사람이라도 상관없지만요?"

"인생에 얽힌다니, 무슨 소리야?"

코스케는 후반부의 말은 못 들은 걸로 치고 피치에게 물었다.

"그게에, 이미 저의 인생에 얽히게 되었잖아요~? 아까 미츠키 씨가 저한테 쐐기를 박아주셨으니까요. 하지만 그거라면 미츠키 씨가 저의 운명에 얽히게 된다는 점괘가 나왔을 테니까, 그게 아니라 코스케 씨가 나왔다는 건 저의 운명에 얽힐 무언가가 또 있다는 뜻이라고 생각해요~."

"아니아니, 잠깐 기다려. 그 전에, 왜 내가 너의 운명에 얽히게 된다는 거야?"

아까 들었던 점괘에서는 코스케라는 이름은 없었을 거다. 코스케의 질문을 듣자, 피치는 잠시 고개를 갸웃하며 고민하다가 말했다.

"감으로……?"

"아니아니, 감이라니……."

코스케는 어깨를 풀썩 떨궜다.

"아~ 바보 취급하는 거죠? 우리 종족은 감이 좋은 걸로 유명하다고요~?"

"뭐……?"

"저기……. 혹시, 당신의 종족은 서큐버스인가요?"

물음표를 띄운 코스케 옆에서 실비아가 질문을 던졌다.

슈레인과 미츠키는 피치의 종족을 알고 있던 모양이지만, 원래 서큐버스는 휴먼과 외모가 크게 다르지 않아서 본인에게 듣거나 마법으로 판별하지 않는 한 모른다.

"맞아요~."

"그랬군요."

피치의 대답을 듣자, 실비아는 납득한 듯 끄덕였다.

"저기, 무슨 소리야?"

"서큐버스라는 종족은 서, 성적인 방면에서도 유명하지만 감이 좋은 걸로도 유명한 종족이거든요."

"감이 좋다기보다는, 앞을 내다볼 수 있는 감각을 가졌다고 할 수 있느니라."

실비아의 설명에 슈레인이 덧붙였다.

"맞아요~. 덕분에 우리 일족은 그 능력을 살려서 우수한 점술사를 배출해 왔죠."

"흐응~. 그렇구나."

"세간 일반적으로는 성적인 쪽이 유명해진 바람에, 강제로 그런 쪽 노예가 되는 일이 없도록 익힌 능력이라는 말도 있어요~."

서큐버스에 얽힌 뜻밖의 역사를 들은 코스케는 저도 모르게 감탄했다. 그래봤자 코스케가 아닌 서큐버스는 어디까지나 예전에 있던 세계에서 들은 정도이지만.

"어라? 그럼, 은밀 능력 쪽은?"

"그건 훈련으로 익힌 능력이에요~. 아무래도 저는 매료의 힘을 숨길 수가 없어서 주변 사람들을 닥치는 대로 매료해버리는 상태였으니까, 반드시 은밀 기능이 필요했거든요."

"그렇구나."

코스케가 약간 기겁하면서 납득하자, 피치는 미소를 지으며 말했다.

"괜찮아요~. 지금까지 매료에 걸린 건 우리 일족 사람뿐이고, 일족에는 그걸 치료하는 방법도 전해지니까요. 게다가 저는 은밀 기능을 익힐 때까지는 마을에서 나가는 게 금지되어 있었어요."

서큐버스는 매료의 힘에 관해서는 의외로 신경을 쓰고 있는 모양이었다.

"그렇구나……. 아니, 어라? 은밀은 농담으로 말한 건데, 정말로 그쪽 방면의 일도 맡는 건가?"

"맞아요~. 오히려 점술보다는 그쪽이 더 역사가 깊죠."

"흐응, 그렇구나. 어라? 그런 걸 간단히 말해도 돼?"

"사실은 안 돼요~. 하지만 당신은 제 운명이니까요."

매료의 힘이 봉인되었을 피치의 웃음에 두근두근하던 코스케는 어떻게든 그걸 뿌리치며 태클을 걸었다.

"아니, 운명이 아니라, 인생에 얽히는 사람이잖아……?!"

"어느 쪽이든 똑같아요~."

"아까 하던 말하고 다르잖아!!"

허둥대는 코스케의 모습을 본 피치는 키득키득 웃었다.

"어머, 유감이네요~. 저는 언제라도 환영하니까요. 참고로 저는 서큐버스지만, 조금 전과 같은 사정도 있어서 순결은 제대로 지키고 있거든요?"

"거, 거기까지는 안 물어봤거든……?!"

역시 피치는 서큐버스라고 생각하게 된 코스케였다.

"그, 그런데, 미츠키와 슈레인이 말하던 섞여 있다는 건 뭔데?"

어떻게든 마음을 다잡은 코스케가 미츠키에게 화제를 돌렸다.

"어머, 그건 저도 흥미가 있네요~."

"그래. 그것에 관해서는 슈레인이 설명해 주는 게 나을지도?"

"뭐, 그건 그렇지."

슈레인은 피치에게 시선을 돌렸다.

"그대. 아까 세이렌의 피가 섞였다고 말했지만, 다른 핏줄에 관해서는 뭔가 듣지 못했느냐?"

"다른 핏줄이요~? 딱히 들은 건 없는데요?"

"흠. 그렇구먼."

"슈레인. 혼자 납득하지 말고 설명, 설명."

미츠키가 둘이서 끄덕이는 슈레인을 코스케가 재촉했다.

"알았다 알았어. 피치라 했느냐. 그대에게는 틀림없이 뱀파이어의 피가 흐르고 있을 텐데?"

"네……?"

부모에게도, 종족에게도 들은 적 없는 이야기인지 피치가 멍한 표정을 지었다.

"피의 계약으로 묶인 느낌은 들지 않으니, 조상 중 누군가가 뱀파이어였던 게 아니겠느냐?"

"저는 들은 적이 없는데요~? 그렇다면 슈레인 씨는, 혹시?"

"음. 뱀파이어가 맞다만?"

"아~ 그랬었나요~. 처음 봤어요."

"뭐야. 뱀파이어는 희귀한가?"

"희귀하다면 희귀하지만, 서큐버스와 비슷한 숫자는 되지 않겠느냐?"

태연한 설명을 듣게 된 코스케는 이 중에서 제일 상식인인 실비아를 봤다. 실비아는 고개를 끄덕였다. 요컨대, 뱀파이어도 서큐버스도 어느 정도 아인으로 인지되고는 있지만, 숫자만 봐서는 희귀한 종족이라는 뜻이다.

"그래서, 뱀파이어의 피가 섞여 있는 건 희귀한 건가?"

"아니아니, 그렇지는 않느니라. 단지, 피치에게 섞여 있는 피는 시조이거나, 혹은 시조에 가까운 모양이라서 말이지."

"네……?"

슈레인의 말을 듣자, 피치와 실비아가 어안이 벙벙해졌다.

"게다가 대를 거듭하며 희박해진 게 아니라, 아무래도 격세유전에 가까운 상황인 모양이야. 꽤 강한 힘을 발휘하고 있었느니라."

코스케는 슈레인의 미묘한 어조를 알아채고 고개를 갸웃했다.

"있었다? 과거형?"

"음. 지금은 미츠키 공의 술법으로 힘이 봉인되었으니 말이다."

"그런가요~."

시조 선언에서 회복한 피치가 납득했다.

"흠. 뭔가 짐작 가는 게 있는 모양이구나?"

"짐작이라기보다는, 저의 힘을 봉인하지 못한다는 게 마을에서는 문제시되고 있었는데요. 설마 그런 힘까지 섞여 있을 줄은 생각하지 못했던 모양이에요."

"과연. 그런 일도 있을 수 있느냐?"

슈레인의 의문은 실제로 힘을 봉인한 미츠키에게 향했다.

"그렇지. 서큐버스와 세이렌과 뱀파이어의 힘이 적절하게 섞여 있었으니까, 모른다면 봉인하기는 어려울지도 몰라."

"그렇군요~. 납득했어요."

"그런데, 시조가 뭐야?"

코스케가 하마터면 흘려버릴 뻔했던 의문을 던졌다.

"뭐야. 몰랐었느냐? 다른 이름으로는 『시작의 뱀파이어』라고 불리는, 뱀파이어의 근원이 된 이들을 말하느니라."

"이들? 다수가 있어?"

"음. 30명 있었다고 전해지지."

"흐응~."

"그러니까 지금 피치의 힘은 확실하게 봉인되었어. 코우히도 안심했어?"

미츠키가 화제를 던지자, 코우히는 벌레 씹은 표정을 보였다.

"뭐, 매료의 힘은, 그렇겠죠."

"너도 걱정 참 많네. 뭐, 마음은 모르는 바도 아니지만."

미츠키는 코우히의 대답을 듣고 키득키득 웃었다.

"무슨 소리야?"

미묘한 말투에 의문을 느낀 코스케가 두 사람을 바라보자, 미츠키는 새로운 폭탄을 투하했다.

"피치의 체술이나 단검 기술은, 지금의 우리와 비슷한 수준이거든."

"아니, 너희와 비슷한 수준이라니…… 진짜로?!"

지금의 코우히와 미츠키는 힘을 봉인하고 있지만, 그래도 인간이 도달할 수 있는 레벨의 최고봉에 위치한다.

그런 두 사람의 수준과 비슷하다는 말이 나오자, 코스케는 매료에 대한 것도 잊어버린 채 피치를 응시했다.

(7) 피의 계약, 또다시

코스케는 미츠키의 고백에 놀란 나머지 왼쪽 눈을 써서 피치의 스테이터스를 확인하는 걸 잊고 있었다. 그만큼 충격이 컸다.

실제로 슈레인과 실비아도 경악한 표정을 지었다.

"아뇨아뇨. 아무리 그래도 그건 과장이죠~. 체술이나 검술만 한 발짝 미치지 못하는 느낌이고, 여기에 마법을 쓰게 되면 도저히 발끝에도 못 미쳐요."

반대로 말하면, 마법을 쓰지 않는 전투에서는 일대일로도 그럭저럭 싸울 수 있다는 걸 의미한다.

"그건, 굉장하네."

코스케가 중얼거리자, 슈레인과 실비아도 수긍했다.

"어라어라? 저는 부정했을 텐데요?"

"아니아니. 한 발짝 미치지 못한다는 시점에서 굉장하거든."

"그런가요~?"

"어? 그렇지 않아?! 그……그렇지?"

피치의 반응을 보고 불안해진 코스케가 슈레인과 실비아를 보자, 두 사람도 모두 고개를 끄덕였다.

"말도 안 되네요."

"나조차도 그렇게 강하지는 않다고?"

"으음~. 그런가요."

코스케는 거기서 문득 의문이 들었다.

"어라? 근데 슈레인은 피치를 알아챘잖아?"

"그건 뱀파이어의 힘이 발하는 기운을 느꼈다는 게 올바를 것이야. 본인도 몰랐다면, 힘의 제어도 하지 못했겠지?"

"확실히, 그럴지도 모르겠네요~."

슈레인이 묻자 피치도 수긍했다.

"그렇구나. 그런데 피치가 자기 힘을 과소평하는 건 왜지?"

"왜냐고 말씀하셔도~?"

피치도 코스케와 함께 고개를 갸웃했다. 자신은 강함의 기준을 잘 모르겠다는 느낌이다.

"추측이지만, 피치는 지금까지 마을에서 거의 나가지 않았지?"

"그렇긴 하죠~."

"그럼 세간의 일반적 감각과 어긋나도 이상하지는 않겠네?"

"그렇군요. 그럴지도 모르겠네요~. 제가 여기에 올 때까지 마을에서 거의 나가지 않았다는 것도 사실이고요."

코스케도 납득하려다가 다른 의문이 떠올랐다.

"아니, 근데 마을 사람과 비교해서 자신이 강하다는 생각은 안 들었어?"

"확실히 강하긴 했죠~. 그래도 어차피 마을에서나 그렇다고 생각했어요."

작은 마을 안에서는 강해도, 밖으로 나가면 자기보다 강한 사람이 많이 있으리라 생각했다는 거다. 실제로는 그렇지 않았지만.

대부분 마을에 갇혀서 자랐다는 피치의 철부지 같은 모습에 일동은 한숨을 쉬었지만, 본인은 변함없이 태평했다.

"저기~. 그래서, 제가 부탁드리고 싶은 게 있는데요……."

"부탁?"

"저도 동료로 끼워주시면 안 될까요?"

피치가 한 말은 어떤 의미로는 예상대로였지만, 코스케는 대답이 막혔다. 피치가 코스케를 자기 운명이라고 말한 이상, 이런 말을 꺼낼 건 예상하고 있었다. 코스케 자신도 어느 한 점을 제외하고는 딱히 상관없다고 생각한다.

그건, 코우히의 존재다.

코우히는 노골적으로 피치를 경계하고 있었다. 피치 정도의 강자라면 코우히나 미츠키가 있어도 잠깐의 허를 찔러 코스케에게 해를 끼치는 것도 가능하다고 생각하는 것이다. 물론 코우히나 미츠키 상대로 간단히 가능할 것 같지는 않지만, 동료가 되어 언제나 행동을 함께하게 된다면 그만큼 위험도 커진다.

코스케도 그런 코우히의 생각을 모르는 바는 아니다.

"으~음……."

팔짱을 끼고 고민하는 코스케를 피치가 불안한 눈치로 봤다.

그런 피치를 보던 슈레인이 코스케에게 의문을 던졌다.

"코스케 공이 걱정하고 있는 건, 배신당할 가능성이더냐?"

"정확하게는, 배신당하는 것 자체보다는 배신당해서 죽을 가능성일까?"

그리고, 걱정하는 건 코스케가 아니라 코우히라고 마음속으로 덧붙였다.

"그, 그런 일은, 안 해요~."

"아…… 미안. 나도 지금으로서는 그럴 일은 없으리라 생각해. 하지만 그게 문제가 아니라, 여차할 때는 그게 가능하다는 점이 문제인 거야."

예를 들어, 실비아라면 그럴 걱정은 없다. 실력으로 코우히나 미츠키에게 대항하는 건 불가능하니까. 문제는 실행하느냐 마느냐가 아니라, 가능하냐 불가능하냐인 것이다.

"그렇다면, 피치가 코스케 공에게 해를 끼치지 않는다는 보장이 된다면 문제없는 것이냐?"

"뭐, 말하자면 그렇지만?"

"그럼 피의 계약을 맺으면 어떠냐?"

슈레인이 소환되었을 때 코스케와 맺은 계약이다.

그때의 일을 떠올린 코스케는 고개를 갸웃하며 물었다.

"응……? 가능해?"

"가능하지. 피치는 애초에 흡혈 일족의 피를 이었느니라. 내가 의식을 도와준다면 아무런 문제도 없지."

코스케가 저도 모르게 미츠키를 바라보자, 그녀도 수긍했다.

"저기~? 피의 계약이라는 게 뭔가요?"

"간단히 말해 계약자의 행동을 제한하는 의식이니라. 이 경우에는, 서로의 목숨에 해를 끼치는 행동을 할 수 없게 해야겠지?"

"오오. 그런 게 가능한가요~."

"가능하지. 그럼, 어쩌겠느냐? 계약을 맺겠느냐?"

슈레인이 묻자, 피치는 고민하는 모습을 보였다.

"그것 말고는, 아무것도 없는 건가요~?"

"응? 무슨 소리냐?"

"예를 들어, 노예 같은 존재가 되어버린다거나."

"아아, 그런 뜻이었나. 물론 하려고만 한다면 가능하지만. 이번에는 딱히 필요 없지 않겠느냐? 애초에 코스케 공이 그런 계약을 바라지 않으니 말이다."

슈레인의 말에 코스케도 수긍했다.

"의심하면 끝이 없겠지. 피의 계약 자체는 일반적으로 별로 알려지지 않았으니까. 일단 나도 피의 계약에 대해서는 알고 있으니까, 이후에는 믿어달라고 할 수밖에 없겠네?"

미츠키가 제안하자, 그제야 피치도 납득한 표정을 보였다.

"알겠습니다~. 미츠키 씨의 말하고, 나머지는 제 감을 믿을게요. ……그럼, 피의 계약을 하면 동료로 끼워주시는 건가요?"

"응. 그건 문제없어."

코우히의 표정을 확인한 코스케가 수락하자, 피치가 고개를 끄덕였다.

"그럼, 해 주세요~."

"알았느니라."

피치의 합의에 슈레인이 수락하면서 피의 계약을 맺게 되겠다.

피의 계약을 하려면 뭔가 준비가 필요한 줄 알았는데, 슈레인은 그런 건 필요 없다고 말했다.

결국 필요한 건 코스케의 손끝을 쨀 피 한 방울뿐이었다. 생각해 보면 코스케는 알아채지 못했었지만, 슈레인과 피의 계약을 맺었을 때도 코스케의 피를 마셨을 뿐이었다. 이번에는 코스케의 피를 핥을 때 슈레인이 아까 말했던 대로 돕겠지만, 미츠키 말고는 뭘 했는지도 알 수 없을 거다.

계약 방법을 슈레인에게 물어보자, 구두 약속을 피의 힘으로 속박한다는 것이었다. 이번에는 조금 전 대화가 그대로 계약 내용이 된다. 슈레인 때는 구두로 약속한 적이 없지만, 딱히 피를 준 자가 그 내용을 들을 필요는 없다고 한다. 단, 그렇게 되면 피를 준 자가 불리해지는 계약을 맺을 수도 있을 것 같지만, 실제로 피를 받은 자는 준 자에게 불리한 계약을 맺을 수 없다. 피의 계약에는 계약자의 피와 계약 내용인 약속, 그리고 제삼자의 중개가 필요한 것이다.

그 밖에도 계약에 관여하는 누군가가 뱀파이어의 힘을 가질 필요가 있는 등 세세한 조건이 있지만, 길어질 것 같았기에 코스케는 거기까지 듣는 건 그만뒀다.

"으~음……. 역시 피는 그다지 맛있지 않네요~."

코스케의 손끝에서 나온 피 한 방울을 핥은 피치의 감상이었다. 이번 같은 계약 내용에는 많은 양의 피가 필요 없었다.

"그야 그렇지. 우리 일족이 아니라면 피를 맛있게 여기는 자는 없지 않겠느냐?"

"어라? 하지만 저는 뱀파이어의 피를 이었다면서요~?"

"굳이 말하자면 힘을 이은 거니까. 육체는 서큐버스잖느냐."

"그렇군요~."

"나에게 코스케 공의 피는 최고급인데 말이지."

그렇게 말하며 웃는 슈레인을 본 코스케는 왠지 모르게 피를 주고 싶은 기분이 들었다. 피치가 손가락을 핥는 바람에 이상한 기분이 든 걸지도 모른다.

"핥아 볼래?"

아직 손끝에서 나오는 피를 본 코스케가 그렇게 말하며 손가락을 내밀었다.

"괘, 괜찮은 거냐……?!"

그러자 슈레인이 엄청난 기세로 달려들었다.

"으, 응. 뭐, 아직 피도 멎지 않았으니까……. 아, 잠깐."

변명 같은 말을 하려던 코스케의 손가락을 재빨리 움직인 슈레인이 덥석 물었다. 코스케의 손을 핥으며 행복한 표정을 짓는 슈레인을 보자 왠지 화낼 마음도 생기지 않게 된 코스케는 마음대로 하게 놔두기로 했다.

결국, 언제까지고 물고 있는 슈레인의 입에서 억지로 손가락을 빼낸 코스케는 원망하는 슈레인의 표정을 보게 되었다.

(8) 신능 각인기

믹센에서 피치를 동료로 넣은 뒤에는 일단 탑을 경유해서 대륙

북서쪽에 있는 케네르센 마을로 향했다.

케네르센 주변은 대륙의 다른 도시에 비하면 비교적 마물이 적은 지역이다. 그 특성과 넓은 평지를 살려서 일대를 농업지대로 개간해놨다. 단, 내륙으로 갈수록 마물이 늘어나는 건 다른 곳과 다르지 않다. 당연하지만 모험가 수요도 있고, 밭 근처의 순찰이나 주변에 나타나는 마물 토벌이 주된 일이다.

케네르센에도 전이문을 지을 예정이지만, 이건 모험가를 모으다기보다는 장래에 탑에 밭을 만들 때 농부 등의 기술자를 부르기 위해서다. 물론, 대륙의 북동, 남동, 남서에 문을 지을 예정이니 북서쪽에도 둬야 한다는 지리적인 이유도 있다. 그리고 탑의 마을이 유통 거점이 되면 된다. 다수의 문을 자유롭게 쓸 수 있는 상인은 크라운 멤버뿐이지만, 멤버가 아닌 사람이라도 충분히 이익을 낼 수 있게끔 코스케와 슈미트가 상의를 끝냈다.

그런 이유도 있고, 케네르센은 코스케가 딱히 봐두고 싶은 곳도 아니었기에 시찰은 적당히 끝내고 탑으로 돌아왔다.

코스케가 케네르센에서 돌아온 날, 마을 중심에 있는 건물에서 회의가 열렸다. 이 건물은 장래에 크라운 본부가 들어설 예정이다. 참가 멤버는 코스케, 코우히, 와히드, 슈미트다. 그래도 코우히는 코스케의 호위로 동석했을 뿐이다.

일동이 모인 회의실에서 코스케는 마침내 완성된 크라운 카드를 내밀었다. 이그리드족에게 부탁한 장식이 완성되었기에 가져온 거다.

"이건 참 근사한 완성도군요."

카드를 본 슈미트의 감상이다. 옆에서는 와히드도 고개를 끄덕이고 있었다. 미술품이라고 해도 될 법한 세밀한 풀꽃 문양이 새겨진 장식은 코스케도 만족하고 있었다.

"이걸 일단 크라운 카드의 완성품으로 삼고 싶은데, 괜찮을까?"

"문제없을 것 같습니다."

와히드가 카드를 보며 고개를 끄덕였다.

"하지만, 이러면 상당히 값이 나가지 않겠습니까? 그리고 생산은 늦지 않을까요?"

슈미트가 상인다운 질문을 했다.

"숫자에 관해서는 지금의 크라운 멤버 가입수보다 조금 많은 정도니까 딱히 문제없다는 걸 확인했어. 나머지는 가격인데……. 지금은 후의로 만들어주고 있는 상태니까, 언젠가는 제대로 된 가격을 내고 사야겠지."

"그렇군요……."

슈미트는 이 카드를 어떻게 만드는지 묻지 않았다. 그렇지만 어느 정도 예상은 하고 있었다. 탑 안에 많은 종족이 모이는 마을을 만들 정도다. 별도의 장소에서 다른 종족을 불러들여도 이상하지 않다는 건 예상할 수 있다.

"기본적으로 실물을 납품하게 될 텐데, 그쪽은 괜찮은가?"

당연히 그런 물건을 들이는 건 크라운의 상인 부문(정식 명칭은 아직 미정)이 진행하게 된다.

"문제없습니다."

"다행이네."

슈미트가 대답하자, 코스케는 고개를 끄덕였다.

"아, 그리고 크라운 카드 작성기 말인데, 일단『신능 각인기』라고 부르기로 했는데 어때?"

"신능 각인기라고요……?"

"응. 뭐, 언제까지고 길드 카드 작성기라고 부르면 다른 길드와 겹칠 것 같으니까, 일단은."

"아아, 그렇군요. 그런 거였습니까."

이번에는 와히드가 수긍했다. 슈미트는 어디까지나 상인 부문의 수장이다. 크라운의 총괄은 와히드가 맡고 있다. 지금 코스케가 와히드만이 아니라 슈미트에게도 물어본 것은 일반적인 상식과 괴리가 없나 확인하기 위해서다.

"문제없겠죠."

"그럼 앞으로는 그렇게 부탁해. 그리고, 문에 관해서는 케네르센도 문제없어 보이니까 진행해도 좋아."

난센과 믹센에는 이미 전달해놨다.

"알겠습니다."

"역시 세 곳을 동시에 개통하실 겁니까?"

코스케와 와히드의 대화를 듣던 슈미트가 의문을 던졌다.

"응. 뭔가 문제라도?"

"문제라기보다는……. 파장이 클 것 같군요."

"류센에 개통했을 때보다?"

"네. 틀림없이."

예정해둔 세 곳의 전이문이 개통한다면 틀림없이 대륙 내부 유통에 커다란 영향을 미칠 것이다. 각지의 상인 길드가 그걸 눈치채지 못할 리가 없다.

"으~음……. 뭐, 크라운을 어떻게 넓혀나갈지는 슈미트 씨와 와히드에게 맡길게."

때로는 무력을 쓸 수도 있다. 상황에 따라서는 코우히와 미츠키가 나설 차례가 있을지도 모른다. 뭐, 그러기 전에는 와히드 쪽이 맡겠지만.

"제일 좋은 건 역시, 이 탑의 물산으로 각각의 마을에 없는 것을 내보내는 거겠지요."

자신들에게도 이익이 된다는 걸 안다면 섣부른 일은 할 수 없다.

"아아, 맞다. 그 말로 떠올랐어. 슈미트 씨. 드래곤은 소재로 치면 역시 고급품?"

"그야 물론……. 그렇다면, 설마?!"

코스케의 갑작스러운 질문을 듣고 처음 만났을 때의 일을 떠올렸는지, 슈미트가 놀란 표정을 보였다.

"음. 뭐, 그걸 크라운 결성 때의 핵심 상품으로 쓸 수 없을까~ 싶어서."

"역시, 있는 겁니까……."

슈미트는 무심코 머리에 손을 댔다.

드래곤의 소재 같은 건 일단 시장에 나돌지 않는다. 애초에 토벌되는 일 자체가 거의 없으니 당연하다. 드래곤이라 불리는 마물에도 위아래 랭크가 있지만, 하위 드래곤조차도 지난 수십 년간 토벌되었다는 이야기를 들은 적이 없다.

"있지. 그보다, 애초에 드래곤을 해치우지 못하면 이 탑을 공략할 수가 없으니까……."

그 말을 듣자 슈미트도 납득했다. 애초에 코스케 일행이 이 탑을 공략했기에 안에 마을을 짓는다는 기예도 가능한 것이다.

"뭐, 더할 나위 없는 선전이 되겠죠."

"참고로 다수를 낼 수 있으니까, 다른 상인 길드에게 이걸 미끼로 내거는 것도 가능하겠지?"

코스케의 그 확인을 듣자, 슈미트는 메마른 미소를 지을 수밖에 없었다. 미끼 수준이 아니라 쓸데없는 것까지 불러들일 것 같다. 그러나 드래곤을 해치울 수 있는 사람이 있다는 것 자체가 크라운을 보호할 최대의 방어가 되리라.

"뭐…… 더할 나위 없는 미끼가 되겠죠."

완전히 어안이 벙벙해진 슈미트는 겨우 그 말을 쥐어짜냈다. 까놓고 말해서 얼마나 이익이 될지 상상도 가지 않는다. 크라운 결성 자금으로는 충분하고도 남을 액수라는 것만 확신할 수 있다.

그 뒤로 크라운 결성 시간이나 선전 방법 등등 세세한 이야기를 나눈 뒤 이날 회의는 끝났다. 인원이나 그 밖의 문제가 있기에 지금 당장 결성할 수는 없었다. 드래곤 소재에 관해서는 조금씩 꺼내기로 하고, 처음에만 한 마리를 통째로 꺼내기로 했다.

결국 크라운 결성은 류센 이외의 문 세 개를 개통하기 일주일 전에 하기로 정해졌다. 그때까지는 세세한 규정을 정해야 하지만, 그쪽은 다른 길드를 참고해 와히드 쪽에서 고민하기로 했다.

크라운 운영 쪽은 궤도에만 오르면 그 이후에는 코스케가 직접 손대는 일도 거의 없어질 거다. 뭐, 궤도에 올라설 때까지가 힘들겠지만, 그걸 위해 코스케가 떠난 뒤에도 와히드와 슈미트는 더 세세한 계획을 상의했다.

제2장 탑의 멤버와 교류하자

(1) 크라운 확대와 새로운 주민

크라운에 관한 회의를 마치고 나서 한 달 정도 지났다.

그동안 류센과 마찬가지로 세 개의 마을 바깥에 각각 전이문용 시설을 만들고, 그 건물에 전이문을 설치했다. 이번에는 류센 때처럼 사전에 마을 모험가에게 선전하지 않았다. 문을 지나는 모험가가 멋대로 입소문을 퍼뜨려 줄 것이라고 생각했으니까.

그리고 세 개의 문을 열기 일주일 전쯤에 예정대로 크라운을 결성했다. 처음에는 지명도도 없는 데다 이득 같은 것도 알리지 않았기에, 크라운에 입회하는 사람은 거의 없었다. 그러나 크라운 카드의 기능이 입소문으로 알려지자 서서히 모험가들이 입회하게 되었다.

모험가에게는 능력이 알려지는 것이 생사에 직결될 수 있다고 생각했던 코스케는 스테이터스 가림 기능도 넣었지만, 반대로 기능을 가졌다는 걸 증명(게시)하기 위해 크라운 카드를 쓰고 있다고 들었을 때는 그럴 수도 있구나 싶었다. 애초에 이 세계에는 스킬이라는 개념조차 없었으니까, 그런 이용법도 있으리라.

하지만 그것도 처음뿐이라고 생각하고 있었다. 쓸 수 있는 기능이 상대에게 알려진다는 건, 쉽게 대응할 수 있다는 뜻이다. 모험가가 상대하는 건 마물만이 아니고, 호위할 때는 대인전도 포함되어 있기 때문에, 스테이터스가 알려지는 게 모험가의 생사에 직결되는 건 틀림없는 사실이기 때문이다. 크라운에서는 스테이터스 표시, 비표시를 강제할 생각은 없다. 스테이터스 표시가 생사에 직결되는 게 알려지면 자연스레 비표시로 가는 흐름이 되리라 생각하고 있다.

서서히 모험가의 크라운 등록이 늘어나서 등록자가 30명 정도 되었을 때, 등록자가 폭발적으로 늘어나게 되는 계기가 또 생겼다. 그것은 앞선 세 개의 마을에 지은 전이문과의 접속이다. 크라운 멤버가 되면 전이문 사용료가 들지 않는다는 소식이 입회자 증가에 박차를 가했다.

결과적으로 크라운은 멤버가 100명을 넘는 조직이 되었다. 이건 모험가 부문만 생각하더라도 상당히 큰 조직이다. 그 모험가 부문은 도르를 필두로 해서 움직이는 실제 모험가 부문과 사무나 전이문을 관리하는 부문으로 나뉘어 있다.

물론 크라운을 자칭하게 되었으니, 소속된 멤버는 모험가만이 아니다. 상인 부문과 공예 부문도 동시에 멤버를 모집하고 있다.

우선 상인 부문에 관해서는, 슈미트의 짐작대로 등록을 원하는 상인이 많았다. 게다가 놀랍다고 해야 할지, 과연 상인이라고 해야 할지, 자신들의 길드가 통째로 가입하기를 희망하는 자들도 있었다. 그 상인 길드는 별로 큰 곳은 아니었지만, 그럼에도 그들은 앞으로 상인 부문의 중핵을 담당할 것으로 기대받고 있다.

공예 부문에 관해서는 현재 류센에서 활동하는 공예 길드 한 곳의 멤버가 들어왔다. 그들은 원래 탑 마을에서 건물 건축을 맡던 길드 중 하나다. 앞으로도 마을 건축 의뢰는 사라지지 않을 테니까, 이대로 크라운 공예 부문으로 활동하는 게 낫다고 판단한 것이다.

코스케의 당초 예상을 뛰어넘어서 순식간에 커다란 조직이 되어버린 크라운은 현재 그의 손을 떠났다.

많은 일은 와히드를 중심으로 해서 움직이는 데다, 관리층과의 연결고리 역할을 관리자 멤버 한 명에게 할당했기 때문이다.

"저한테 모두 맡겨도 괜찮으신 건가요?"

관리층 거실 소파에서 실비아가 녹초가 된 상태로 물었다.

"응."

"그 웃음에 살기를 느끼는 건, 분명 기분 탓이겠죠?"

실비아의 따가운 시선을 받은 코스케는 얼버무리듯 웃었다.

"아니, 지금부터 실비아가 선두에 서두면 이후에도 도움이 되겠지? 크라운과의 교섭은 언젠가 실비아에게 떠넘……기는 게 아니라, 맡길 작정이니까."

코스케의 변명(?)을 들은 실비아는 한동안 코스케를 노려봤지만, 이윽고 체념한 듯 한숨을 쉬었다.

"뭐…… 어쩔 수 없네요."

"그렇지~. 반한 게 약점이니까 어쩔 수 없겠지~."

"콜레트……!!"

코스케와 실비아의 대화에 끼어든 콜레트를 향해 실비아가 저도 모르게 목소리를 높였다. 참고로 두 사람이 동료가 되고 나서 지금까지 몇 번이고 똑같은 일을 코스케 눈앞에서 반복했지만, 여전히 실비아는 익숙하지 않은 모양이었다.

콜레트는 세계수 에세나의 무녀 수행이 일단락된 모양이라, 예전보다는 자유롭게 관리층에 드나들고 있었다. 수행 덕분인지 세계수도 순조롭게 성장하고 있어서, 현재 하루에 신력을 제일 많이 벌어들이고 있는 건 세계수가 있는 73층이다.

참고로 [세계수의 묘목]은 어느새 [세계수의 어린나무]가 되었다.

"뭐, 마을과 마을을 잇는 전이문은 한동안 네 개만 유지할 생각이니까, 금방 진정될 거야."

"그렇겠네요."

코스케도 실비아도 지금 상황이 계속 이어지리라 생각하지는 않는다. 무엇보다 직원들도 처음에는 익숙하지 않았던 업무가 혼란스러웠지만, 지금은 여러 작업에 익숙해져서 차분하게 업무를 진행하고 있다. 크라운 결성 전과 문 개통 전에 직원을 대폭 늘렸던 게 도움이 된 것이리라. 와히드도 최초 등록 수속 러시가 잦아들면 지금 있는 멤버로도 충분할 거라고 말했다.

76층의 [버밀리니아 성]에 관해서는 거의 진척이 없다. 애초에 뭘 해야 [세계수의 어린나무]처럼 신력 생성이 늘어나는지 조건을 모르겠다. 이것에 관해서는 코스케도 슈레인과 함께 고개를 갸웃하고 있었다.

[버밀리니아 보옥]은 원래 슈레인의 일족이 보유하던 것이었지만, 어느 날을 경계로 잃어버렸다고 한다. 어느새 탑의 설치물이 되어버렸는데, 어떤 경위로 그렇게 되었는지는 알 수 없었다. 또한, 슈레인도 [버밀리니아 보옥]과 신력의 관계성 이야기는 듣지 못했다고 한다. 결국 76층은 흡혈 일족과 이그리드족의 활동이 그대로 신력 생성으로 이어지는 상태다.

슈레인이 불러온 뱀파이어는 현재 50명 정도이며, 이그리드족은 지하 세계에 사는 이들과 탑에 사는 이들 사이에 상의를 거치면서 숫자가 늘어 200명 정도가 되었다. 그만한 인원이 살기 위한 거주지는 어떠냐면, 원래 땅속에서 살던 일족이라 즉석에서 지면을 파서 살고 있다. 단, 아무리 그래도 이대로 둘 수는 없기에 급하게 지상에도 거주지를 건축하고 있다.

앞으로는 그들이 만드는 세공물을 크라운 공예 부문의 특산품으로 팔려고 생각하고 있다.

"그러고 보니, 우리도 크라운에 등록하는 게 좋겠느냐?"

코스케 일행의 대화를 보던 슈레인이 갑자기 그런 걸 물었다.

"우리라니, 뱀파이어들 말이야?"

"음. 아니, 이그리드족도 말이다."

슈레인의 제안을 들은 코스케는 잠시 고민했다. 5층 사람들은 다른 층에 흡혈 일족이나 이그리드족, 엘프 일족이 살고 있다는 걸 아직 모른다. 애초에 그들이 사는 계층으로 가는 전이문이 없고, 코스케 일행 같은 관리자도 알지 못한다.

"아니, 글쎄다……. 확실히, 뱀파이어들의 전투 능력은 버리기 아깝긴 하지만."

뱀파이어는 전투 능력이 높아서 모험가로서, 특히 호위 요원으로 매우 우수한 존재다.

"뭔가 문제라도 있느냐?"

"이 경우, 굳이 따지자면 휴먼 쪽의 문제."

"음. 그런가."

코스케가 하고자 하는 말을 짐작한 슈레인도 침묵했다.

흡혈 일족은 피의 계약을 지키는 파수꾼으로 불릴 만큼 계약을 중시하는 경향이 있다. 반면, 휴먼은 굳이 말하는 것도 새삼스럽다. 만약 5층과 76층을 잇는 전이문을 만든다면, 5층 주민들이 무슨 말을 할지는 상상도 가지 않는다. 극단적으로 말하면, 이그리드족을 놔두고 그곳을 넘기라고 억박지를 수도 있다. 유감스럽지만 그것이 사람의 역사다. 그래도 코우히나 미츠키가 결계로 막는다면 그걸 억지로 통과할 수 있는 사람은 거의 존재하지 않으니까, 그리 걱정할 필요는 없을지도 모른다.

그렇지만 일부러 소란의 원인을 만들고 싶지는 않았다. 그러나 향후를 고려하면 흡혈 일족을 크라운 등록 모험가로 쓰는 건 좋은 생각이기에, 코스케도 생각을 고쳤다.

"그렇지……. 어찌 됐든 이그리드족의 공예품을 거래하게 된다면 전이문은 필요할 거야."

"그 전이문의 호위를 우리 일족에게 맡긴다거나 할 것이냐?"

코스케의 중얼거림에 슈레인도 편승했다.

"그래. 처음에는 그걸로 낌새를 보는 게 좋을지도 모르겠어."

"음. 알았다. 그럼 그런 방향으로 인원을 찾아보마."

"그렇게 해줘. 그나저나 엘프는 어쩌지?"

코스케가 화제를 던지자, 슈레안과 코스케의 대화를 듣던 콜레트가 대답하기 힘든 표정을 지었다.

"아니, 그게. 73층의 엘프는 원래 폐쇄적인 곳 출신이잖아?"

"그렇다면, 그 층 말고는 흥미가 없다?"

"솔직히 말하면 그래. 애초에 자급자족할 수 있는 데다, 그 층을 개척하는 것 같으니까."

"그렇구나. 그럼 당분간은 생각하지 않아도 되려나."

"그러게. 다른 층에 흥미를 느끼는 사람이 생길 때 상담할게."

"알았어. 뭐, 엘프 쪽이야 지금은 세계수만 제대로 자라준다면 문제없으니까."

"알고 있어."

애초에 엘프는 세계수의 수호자라는 긍지를 갖고 있다. 세계수 육성에 힘을 빼는 일은 있을 수 없다.

결국 73층 전이문 설치는 미루기로 했다.

엘프족과 흡혈 일족의 향후를 결정하던 때 피치가 약간 긴장된 표정으로 코스케에게 말을 걸어왔다.

"저기~. 하나 상담할 게 있는데요. 괜찮을까요?"

"상담? 뭔데?"

"저희 일족도, 탑 한 층에서 살게 해 주실 수 있나요?"

코스케는 피치의 제안에 고개를 갸웃했다.

"그건 어째서?"

"그게요~. 실은 저희 일족은, 예전에는 어느 왕국의 뒷세계 일을 맡고 있었어요."

피치의 높은 전투 능력은 그 일족에서 훈련을 받아온 산물이다.

코스케는 그 전제를 듣고 불길한 예감을 느꼈다.

"아……. 혹시 임무에 실패해서 그 왕국에 쫓기고 있다거나?"

"어라~? 알고 계셨나요?"

피치의 대답을 듣자마자 코스케는 쓴웃음을 지었다. 여기서 흔한 설정이라고 말할 수는 없었다.

"아니, 응. 뭐……. 자주 있는 이야기인 것 같아서 물어봤어."

"그런가요~? 그래서, 지금은 숨겨진 마을 같은 곳에서 살고 있는데요. 그곳도 언제까지나 안전하다고는 할 수 없으니까, 언제든 이동할 수 있는 상태로 놔두고 있어요."

과거의 경험을 살려서, 왕국 사람에게 들킬 경우를 고려해 언제라도 도망칠 준비를 해두고 있다는 뜻이다. 그렇지만 간단히 외국으로 도망칠 수는 없다. 그래서 현재는 오도 가도 못하는 상태가 되었다.

"그렇구나. 차라리 탑으로 도망쳐서 정착하는 게 낫다?"

"네. 맞아요~."

코스케는 팔짱을 끼고 고민했다.

이건 탑에도 나쁜 이야기는 아니다. 향후를 고려하면 그런 일이 가능한 사람들이 동료로 있는 메리트는 크다. 물론 자세한 사정은 명확하게 확인해야 하지만, 피치에게 들었던 일족의 전투 능력은 매력적이다.

디메리트라면, 그들을 추격하는 왕국이 노릴 위험성이 있다는 거다. 그러나 탑으로 도망친 직후에 들킬 가능성은 낮기에 대단한 디메리트라고는 할 수 없다. 비치의 일족 사람들이 그걸 누설하지 않는다면 말이지만.

"우리야 받아들이는 건 상관없는데, 갑자기 그 이야기를 꺼내도 괜찮을까?"

"그건 그렇죠~. 아마 괜찮기는 하겠지만, 일단 상의는 필요할지도 몰라요."

"뭐, 그렇겠지."

"그러니까~. 허가해 주신다면 코우히 씨나 미츠키 씨를 데리고 일단 마을로 가봐도 될까요?"

피치는 전이 마법을 쓰지 못하기에 전이로 마을까지 이동할 수 없다. 이동에 시간이 걸리지 않게 하려면 코우히나 미츠키를 데리고 갈 필요가 있다.

"아아, 그거라면 내가 같이 갈게."

이야기를 듣던 미츠키가 입후보했다.

"전이는 할 수 있어?"

"전이할 곳을 아는 사람이 있으면, 몇 번 전이를 반복하면 문제없어. 이번에는 피치가 있으니까."

피치가 있어도 전이 마법을 써서 직접 숨겨진 마을로 갈 수는 없다. 유감이지만 이 세계에는 목적지를 아는 사람의 기억을 읽고 그곳으로 전이하는 편리한 방법이 없다. 그래서 이번에 미츠키는 전이를 몇 차례 반복해서 서서히 숨겨진 마을로 다가가는 방법을 쓴다.

나머지는, 전이하는 곳에 관련된 물건을 가지고 있으면 촉매로 쓸 수 있어서 더욱 좋다. 피치는 마을에서 만든 소도구를 가지고 있었기에 이번에는 그걸 쓰면 문제없다.

그렇게 미츠키와 피치를 보낸 뒤에는 두 사람이 돌아오는 걸 기다리기로 했다.

미츠키와 피치가 서큐버스의 숨겨진 마을로 향하고 나서 사흘 정도 지나자, 미츠키가 혼자 탑으로 돌아왔다. 돌아오는 길은 미츠키가 전이 마법으로 단숨에 탑 기슭으로 왔다.

탑으로 돌아온 미츠키는 코스케와 코우히를 데리고 다시 숨겨진 마을로 향했다. 이번에 미츠키와 코우히가 함께 탑 밖으로 나온 이유는 숨겨진 마을에서 무슨 일이 일어나도 대처할 수 있도록, 그리고 실비아가 있어서 관리층이 무인이 되는 일이 없기 때문이다.

코스케가 숨겨진 마을에 도착했을 때는 이미 피치가 이야기를 해놨는지 마을의 수장인 지젤과 만나게 되었다. 참고로 서큐버스는 엘프 정도는 아니어도 휴먼보다는 수명이 길고, 노화도 휴먼과는 다른 속도로 진행되는 모양이었다.

그래서인지 지금 코스케 눈앞에 있는 수장은 차가운 인상이 드는 단발의 미남이었다. 코스케가 보기에는 20대 후반으로 보이지만, 수장이라고 하니 상당한 연령이리라.

지젤은 미소를 지으며 코스케를 맞이했다. 지젤 옆에는 피치도 대기하고 있었다.

"피치에게 이야기는 들었습니다. 마을 사람들을 탑에 받아주신 다고요?"

"네. 뭐, 그쪽이 괜찮다면 말이지만요."

"그렇다면 아무런 문제도 없습니다. 꼭 부탁드리고 싶군요."

"괜찮으신가요?"

지젤이 즉답하자, 코스케는 약간 놀라면서 물었다. 피치가 마을에 도착한 지 별로 시간이 지나지 않았으니, 마을 사람들이 오랫동안 상의한 것도 아니기 때문이다.

코스케의 의문을 들은 고개를 내저으며 대답했다.

"뭐, 솔직히 말씀드려서, 슬슬 이 마을도 한계였으니까요. 적대하는 자들에게 들킬 것 같거든요."

너무 솔직한 대답이어서 코스케는 저도 모르게 지젤의 안색을 살폈다. 그렇지만 경험 부족인 코스케가 노련한 지젤의 표정에서 뭔가 생각을 읽을 수는 없었다.

"굉장히 솔직하게 말씀하시네요."

코스케가 의문을 던지자, 지젤은 반대로 의아한 표정을 지었다.

"어라? 피치에게 듣지 못하셨습니까?"

"네? 뭘 말이죠?"

"솔직히 말씀드려서 저희는 지금까지 도망치고 살았는데, 슬슬 한계거든요. 궁지에 몰렸다고 말해도 되겠죠."

"그렇다면 탑에 들어오는 건 당신들에도 마침 적절한 기회라는 말인가요?"

"그런 셈이죠."

뭔가 무척이나 편의적으로 이야기가 진행되고 있었지만, 코스케는 속셈이 있는지 읽을 수가 없기에 도움을 요청하기로 했다.

"미츠키. 어떻게 생각해?"

"글쎄……. 탑으로 가더라도 결국 뒷세계 일을 계속하게 될 텐데, 그쪽은 어때?"

"문제없지요. 오히려 저희 일족에는 그것 말고 장점이 없으니까요."

"다른 곳과 연결되어 있고, 이쪽을 탐색하고 싶다…… 이런 이유는 생각해 볼 수 없을까?"

피치와의 만남을 고려하면, 애초에 발단이 점괘다. 탑으로 파고들기 위해 점을 쳤을 가능성도 고려해 볼 수 있다.

지젤은 미츠키의 말에 고개를 가로저었다.

"뭐, 하고 싶은 말씀은 이해합니다만, 그걸 하지 않는다고 증명하는 건 어렵겠죠."

악마의 증명에 가깝다. 미츠키도 그걸 아는지 고개를 저었다.

"그건 그러네."

"저기……. 그건, 저로는 안 되나요?"

피의 계약을 맺은 피치라면 코스케의 위험 앞에서 거짓말을 할 수 없다. 피치는 그 계약을 근거로 증명할 수 없냐고 제안하는 것이다.

"그 계약은 피치 자신이 모르는 것에는 반응하지 않으니까. 피치가 모르는 곳에서 그런 공작이 진행되고 있다면 의미가 없어."

미츠키의 말을 듣자, 피치는 유감이라는 듯 어깨를 떨궜다. 그 대화에 지젤이 흥미를 보였다.

"그건, 무슨 뜻입니까?"

미츠키가 피의 계약에 대해 간단히 설명하자, 지젤이 고개를 끄덕이며 제안했다.

"그럼, 그 피의 계약이라는 것을 저희가 쓰는 건 어떻습니까?"

"그게 가능하다면 문제없겠지만, 피의 계약도 그렇게 편리한 건 아니라서. 그렇게 빈번하게 쓸 수 있는 건 아니야."

"그렇습니까……."

지금까지 대화를 듣던 코스케가 결단했다.

"그렇게까지 말씀하신다면, 여러분을 탑에 받아들이죠."

코스케가 갑자기 결단을 내리자 지젤이 의아한 표정을 보였다.

"괜찮겠습니까? 솔직히 말씀드려서, 저희가 수상해 보이는 건 각오하고 있습니다만?"

"괜찮아요. 하지만 딱 하나 해 주셨으면 하는 게 있어요."

"뭡니까?"

"이주하는 계층 밖으로 나갈 경우에는, 한 명당 반드시 계약을 맺고 나서 하셔야 합니다."

이 경우 계약이란 피의 계약이 아니다. 단, 평범한 계약이라도 계약 내용에 따라서는 행동을 제한할 수 있다. 예를 들어, 밖에 나가는 자가 탑에 배신행위를 저지른다면 이주 계층에 일족을 가둬

버린다는 것 등등이다. 그렇게까지 과격한 게 아니더라도 계약으로 속박하는 건 좋은 생각으로 보였다.

코스케의 생각을 들은 지젤도 수긍했다.

"그렇군요. 저희 뒷세계 사람들은 계약을 중시하니까요. 코스케 공이 그걸로 괜찮으시다면 우리로서도 거부할 수 없겠죠."

세세한 이야기는 앞으로 상의해야겠지만, 대략적인 방향성은 이걸로 정해졌다. 사태의 중대함으로 따진다면 이야기가 확실하게 정해진 느낌조차 받지만, 일단 상의는 이걸로 일단락이다.

이로써 피치의 일족인 데프레이야 일족이 탑의 동료로 들어오게 되었다.

(2) 뒷세계 일과 계속되는 탑의 진화

데프레이야 일족은 77층에 정착하게 되었다.

이쯤 오면 나오는 마물도 상당히 강한 데다, 흡혈 일족의 [버밀리니아 성] 같은 거점도 없으니 안정적인 생활을 보내기는 힘들 것 같아서 아래 층을 권유했는데, 지젤은 반대로 그쪽이 낫다고 말했다. 일족에서 강한 사람을 기르려면 어느 정도 강한 마물이 마을 주변에 나오는 게 낫다는 게 이유 중 하나였다. 게다가 또 하나. 데프레이야 일족은 어느 보물을 가지고 있었다.

명칭 : 파밀리아의 비보
설치 코스트 : 설치 완료

설명 : 데프레이야 일족이 보유한 보물. 결계 안에 마물이 침입
　　　하는 것을 막을 수 있다. 결계의 크기 및 강도는 임의로 설
　　　정 가능

　77층에 마을을 만드는 게 정해진 단계에서 일족이 이걸 설치한 뒤 관리 화면에서 확인하자 설치물로 표시되게 되었다. 데프레이야 일족이 이 비보를 가져올 때까지는 표시되지 않았으니까, 밖에서 가져온 것으로 등록된 거겠지. 예전에 바깥에서 설치물을 가져오는 게 가능하다는 튜토리얼을 읽었었는데, 이런 식으로 되는 모양이라며 코스케는 납득했다.

　다시 밖으로 가져가는 경우 표시가 어떻게 되는지 확인하고 싶었지만, 그건 다음 기회에 하기로 했다.

　77층 거의 중심부에 외부 접속용 전이문을 설치하고, 그 전이문과 숨겨진 마을을 연결했다. 그 후에는 바로 일족 사람들을 부르지 않고, 주변에 몇몇 거주지를 포함한 건축물을 지었다.

　원래는 한 번에 이동해서 캠프를 칠 예정이었지만, 코스케가 탑의 기능으로 거주지를 짓자고 제안했다. 현재 천궁탑에는 신력이 어느 정도 여유가 있기에 그건 문제없이 가능하다. 무엇보다 향후를 고려하면 어느 정도의 신력은 바로 회수할 수 있다고 보고 있으니까.

　거주지의 위치는 피치의 의견을 참고했다. 숨겨진 마을에서 이동한 사람들이 굉장히 고마워하고 있었으니 문제는 없으리라.

　일하느라 각지로 흩어진 사람도 있기에, 그들이 모두 모이는 단

계에서 데프레이야 일족의 숨겨진 마을과 연결한 전이문은 철거하기로 했다. 한 달 정도 지나면 모두가 모일 테니 추격자도 문제없다고 한다. 여차할 때는 전이문을 철거하고 5층을 경유해서 이동하는 계획도 세웠다.

77층에 외부로 이어지는 전이문을 설치한 단계에서 전이문 및 거주지 주변 마물은 마을의 전투 부대가 쓸어버렸다.

역시 피치를 길러낸 일족인지, 그 전투 부대가 집단으로 움직이자 77층에 나오는 중급 마물에게는 거의 고전하지 않았다. 그러나 높은 층에서 나오는 상급 마물이라면 고전하는 건 필연적이라고 하니까 상급 마물이 얼마나 강한지 잘 알 수 있다. 거점 주변의 마물을 토벌하고 [파밀리아의 비보]로 결계를 친 뒤, 일부 인원을 남기고 숨겨진 마을에서 대부분의 사람들이 77층으로 이동했다. 원래 쫓기며 살던 일족이기에 짐을 많이 보유하지 않았는지라 이사(?) 자체는 원만하게 이루어졌다.

일족 전체는 300명 정도였지만, 그중 100명 정도가 외부로 흩어졌고 나머지가 숨겨진 마을에서 생활하고 있었다. 그 일부 사람을 남기고 나머지는 전원 77층으로 이동했지만, 숨겨진 마을터에 남은 사람은 감시와 돌아오는 사람들을 위한 대응을 맡았다.

77층으로 이동한 사람들도 이주에는 익숙한지 밤까지 기다리지도 않고 순식간에 결계 안에 캠프를 쳤다. 앞으로는 거주지를 늘리면서 서서히 캠프를 줄여나간다고 한다. 지금까지는 도망 생활을 고려해서 거주지도 간이식으로 만들었지만, 이번에는 멀쩡한 걸 세울 수 있으니 공작부원이 의욕을 내고 있다며 작업을 확인하던 피치가 보고했다.

　마을의 이주 작업이 일단락된 즈음에서 코스케는 피치와 코우히를 데리고 77층을 찾았다.

　이주 작업 중에 몇 번 마을을 찾은 적은 있었기에, 마을 사람들은 이미 코스케를 탑의 관리장으로 인식하고 있다. 또한, 탑에서 마을을 받아준 것을 매우 고마워하고 있어서 올 때마다 환영해 줬다. 전이문 옆에는 항상 파수병이 있는데, 코스케가 오면 바로 대응해 준다.

　이번에도 전이문 쪽에서 지젤을 만나고 싶다고 말하자, 금방 지젤의 집으로 들어왔다. 지젤의 집은 처음에 탑의 기능으로 지은 커다란 건물이다.

　"어서 오십시오. 이번에는 어떤 용건이십니까?"

　지젤이 쓸데없는 인사를 생략하고 바로 용건을 꺼낸 건 지금까지 코스케와의 대화 경험이 있기 때문이다. 코스케가 갑갑한 대화를 꺼리지는 않아도 좋아하지도 않는다는 걸 파악한 것이다.

　"바깥에 나갔던 이들도 서서히 돌아오고 있고, 조금 여유도 생겼다는 소식을 피치에게 들어서 낌새를 보러 왔죠."

　"그렇군요. 그렇다면, 그 이야기입니까?"

　그 이야기라는 건, 77층과 5층을 잇는 계획이다.

　데프레이야 일족은 처음에 상의한 대로 뒷세계 사람으로 움직여 줄 예정이다. 주로 5층과 연결된 네 곳의 전이문을 사용한, 대륙 마을에서의 정보 수집이다. 언젠가는 그 정보망을 대륙 전체로 넓혀서 탑과 크라운에 필요한 정보를 수집하려고 한다. 다만 이런 세세한 사항은 코스케가 말하는 것보다는 전문가인 지젤에게 맡길 생각이다.

"네. 맞아요. 피치가 슬슬 연결해도 되겠다고 말하는지라. 나는 서두르지 않지만, 빠른 게 낫다고 듣기도 했으니까."

"흠. 뭐, 그렇겠죠. 확실히 피치의 말이 옳습니다. 돌아온 이들도 모였으니, 준비하도록 할까요."

"알겠습니다. 전이문은 이쪽에서 바로 설치하죠. 그리고, 그 전에 이걸……"

코스케가 그렇게 말하며 코우히를 보자 아이템 박스에서 신능 각인기를 꺼냈다. 물론 5층 마을에 있는 것과는 다른 것이다.

"이건 뭐죠……?"

지금까지 알려지지 않았기에, 신능 각인기를 본 적이 없는 지젤은 당연히 의문의 표정을 보였다. 이 마을 사람에 관한 건 마을에 관리를 일임할 생각이기에, 지젤 몫의 카드를 만드는 겸 조작 방법을 가르쳐 주기로 했다.

크라운 카드를 본 지젤이 감탄하며 중얼거렸다.

"그렇군요. 이거 대단한 물건인데요."

다만 마을 사람들은 뒷세계 일을 하는 사람들이다. 전부 표시되면 곤란한 기능도 있기에 표시하지 않을 수 있다는 것도 전했다. 그러자 역시 전문가인지 코스케가 말한 걱정을 바로 이해하고 크게 끄덕였다.

"우리 같은 사람들이 가진 기능은 알려지면 곤란하니까요."

"네. 그럴 경우에는 개별적으로 없앨 수도 있으니 사용법은 여러모로 고민해 보세요."

"알겠습니다."

지젤이 그렇게 말하자, 코스케는 일단 미등록 카드를 50개 넘겼다. 이그리드족의 미등록 카드 생산 분량에서 5층 마을 모험가 등록용을 확보해야 하므로 이 이상은 준비할 수 없었다.

"죄송하네요. 지금 준비할 수 있는 건 이 숫자밖에 없었으니까, 일단 이걸로 조절해서 써주세요."

"알겠습니다. 당분간은 이 계층의 마물 토벌에 인원을 할애하고 있으니, 일단 쓸 숫자로는 충분할 겁니다."

"그건 다행이네요. 나머지 분량은 다시 여유가 생기면 가져올게요."

그렇게 하면 크라운 카드를 가진 자가 밖으로 나가는 자가 된다. 인선 등의 세세한 조정은 마을에서 정하기로 했다.

"나머지는, 이 층의 관리에 관해서인데요."

"뭔가 있습니까?"

"아뇨아뇨. 앞으로는 제가 아니라 피치에게 맡기기로 했어요."

그 말을 듣자, 지젤보다도 피치가 놀랐다. 코스케는 지금까지 피치에게 그런 말을 한마디도 하지 않았으니까.

"제가 관리하는 건가요?"

"응. 슬슬 안정을 찾았으니까 맡겨도 괜찮을 것 같아서."

"괜찮을까요~?"

"뭐, 다른 사람들도 하고 있으니 괜찮지 않을까? 관리라고 해도 특수한 기능이 필요한 건 아니고, 모르는 게 있으면 나나 다른 사람에게 물어보면 되니까."

"그렇군요~."

피치가 납득하던 와중, 지젤이 끼어들었다.

"괜찮겠습니까?"

"뭐, 문제없겠죠. 굳이 따지자면 저와 이 마을과의 가교 역할이 더 많을 테니까요."

피치의 경우, 데프레이야 일족의 일도 있으니 연락책 같은 역할이 많아질 거다. 빈번하게 얼굴을 내밀 수 없는 코스케를 대신해서 피치가 관리층과 77층을 오가는 거다.

"그렇군요. 그런 거였습니까. 그렇다면 적임이겠죠."

코스케가 마을의 어떤 사람보다도 신뢰하는 피치가 하는 게 낫다는 걸 지젤도 납득했다.

이렇게 경사스럽게 피치가 정식으로 탑의 관리원으로 들어오게 되었다. 여담으로 크라운에 등록한 데프레이야 일족은 뒷세계 일만이 아니라 크라운 멤버의 고위 모험가로도 더해졌다.

데프레이야 일족을 탑에 받아들인 단계에서 탑 LV이 6으로 올랐다. 정확히 말하면, 데프레이야 일족이 가져온 [파밀리아의 비보]가 설치물로 등록되자 LV이 올랐다. 원래 탑에 없는 걸 가져오는 것이 탑 LV이 오르는 조건이었던 것이다. 이제부터는 적극적으로 원래 설치물에 없는 것을 가져오는 게 좋을 것 같다.

다행히 데프레이야 일족이 탑의 일원이 되었으니까, 그들을 시켜 비보 등을 외부에서 탐색하는 것도 괜찮을지도 모른다. 혹은 크라운에서 정식으로 의뢰를 내는 것도 괜찮다. 탑 LV 5에서 해방된 계절 설정에서 지역 특유의 장소에서밖에 자라지 않는 작물 등을 기르는 것도 좋을 것이다. 이것저것 해 보고 싶은 일은 있지만, 일단은 뒤로 미뤘다.

탑 LV이 6으로 오르자 신경 쓰이는 설치물이 추가되었다.

명칭 : 달의 보석

설치 코스트 : 10만 PT(신력)

설명 : 달의 힘이 깃든 보석. 주변에 달의 힘이 발생한다. 밤 동안 힘을 모아 낮에 힘을 방출한다. 탑에 하나밖에 설치할 수 없다. 회수해서 다른 계층에 재설치하는 건 가능.

이걸 본 코스케가 생각한 것이, 달과 늑대의 조합은 괜찮지 않을까 하는 것이었다. 이건 코스케의 취미도 들어있지만, 나나가 가진 스킬에 《대신의 조각(초승달)》도 있다.

이 (초승달)이라는 게 정말 달과 관계가 있는지는 잘 모르겠지만, 시험해 볼 가치는 있다고 생각했다. 다행히 재설치도 가능하니까, 나나의 스킬과는 딱히 관계가 없더라도 다른 곳에 쓸 수 있으니 문제는 없다. 그로부터 7층 늑대들을 늘려서 전체 80마리 정도가 되었다.

그중 30마리 정도를 9층에 옮기고, 이전 거점과 똑같은 것을 설치했다. 거기에 [달의 보석]을 설치해 낌새를 보기로 했다.

콜레트를 데리고 7층으로 향했다. 전이문에 나타난 코스케를 발견한 늑대들이 바로 몰려왔다. 그중에는 나나도 끼어있었다.

현재 나나의 스테이터스는 소환진에서 나온 중급 마물을 계속 해치운 덕분인지 LV 5를 돌파한 스킬이 나왔다. 그 밖에도 스킬이 LV 6에 도달한 늑대가 있다.

게다가 가장 처음에 소환한 히이를 포함한 몇 마리가 나나와는 다른 방향으로 성장해서 종족명이 【검은 늑대】가 되었다. 그중에는 《요정 언어》를 쓸 수 있는 개체가 있었기에 나나가 없어도 콜레트를 중개해서 코스케의 의지를 전해 줄 수 있게 되었다. 단, 《언어 이해(권속)》 레벨이 아직 낮아서인지 코스케와 콜레트의 말을 직접 전하는 건 어렵기에 좀처럼 나나처럼 되지 않는 게 현실이었다.

일단 나나에게 7층은 히이와 《요정 언어》를 가진 개체를 중심으로 활동하게 맡긴다고 전했다. 지금은 나나가 있어서 상관없지만, 앞으로는 7층 늑대들과의 의사소통도 제대로 생각해두는 게 나을지도 모른다. 아니면 굳이 명확한 의사소통을 하지 않고 늑대들에게 맡기는 것도 좋다. 코스케는 그런 생각을 하면서 나나와 늑대 30마리를 데리고 9층으로 향했다.

9층의 설치물은 [달의 보석] 빼고 7층과 똑같다. 더 필요한 건 없는지 콜레트를 통해 나나에게 물어보자, 늑대의 숫자를 늘려달라는 말이 돌아왔다. 소환진을 완전히 잊고 있었기에 관리층으로 돌아가 7층과 9층에 각각 [회색 늑대 소환진(10마리)]를 설치해서 늑대의 숫자를 늘렸다. 이제는 숫자가 많아져서 최근에는 이름도 대충 지어주게 되었지만, 저번에 이름을 변경할 수 있나 시험해 보니 간단했기에 무슨 일이 생기면 변경하면 될 것이다.

이름을 변경한 개체가 자기 이름이 달라진 걸 인식하는지 걱정 됐지만, 변경한 이름으로 부르자 바로 다가왔다. 이런 게 칭호인 권속의 힘인 걸지도 모른다.

늑대들은 각각의 층에서 60마리 전후가 되도록 소환진을 배치 해 소환했다. 9층 늑대들에게는 나나를 통해 [달의 보석]을 이빨 이나 발톱으로 흠집 내지 말라고 가르쳤다. 동시에 마물로부터 철 저하게 수호하라고 지시했다. 거점은 결계로 보호받고 있으니 괜 찮겠지만, 만약을 위해서다.

참고로 저번부터 [네로 토끼 소환진] 말고 마물 랭크 C나 D의 다 른 소환진을 설치해 봤지만, 늑대들은 딱히 문제없이 토벌하고 있 다.

중급 마물을 토벌할 수 있게 되자 명백하게 탑이 신력을 획득하 는 양이 많아졌으니, 이 기세로 늑대들의 계층을 올려 나가면 되 겠지.

그러나 코스케는 슬슬 늑대나 여우 이외의 권속도 늘려봐야겠다 고 생각하고 있었다. 탑에는 늑대나 여우에게는 맞지 않는 지형도 있으니까.

늑대들이 있는 층을 나와서 덤으로 8층 여우들의 낌새를 살피기 로 했다.

"어? 뭔가 원리나 다른 여우들하고 다른 종족이 늘지 않았어?"

여우들의 낌새를 보던 콜레트가 의아한 표정을 지으며 물었다.

"역시 눈치챘어? 뭔가 천호(天狐)와 지호(地狐)라는 게 늘어난 것 같아."

"천호와 지호라니, 정말로……?!"

"어? 놀랄 일이야?"

코스케도 새로운 종족이 늘어난 건 놀랐지만, 콜레트의 놀라움은 그것과는 달랐다.

"천호와 지호는 거의 보이지 않고, 성법이나 마법을 쓰니까 붙잡을 수만 있으면 테이머들에게는 크게 중용되는 존재라고 들은 적이 있는데……?"

콜레트는 센트럴 대륙에 오기 전까지는 각지를 여행하고 있어서, 그때 테이머들과도 만난 적이 있었다.

"아. 정말이네. 마법을 익혔어……."

스테이터스를 확인하자, 【천호】와 【지호】는 무조건 최소 하나의 마법을 쓸 수 있었다. 예를 들어 《불 마법 LV1》 등등이다. 아무래도 여우는 늑대와 달리 무리를 지어서 공격하는 게 아니니까 개체의 힘이 늘어나는 타입인 모양이다.

코스케가 본 바로는, 많아야 3~4마리 정도밖에 마물을 공격하지 않았다. 그리고 지금 이대로 문제가 없는지 콜레트를 경유해서 원리에게 확인해보자, 딱히 나눌 필요는 없다고 해서 이대로 놔두기로 했다.

이쪽은 늑대와 달리 전력이 올라갔기에 중급 마물 소환진을 늘렸다. 덤으로 [요호 소환진(10마리)]도 설치했다. 이걸로 여우의 숫자가 50마리 정도가 되었다.

늦대와 여우의 낌새를 살핀 뒤에는 관리층으로 돌아와 그 밖의 설치물을 추가하기로 했다.

각각의 계층에 중심과는 다른 거점을 설치했다. 그래봐야 건물과 [작은 샘(신력)]을 한 쌍으로 묶어 두 개다. 이걸 거점으로 써서 계층 지배 영역을 빠짐없이 늘려나가면 되겠다고 생각하고 있다.

[작은 샘(신력)]을 설치했을 때 어떤 변화가 일어나는지는 아직 시간이 필요하겠지.

(3) 슈레인의 고민

슈레인은 버밀리니아 성 옥좌에서 혼자 고민에 잠겨 있었다.

고민의 원인은 다름 아닌 [버밀리니아 보옥]이다. 애초에 [버밀리니아 보옥]은 슈레인의 일족이 보유하고 있었다. 보유하고 있었다기보다는 원래 흡혈 일족인 버밀리니아 일족과 함께 존재해 왔다. 더 정확하게 말하면 일족의 수장인 자와 함께 존재한 물건이다.

그 보옥이 어째서 탑의 설치물이 되어 나왔는지는 슈레인도, 여기 모인 자들도 대답할 수 없었다. 게다가 영혼의 존재가 되어 세계를 방랑하던 슈레인이 어째서 미츠키의 소환으로 불려왔는지도 잘 모른다. 슈레인은 어쩌면 코스케의 피에 홀려서 온 걸지도 모른다고 생각하고 있었다.

현재 일족의 수장은 슈레인이므로, 그녀가 이 세상에서 사라지면 보옥도 사라진다. 그러나 보옥이 부서지더라도 슈레인이 있는 한 바로 부활할 수 있다. [버밀리니아 보옥]은, 말하자면 일족의 수장이 되는 자가 이어받는 힘의 결정체 같은 셈이다. 참고로 버밀리니아 성은 보옥에 딸려 나오는 건물이다. 보옥만 있다면 어떤 곳이라도 성을 지을 수 있다. 단, 아무것도 없는 상태에서 성을 지으려면 막대한 마력이 필요하다.

버밀리니아 일족은 한 번 멸망했었다. 국가로 존재한 세력을 전란으로 잃어버렸다. 숫자가 격감한 일족은 뿔뿔이 흩어져서 생존하는 걸 선택했다. 언젠가는 숫자를 늘려서 국가로 재건하는 것이 목적이었지만, 그렇게 잘 풀릴 리가 없어서 천천히 멸망의 길을 걷고 있었다.

전란으로 성(보옥)을 잃었을 때는 당시 일족의 왕도 잃었다. 원래는 다음 왕이 되어야 하는 자가 보옥을 이어받지만, 살아남은 사람 중에서 보옥에 선택받은 자가 없었기 때문이다.

슈레인이 지금까지 소환한 것은 50명 정도였다. 소환도 그다지 편리한 건 아니라, 이 세계에 생존해 있는 사람을 부를 때는 거주지나 생사를 확실히 알지 못하면 부를 수 없다.

그렇다면 미츠키는 어째서 슈레인을 부를 수 있었는지 의문이 들지만, 그녀는 다른 차원에 있다. 지금의 슈레인이라면 그렇게 대답할 수 있었다. 코우히도 그렇고 미츠키도 그렇고, 반칙급의 힘과 술법을 가지고 있으니까. 그러니 두 사람 수준의 소환술은 그리 간단히 쓸 수가 없다.

아무튼, 뿔뿔이 흩어진 일족을 부르려고 해도 더는 소환이라는 방법에 의존할 수가 없기에 일족의 숫자는 천장에 막힌 상태다. 물론 뱀파이어니까 피를 빨아서 숫자를 늘릴 수야 있지만, 그런 방법으로 늘려도 다른 종족에 반감을 살 뿐이라 결국은 자신들의 목을 조이게 된다. 게다가 흡혈 행위로 동족을 창조하면 무조건 뱀파이어의 격이 떨어져 버린다.

단, 코스케와 상담해서 온 세상에 흩어진 일족을 어떻게든 탑으로 부르는 술법도 생각하고는 있다. 슈레인은 성의 관리도 해야 하기에 다른 이들을 써서 소문을 흘리는 것도 생각하고 있다. 버밀리니아 성이 탑 안에 부활했다는 소문이다.

물론 그 소문에는 아는 사람이 들어야만 알 수 있는 암호를 넣어놨다. 이렇게 해도 쓸데없는 자까지 탑으로 오게 될 수 있지만, 코스케의 이야기에 따르면 그래도 상관없다고 한다. 결국 탑에서 활동하는 자만 늘어난다면 그것만으로도 많은 성력, 마력, 신력을 회수할 수 있다. 덧붙이면, 전란이 일어나던 시절이라면 몰라도 현재는 뱀파이어를 기피하는 자도 적어졌기에 뱀파이어라고 해서 무차별 공격을 당할 일은 없다.

그렇기에 여섯 명 정도를 크라운에 등록해서 모험가로 활동시키기로 했다. 그들이 소문을 잘 퍼뜨려 준다면 어느 정도 시간이 걸리더라도 다른 대륙에도 소문이 퍼질 것이다. 현재 모험가들 사이에서는 천궁탑에 관한 소문이 제일 큰 화제라서 무척 퍼지기 쉽기에 그걸 이용하기로 했다.

그런 생각을 하던 슈레인이 지금 제일 고민하는 건 다른 일이다.

그런 슈레인의 낌새를 보다 못했는지, 측근 중 한 명으로 중용된 제네트가 다가왔다.

"무척 고민하고 계시는군요."

"제네트인가……."

제네트의 모습을 힐끗 바라보고는 다시 사고의 늪으로 돌아간 슈레인을 본 제네트가 어째서인지 의미심장한 미소를 지었다.

"뭐가 우스운 게야?"

"아뇨. 어린 시절부터 알던 슈레인 님께서 설마 사랑 때문에 고민하게 되실 줄은 생각도 못 했으니까요."

그랬다. 조금 전부터 슈레인의 머리를 아프게 만드는 건 코스케에 대한 것이다. 반사적으로 부정하려던 슈레인은 바로 생각을 고치고 침묵했다. 아무리 생각해도 제네트의 말이 올바르기에 반론해 봐야 밀린다는 건 알고 있었다.

"말하지 마라……. 내가 제일 실감하고 있으니."

언제부터냐고 묻는다면, 피를 마셨을 때라고 즉답하겠지. 그 정도로 코스케의 피는 매력적이었다. 그러나, 지금은 그것만이 아니다. 어찌할 수 없을 만큼 그 모든 것이 좋았다.

그러나 유감스럽게도, 그 마음이 가장 전해졌으면 하는 인물에게 제일 전해지지 않고 있다.

"역시, 처음에 피를 마셨을 때의 태도가 안 좋았었나……."

코스케는 슈레인이 자신에게 호의를 보인다는 건 알지만, 그건 어디까지나 피 때문이라고만 생각하고 있다.

"그렇게 맛있었습니까……."

제네트는 코스케의 피를 먹은 적이 없다. 그러나 뱀파이어에게
는 각각 피의 취향이 있기에 코스케의 피가 슈레인만큼 영향을 줄
지는 알 수 없다.

"솔직히 말해서, 이제 코스케 공이 아닌 누군가를 반려로 맞이
하는 건 있을 수가 없어. 그 정도였느니라."

뱀파이어, 특히 슈레인처럼 흡혈공주라 불리는 이들은 자신의
반려가 될 사람을 피로 판별할 때가 있다.

"뭐, 저희는 시간이 걸리더라도 딱히 문제는 없지만 말이죠."

그 말을 듣자, 슈레인도 제네트가 무슨 말을 하려는지 짐작하고
뚱한 표정을 지었다.

"그럴 수도 없지. 코스케 공은 보옥의 격이 올라가는 걸 원하고
있느니라."

정확하게는 [버밀리니아 보옥]에서 발생하는 신력이 올라가는
걸 기대하고 있는 거지만, 똑같은 셈이다.

슈레인은 [버밀리니아 보옥]에서 신력이 발생한다는 걸 몰랐지
만(혹시 탑에 들어오고 나서 성질이 변했나?), 보옥에 【격】이 존
재한다는 건 알았다. 그건 과거 경험자들의 이야기로 들었기 때문
이다. 그러나 지금 같은 경우에는 그 보옥의 【격】을 올리는 조건
이 문제다.

"나 참. 어째서 격을 올리는 조건이 반려와 이어지는 것이냐 말
이다……."

슈레인은 그렇게 중얼거리며 어깨를 떨궜다.

슈레인 본인에게는 기뻐해야 할 일이지만, 아무래도 상대가 상대다. 【격】 이야기를 꺼내면서 바란다면 코스케도 거절하지 않겠지만, 슈레인은 그러고 싶지 않았다. 슈레인도 순정이 있는 여자이니까.

그보다, 순정이 있는 여자라는 걸 강제로 자각하게 되었다.

"차라리 코스케 님과 가까운 사람과 상담하는 건 어떻습니까?"

"그런 자가 어디에⋯⋯."

제네트의 제안을 한 번 부정했던 슈레인은 바로 어떤 얼굴을 떠올렸다. 미츠키다.

이럴 때 혼자 고민해도 실패한다는 걸 아는 슈레인은 결국 미츠키에게 상담해 보기로 했다.

슈레인의 상담 내용을 들은 미츠키의 대답은 실로 간결했다.

"지나친 생각이야."

"뭣이⋯⋯? 아니, 하지만⋯⋯."

당혹스러워하는 슈레인에게 미츠키가 조금 어이없는 표정을 지었다.

"저기 말이지. 확실히 코스케 님은 당신이 피를 빠는 걸 싫어하지만, 그것 말고는 그냥 평범하게 받아주고 계시잖아."

"아니, 확실히 그렇지만, 그것과 연애와는 다르지 않나⋯⋯?"

"그래? 그럼 묻겠는데, 당신은 어떻게 해야 상대가 자신을 사랑해 준다고 알 수 있는데?"

"그거야, 태도라든가 말이라든가⋯⋯. 흠?"

슈레인은 문득 자신의 말에 의문을 느꼈다.

잘 생각해 보니, 코스케는 그런 직접적인 말을 하지는 않지만, 슈레인을 대하는 태도는 그렇지도 않았다. 슈레인은 코스케에게 일부러 밀착하기도 했지만 딱히 거부당한 적이 없다. 처음에야 피를 빨려는 거라고 생각했는지 달라붙는 걸 거부했지만, 지금은 그렇지 않다.

거기까지 생각한 슈레인은 문득 떠올렸다.

"혹시, 처음 태도도 피에 대한 것만은 아니었던가……?"

"몰랐어?"

미츠키가 게슴츠레하게 바라보자, 슈레인은 허둥대며 얼굴을 붉혔다. 지금 미츠키가 지적할 때까지 전혀 몰랐다. 처음 태도는 어디까지나 피를 빨리는 걸 거부한 줄로만 알았는데, 그런 게 아니라 이성이 달라붙어서 허둥댔기 때문이라는 걸 겨우 알아챈 거다. 정확하게는 둘 모두였지만, 처음 인상이 너무 강해서 그런 생각을 하지 못했다.

"뭐랄까……. 내가 이렇게나 휘둘리게 될 줄이야……."

짐작 가는 일이 너무 많았는지라, 슈레인은 약간 자기혐오에 빠져버렸다.

그런 슈레인의 모습을 본 미츠키가 웃으며 말했다.

"게다가 코스케 님은 그런 자각이 전혀 없으니까."

"하아……."

"우후후. 뭐, 그건 넘어가고. 하나 충고라고나 할까, 조언?"

진정한 슈레인에게 미츠키가 웃으며 말했다.

"코스케 님은 그런 성격이라서 직접 손대려고 하지는 않아. 나와 코우히가 있으니까."

코우히와 미츠키라는 존재가 있는 이상, 코스케는 스스로 다른 여성을 건드리는 성격이 아니다. 설령 코스케가 하렘을 동경하더라도 그렇다.

"으음……."

그걸 알게 된 슈레인은 고민에 잠긴 표정을 짓더니, 한숨을 쉬며 미츠키에게 고개를 숙였다.

"하아. 뭐랄까……. 미츠키 공, 고맙다."

원래 미츠키는 슈레인을 배제하는 방향으로 움직여도 이상하지 않은 위치지만, 처음부터 이 일에 관해서는 협조적이었다. 오히려 코스케가 하렘을 만드는 걸 일관되게 밀어주는 느낌조차 든다.

슈레인이 고개를 숙이자, 미츠키는 오른손을 휙휙 흔들었다.

"괜찮아. 이쪽도 이런저런 꿍꿍이가 있어서 하는 일이니까. 아, 그래도 안심해. 적어도 그 꿍꿍이는 지금의 당신에게 나쁜 일이 아닐 테니까."

미츠키가 그렇게 단호하게 말하자, 슈레인은 쓴웃음을 지으며 대답했다.

"뭐, 상관은 없지. 아무튼 덕분에 떨쳐냈으니, 앞으로 이것저것 움직여 보기로 하겠느니라."

"아, 그럼 하나 제안이 있는데, 괜찮아?"

"흠. 들어볼까."

미츠키의 제안을 들은 슈레인은 점점 즐거운 표정을 짓더니 최종적으로는 "재미있군. 받아들이마."라며 수긍했다.

실비아는 미츠키와 슈레인에게 상담할 것이 있다는 말을 듣고 버밀리니아 성으로 끌려오고 말았다.

그리고 지금, 두 사람이 꺼낸 '상담' 이야기를 듣고는 여러 의미에서 궁지에 몰려버렸다.

생각해 보면 오늘은 아침부터 불온한 분위기가 감돌았다. 평소처럼 관리층 방에서 펜던트 신구를 써서 에리사미르 여신과 교신하는 훈련을 하고 있었다. 참고로 실비아가 펜던트 신구를 『접신구』라고 불렀더니 코스케가 그냥 그 이름으로 정하자고 말했기에, 그 이후 실비아는 그 펜던트를 접신구로 부르게 되었다.

지금까지의 훈련 성과로, 짧은 시간이나마 자신의 힘만으로 에리사미르 여신과 교신할 수 있게 되었다. 그래도 에리사미르 여신도 바쁜 모양인지 언제나 연결할 수 있는 건 아니다. 연결되었다고 해도 '연결됐습니다. 그런 식으로 훈련에 힘쓰세요.' 라는 짧은 대화로 끝나버리는 게 일상다반사다. 바쁘다면 훈련은 시간을 두고 진행하려고 했지만, 에리사미르 여신께서 '언제든지 연결해도 좋아요.' 라고 말씀하셨기에 훈련을 이어가고 있다.

오늘 아침도 평소 일과를 진행하고 있었는데, 오늘은 한마디로 끝나지 않았다. 그리고 에리사미르 여신은 실비아에게 불온한 말을 남겼다.

『당신에게 중요한 선택이 찾아올 테니, 잘 생각하고 고르세요. 좋은 선택을 하기를 바랄게요.』

에리사미르 여신은 그런 말을 남기고 떠나갔다.

실비아에게는 틀림없는 여신의 신탁이다. 그렇지만 그때의 실비아는 아무것도 알 수 없었다.

그렇게 생각하던 참에 현재 상황이 찾아왔다. 미츠키와 슈레인이 그야말로 선택을 강요한 것이다. 그 '상담' 내용을 듣자마자 실비아는 저도 모르게 이런 걸 신탁으로 남기지 말아 달라고 생각하게 되었지만, 애초에 에리사미르 여신은 이 '상담'이 신탁이라고는 한마디도 하지 않았다. 그러나 실비아는 이미 이 '상담'이 신탁이라고 생각해버렸다.

그런 현실도피 같은 생각을 하던 실비아였지만, 미츠키와 슈레인은 바로 눈앞에서 몰아세우고 있었다.

"저기. 그건, 지금 당장 대답해야 하는 건가요? 가능하면 차분하게 생각하고 싶은데요."

"이런 건 기세도 중요하다고 생각하지 않느냐?"

슈레인이 즉시 대답하자, 미츠키도 수긍했다.

대답은 다음 날로 미룰 수 없는 모양이다. 그렇지만 실비아는 신탁도 있다는 이유를 붙여서 어떻게든 시간을 벌려고 했다.

"하……하지만, 아무리 그래도 너무 갑작스러워서 당장 대답할 수는 없어요."

"그 대답이 이미 답이라고 생각하는 건, 나쁜이야?"

미츠키가 지적하자, 실비아는 저도 모르게 침묵하고 말았다.

확실히 미츠키의 말대로다. 두 사람의 '상담'을 들었을 때, 수줍음이나 당혹감은 있었어도 거부감은 없었다.

그런 생각을 하며 침묵한 실비아를, 두 사람은 가만히 지켜봤다. 이런 상황에서 도망치지는 않으리라 생각했는지, 고민에 잠긴 실비아를 다그치지는 않았다. 그 상황 속에서, 실비아는 결단했다.

"알겠습니다. 여러분의 제안을 받아들일게요."

결국 지금 상황을 타파하고 싶었던 건 실비아도 슈레인도 마찬가지였다. 실비아의 대답을 들은 미츠키와 슈레인은 어떤 '계획'을 진행하기로 했다.

그리고, 그 '계획'의 실행은 오늘 밤으로 정해졌다.

계획을 실행할 때, 코스케는 관리층에 만든 목욕탕에 편하게 들어가 있었다.

처음에 목욕탕을 만들었을 때는 셋이서 들어가면 꽉 차는 넓이였지만, 동료가 늘어나서 한 번에 10명 이상이 들어갈 크기의 목욕탕으로 다시 만들었다. 오늘은 미츠키가 슈레인이나 실비아와 몰래 뭔가를 하고 있었기에 혼자서 들어왔다. 코우히나 미츠키와 함께 들어오는 목욕도 근사하지만, 혼자서 느긋하게 들어온 목욕도 좋다. 그런 생각을 하면서 느긋하게 욕조에 몸을 담근 코스케는 누군가가 들어오는 소리가 들려서 그쪽을 바라봤다. 그때는 코우히나 미츠키라고 생각했다. 그러나 예상 밖의 인물이 들어오자 코스케는 무심코 멈춰 서고 말았다.

"뭐……뭐뭐, 뭐 하는 거야……?!"

목욕탕에 들어온 게 슈레인과 실비아였기 때문이다. 게다가 그 멋진 몸매에 수건 한 장만 걸친 상태로.

"아니, 뭘. 우리도 같이 목욕할까 해서 말이다."

"안 될, 까요?"

슈레인이 약간 수줍은 모습을 보였고, 실비아는 완전히 새빨개져서 확인하려는 듯 코스케를 바라봤다.

"아니, 안 되는 건 아니지만. 오히려 기쁘긴 하지만…… 아니, 무슨 소리를 하는 거야……?!"

생각지도 못한 상황이라 코스케도 혼란스러웠다.

"아니, 하지만…… 괜찮겠어?"

"하아. 참으로 둔하구나. 아니, 예상한 바지만……"

슈레인이 그렇게 말하며 어이없어하자, 실비아가 동의하듯 크게 끄덕였다.

"코스케 씨. 저희는 각오도 없이 이런 일을 하지 않아요."

"어……?! 그랬, 어?"

아무리 코스케라도 지금 실비아의 발언에 무슨 의도가 있는지는 알았다. 코스케가 확인하듯 바라보자, 슈레인도 크게 끄덕였다.

"그렇지. 원래라면 그대 쪽에서 움직여주길 기다렸는데, 그래서는 안 된다고 하질 뭐냐."

코스케는 누가 무슨 말을 했는지 바로 알아챘다. 셋이서 낮부터 소곤소곤 이야기를 나누고 있었으니까.

"정말로, 괜찮은 거지?"

코스케가 마지막으로 확인하기 위해 묻자, 두 사람 모두 고개를 끄덕였다.

두 사람이 이렇게 하면 코스케도 거절할 마음이 없었다.

미츠키의 손바닥 위에서 좋을 대로 놀아나는 느낌은 들었지만, 결국 코스케는 두 사람을 받아들이게 되었다.

(4) 새로운 동료와 스킬

관리층에 손님이 찾아왔다. 케이드로이어 대삼림지대 엘프의 숲에 있던 옛 세계수의 무녀 셰릴이다.

원래는 관리자 말고는 관리층에 들어올 수 없지만, 관리자 중 누군가가 함께하면 전이문을 써서 들어올 수 있다. 셰릴은 코스케에게 할 말이 있다면서 콜레트와 함께 관리층에 왔다.

셰릴은 관리층을 신기한 듯 관찰했다.

"그렇게 신기한 건 아니지 않나요?"

관리층은 겉보기에는 극히 일반적인 방이다. 놔둔 가구도 관리실 모니터나 크리스털을 제외하면 그리 신기한 게 없다는 것이 코스케의 인식이었다.

"그런가요? 저는 엘프의 숲에서 나온 적이 없다 보니……."

셰릴은 조금 부끄러워하며 말했다.

잘 생각해 보니, 73층에서도 엘프밖에 안 살아서 집이나 가구도 당연히 엘프 사양이었다. 엘프 마을에 틀어박혀 있던 사람이 관리층을 신기하게 여기는 건 어느 의미로는 당연할지도 모른다.

"아아, 그랬었죠. 그래서, 오늘은 무슨 일로 왔죠?"

"네. 실은 저희 마을에서 가져온 가지에 변화가 있어서요……."

"언니, 기운 차렸어~."

셰릴이 이야기를 시작하려 할 때, 갑자기 에세나가 나타나서 그렇게 말했다. 참고로 최근의 에세나는 예전보다 상당히 유창하게 말할 수 있게 되었다.

코스케는 달라붙은 에세나의 머리를 쓰다듬어주면서 고개를 갸웃했다.

"언니……?"

"그게……. 세계수의 가지를 말하는 거예요. 마을 세계수에서 분리된……."

"아……!"

셰릴이 도움을 주자 코스케도 겨우 떠올렸다.

저번에 케이드로이어 대삼림지대의 엘프 마을에서 세계수의 가지를 가져와 73층에 심었었다. 그 가지에 뭔가 변화가 일어났다는 뜻이리라.

"기운을 차렸다는 건 나쁜 일은 아니겠지만, 뭐가 있었나요?"

"네. 아무래도 가지가 뿌리를 잘 내렸는지 튼튼하게 뿌리를 뻗으며 성장하기 시작했어요. 그래서 코스케 님도 꼭 한번 봐주셨으면 해서……."

"나도, 보러 와~."

코스케가 머리를 쓰다듬자 기뻐하던 에세나가 오른손을 들며 주장했다.

"그러고 보니 한동안 안 갔었지……. 알았어. 시간이 나면 갈게."

코스케는 에세나를 향해 그렇게 말했다.

"그런가요. 알겠습니다. 기다릴 테니 꼭 방문해 주세요."

코스케가 시선을 에세나에게서 셰릴에게 돌리자, 그녀도 안심한 듯 웃으면서 고개를 숙였다. 셰릴의 용건은 그것뿐이었는지 바로 관리층에서 나갔다. 이번에도 콜레트가 따라갔다.

바빠서 지금 당장 갈 수 없었던 코스케는 두 사람을 배웅한 뒤 작업을 시작했다.

셰릴이 관리층을 찾아온 지 이틀 뒤, 겨우 시간을 낼 수 있었던 코스케는 미츠키를 데리고 73층으로 가서 콜레트와 합류해 세계수의 상태를 보러 갔다.

세계수는 이미 상당히 커져서 전이문을 나오자마자 바로 존재를 확인할 수 있었다. 그러나 역시 멀리서 보는 것과 가까이서 만져보는 건 받는 느낌이 전혀 다르다. 떠다니는 빛(정령)도 건재했고, 숫자도 더 늘어난 모양이었다.

코스케가 다가온 데다 그걸 알고 나타난 에세나를 눈치챘는지 평소보다 정령들의 움직임이 격하다고 콜레트가 말했다. 참고로 그 정령들을 볼 수 있는 건 현재 엘프 중에서도 콜레트와 셰릴 정도라고 한다. 다른 엘프들은 존재를 느낄 수는 있어도 볼 수는 없다는 모양이다.

"와~ 한동안 안 왔었는데 이렇게나 성장했나."

세계수의 줄기를 만져본 코스케는 위를 올려다봤다. 만졌을 때의 감촉은 예전과는 전혀 다른데, 왠지 에세나에게서 나오는 온기와 똑같은 느낌이 든다.

그러면서도 예전에 봤을 때와 다른 점이 하나 있었다.

"혹시, 신력도 확실히 제어하고 있어?"

마력이나 성력과는 다른, 명백하게 신력으로 보이는 흐름을 확인할 수 있었다.

"어……?! 그랬어?"

코스케의 중얼거림을 들은 콜레트가 놀라서 세계수를 바라봤다.

"맞아~. 굉장해? 굉장해?"

"그래. 이건 정말 굉장하네."

코스케는 기뻐하며 확인하는 에세나의 머리를 평소처럼 쓰다듬었다. 그러자 에세나는 마치 고양이처럼 기뻐하며 눈을 가늘게 떴다. 그 모습이 귀여웠기에 코스케는 언제나 에세나를 쓰다듬고 있었다.

참고로 모든 세계수가 신력을 다루는 건 아니고, 73층 세계수가 신력을 다루는 건 세계수의 요정인 에세나가 신력을 제대로 쓸 수 있기 때문이었다. 계기는 우연이지만, 나나와 원리하고 신력구를 써서 놀았던 그 경험이 여기서 도움이 되었다. 신력을 눈으로 볼 수 있는 코스케가 와서야 처음으로 세계수가 신력을 다루고 있다는 걸 눈치챘으니, 신력을 볼 수 없는 엘프들은 눈치채지 못했다.

세계수의 낌새를 확인한 코스케 일행은 그 길로 엘프 마을에 있는 옛 세계수 가지의 상태를 보러 갔다. 세계수에게서 조금 떨어진 곳에 심었지만, 옛 세계수라 그런지 주변이 황량해지지 않도록 엘프들이 잘 관리하고 있었다.

이쪽도 이미 가지라는 레벨을 넘어서서 코스케가 원래 있던 세계의 가로수만큼 크게 자랐다. 세계수와 같은 나무가 된 게 아니라, 완전히 다른 종류의 나무가 되었다. 이 나무가 어떤 존재가 되는지는 성장하지 않으면 모른다고 한다.

셰릴에게 그런 설명을 들은 코스케는 세계수에 했던 것과 마찬가지로 줄기에 손을 댔다.

그리고 나무를 상처 입히지 않게 아주 조금 신력을 주입했다. 그러자 세계수였을 때와 마찬가지로 나무 주변이 빛나기 시작했고, 그것이 인간형으로 변했다.

반투명하지만, 그건 틀림없이 예전에 엘프 마을에서 만났던 세계수의 요정이었다. 옆에서 그걸 지켜보던 셰릴은 그 모습을 보자 눈물을 흘렸다.

"기다리게 해버렸나?"

코스케가 요정에게 말을 걸었다. 대화는 하지 못하지만 그래도 의사소통은 되는지, 요정은 고개를 내저었다.

그 모습을 보고 뭔가 생각했는지, 에세나가 코스케에게 말했다.

"오빠. 언니한테 이름 붙여줘~."

"이름?"

에세나가 고개를 끄덕였다. 그걸 확인한 코스케는 셰릴을 봤다. 코스케의 의도를 짐작한 셰릴은 유감이라는 표정으로 고개를 내저었다.

"죄송합니다. 애초에 세계수는 세계수라 부르고 있었기에 특정한 이름은 없었어요."

"그랬었나⋯⋯. 으~음."

코스케는 팔짱을 끼고 한동안 고민했다.

"그럼, 돌리라고 하는 게 어때?"

코스케가 이름을 정하고 눈앞의 요정이 끄덕인 순간, 반투명했던 요정이 예전 모습으로 돌아왔다. 그 변화를 보자 에세나를 제외한 모두가 놀란 가운데, 한발 먼저 회복한 요정, 아니 돌리가 코스케에게 고개를 숙였다.

"가, 감사합니다. 덕분에 예전과 같은 모습을 되찾았네요."

"예전⋯⋯. 그렇다면 예전 세계수였을 때의 기억도 있어?"

"네. 남아있습니다. 그래도 힘은 완전히 달라졌지만요."

"그런가. 그건 다행이네."

어느 정도는 예상하고 있었지만, 기억까지 남아있을 줄은 코스케도 몰랐다.

돌리가 이야기하는 모습을 보던 에세나가 그녀의 손을 잡더니 기뻐하면서 빙글빙글 주변을 돌기 시작했다. 다른 세 명은 그런 에세나의 모습을 한동안 흐뭇하게 지켜봤다.

"이렇게 되었으니 셰릴. 돌리에 대한 건 맡겨도 될까?"

"네. 물론이죠."

셰릴도 코스케의 말에 강하게 끄덕였다.

"미안해. 또 신세를 지게 되었네."

"그런 말씀은 하지 마세요. 저는 예전과 같은 모습을 보게 된 것만으로도 기쁘니까요."

"고마워⋯⋯."

셰릴과 돌리의 모습을 바라보던 코스케는 뒷일은 맡겨도 괜찮겠다고 확신했다. 애초에 코스케는 식물에 관해서 완전히 문외한이다. 괜히 손대지 않는 편이 낫다.

그런 결론을 내린 코스케는 73층 방문을 끝내고 관리층으로 돌아갔다.

73층에서 돌아오고 나서는 한동안 새로운 신구를 제작하려고 이스나니와 둘이서 애써 봤지만, 뭔가 잘 풀리지 않았다. 솔직히 말해서, 목표에 접근하지도 못하고 있다.

새로 만들려는 건 통신할 수 있는 신구다. 떨어진 곳에서도 대화할 수 있으면 편리하겠다며 코스케가 중얼거린 말에 이스나니가 편승한 것이다. 원래 염화라는 마법이 있기에 그걸 참고하면 어떻게든 될 줄 알았는데, 전혀 도움이 되지 않았다. 마력을 사용하는 마법과 신력을 사용하는 신구는 전혀 달랐으니까. 신능 각인기 때의 작업도 전혀 참고가 되지 않았기에, 완전히 처음부터 작업해야 한다는 걸 알았다. 그 단계에 이르자 통신구 제작은 장기전이 되리라는 결론을 내리고, 너무 조급해하지 말고 천천히 연구를 진행하기로 했다.

통신구 제작을 서두를 필요가 없어진 코스케는 탑 관리 기능을 체크했다. 그동안 크라운을 만들거나 각각의 층에 아인들을 들이는 것에 힘을 쏟아버렸기에, 본래의 업무인 탑의 기능을 다시 살피고 싶었던 것이다.

확인 작업 중 재미있는 설치물을 발견했기에 바로 설치해 봤다.

[태양의 조각], [달의 조각], [별의 조각], 이렇게 세 가지다. 조각 시리즈는 그 밖에도 있었지만, 신력 관계상 일단 이 세 개를 골랐다.

이유는, 이것들이 삼대신과 관련이 있어 보였기 때문이다. 참고로 탑 관리에 관해서는 실비아가 에리스에게 질문했을 때 '자신의 뜻대로 해 주세요.' 라는 대답이 돌아왔다고 한다. 코스케도 애초에 물어볼 생각이 없었기에 딱히 문제는 없다.

그 밖에도 재미있어 보이는 것이 이것저것 있었지만, 설치 코스트를 고려해서 이번에는 이 세 개로 좁혀 8층 여우들이 있는 거점에 각각 하나씩 설치했다. 그리고 각각의 거점에 여우들 소환진을 하나씩 설치했다.

코우히와 콜레트를 데리고 8층으로 갔다. 단, 지금까지의 경험을 봐서 설치하자마자 바로 결과가 나오지는 않으리라 예상해서 설치하고 하루를 비웠다. 사실 하루를 비운다고 해서 충분하다고 단정할 수는 없지만.

콜레트를 데려온 이유는 원리와 대화하기 위해서다. 콜레트도 원리나 나나와 노는 걸 즐기고 있었기에 기분 전환 겸 데려왔다.

설치한 조각을 확인하자, 하룻밤 지나고 나서 찾아온 게 효과적이었는지, 아니면 다른 원인이 있는지는 모르겠지만 바로 변화가 보였다. 전이문을 지나 8층에 도착한 코스케 일행을 맞이한 원리에게 변화가 일어난 거다.

"우와. 아니, 야. 잠깐 기다려……!"

코스케에게 달려온 원리가 바로 달려들었다. 돌진을 막지 못한 코스케는 그대로 엉덩방아를 찧었지만, 원리는 아랑곳하지 않고 코스케를 할짝할짝 핥기 시작했다.

"으음, 이 녀석. 간지럽잖아……."

말이야 그렇게 했지만, 코스케는 진심으로 말릴 생각이 없었다. 그런 한 사람과 한 마리를 흐뭇하게 지켜보던 코우히와 콜레트가 먼저 위화감을 눈치챘다.

"자…… 잠깐만. 원리의 꼬리가 늘어났어……?!"

콜레트의 말을 들은 코스케가 원리의 꼬리로 시선을 돌렸다.

"아……. 정말이네. 그보다 원리, 조금 커지지 않았어?"

"쿠웅?"

코스케가 묻자, 원리가 고개를 갸웃했다.

아무리 콜레트라도 이 반응은 통역할 수 없었다.

"꼬리도 늘어났고, 몸도 커졌네?"

"그러게요."

코스케의 확인에 코우히도 동의했다. 그리고 여전히 모르겠다는 기색인 원리에게 콜레트가 정령을 통해 알렸다.

"쿠웅……?!"

콜레트의 이야기가 전해졌는지, 원리가 놀란 모습을 보였다.

"아니, 눈치채지 못했던 건가……."

"오늘 아침 눈을 떴을 때부터 모두의 낌새가 이상했으니까, 이상하다고 생각하기는 했던 것 같아."

모두라는 건 거점에 있는 여우들이리라.

"아~ 그런가? 뭔가 다른 걸 할 수 있게 되었다든가?"

코스케는 콜레트를 통해 물어보면서 자신도 왼쪽 눈으로 원리의 스테이터스를 확인했다. 그러자 전체적인 스킬 LV도 올라갔지만, 그보다도 《아지랑이》라는 스킬과 【태양신의 축복】이라는 칭호가 늘어났다. 명백하게 [태양의 조각]에서 영향을 받은 거다. 어쩌면 원래 소질이 있었는데 [태양의 조각]을 놔둔 덕분에 발현하게 되었을지도 모른다. 어느 쪽이든 계기는 [태양의 조각]일 것으로 추정되었다.

코스케가 그런 생각을 하던 중, 원리와 대화를 마친 콜레트가 말을 걸어왔다.

"뭔가 예전에 나나와 놀았을 때 썼던 힘을 사용해서 할 수 있는 기술이 늘어난 것 같아."

"놀았을 때……? 아아, 신력 말인가."

"아마 그럴 거야."

"그렇구나. 《신력 조작》도 조건이라는 건가?"

원리와 충분히 놀아준 뒤에 거점 여우들을 확인하자, 《신력 조작》을 쓸 수 있는 여우가 몇 마리 늘어났다. 그 여우들은 【천호】나 【지호】였고, 【요호】 중에서 《신력 조작》을 쓸 수 있게 된 여우는 없었다. 원리에게는 《신력 조작》을 쓸 수 있게 된 여우들에게 신력 쓰는 법을 가르쳐 주라고(놀아 주라고?) 전했다. 덤으로 달과 별의 거점도 찾아가 보라고 말했다. 모처럼 설치했는데 얼씬도 안 하면 의미가 없다.

그 뒤로는 소환진에서 여우들을 소환하고 관리층으로 돌아왔다.

"코스케는 나나나 원리 쪽 애들을 어쩌려는 거야?"

관리층으로 돌아온 콜레트가 그런 걸 물었다.

"응? 무슨 소리야?"

"그야, 평범하게 귀여워할 뿐이라면 일부러 강하게 키울 필요가 없잖아?"

"아아, 그거 말인가."

코스케는 콜레트의 질문을 듣자 납득한 듯 끄덕였다. 귀여워하기만 할 거라면 소환해서 관리층에 기르면 되는 거니까.

"그건 말이지. 처음에는 살아남기 위해 강해지길 원했……었는데. 종족이 변하면서 강해진다는 걸 아니까 욕심이 생겼거든."

"욕심?"

"응. 뭐, 간단히 말해서 언젠가는 상급 마물도 해치울 수 있게 되었으면 좋겠어."

태연하게 고백한 내용을 들은 콜레트는 놀라려다가 바로 생각을 고쳤다. 애초에 지금의 원리를 보고 원래는 평범한 【요호】였다고 간파할 수 있는 사람은 없을 거다. 원리나 나나, 그 밖에도 변화나 진화를 일으킨 늑대나 여우는 이미 놀라운 존재다. 그걸 고려하면 코스케의 말도 이해하지 못하는 바는 아니다.

물론 그게 언젠가 될지, 정말로 가능할지는 모르겠지만 원리나 나나가 상급 마물을 쓰러뜨릴 수 있다면, 그만큼 탑의 관리도 잘 이루어지게 된다. 단, 이건 어디까지나 덧붙인 이유이고, 원래는 그럴 생각이 없었다. 코스케도 무리하면서까지 그들을 성장시킬 생각은 하지 않았다.

(5) 원리의 변화와 난새

원리의 진화를 확인한 지 사흘 정도 지났다.

그동안 코스케는 통신구 개발 말고도 다른 연구를 진행하고 있었다. 소환진 개발이다. 예전부터 탑의 설치물 소환진과 코우히나 미츠키가 쓰는 소환진의 차이가 신경 쓰였다. 구체적으로는 두 사람이 쓰는 소환진은 한 번에 하나만 소환. 탑의 설치물 소환진은 기본적으로 다수 소환이 가능하다. 각각의 소환진을 비교하면 뭔가 새로운 게 가능하지 않을까 생각해 본 것이다. 사실 연구 자체는 통신구 개발 이전부터 진행했지만, 겨우 형태가 잡혔기에 실험도 겸해서 써보기로 했다.

소환을 예정한 곳은 46층이다. 이 소환이 성공한다면 탑에도 새로운 소환수가 생기기에 먼저 나나와 원리가 있는 층에 들르기로 했다. 코스케가 소환하는 모습을 함께 본다면 초대면일 때 적으로 볼 일은 없으리라 생각한 것이다. 두 마리가 있는 곳으로 가겠다고 관리층 사람들에게 말하자, 이번에는 웬일로 전원이 따라가기로 했다.

처음은 나나가 있는 9층으로 갔는데, 코스케가 9층 전이문을 지나간 순간 커다란 덩어리가 다가왔다. 당연히 이런 걸 간과할 코우히와 미츠키가 아니다……. 코스케는 그렇게 생각했는데, 어째서인지 두 사람은 그 커다란 덩어리가 돌진하는 걸 간과했다.

이유는 간단했다.

"어……?! 너, 나나냐?"

그 덩어리가 나나였기 때문이다. 코스케는 당혹스러워하면서 자신을 할짝할짝 핥는 나나를 관찰했다. 원래는 중형견 정도였던 게 대형견을 한참 뛰어넘는 크기로 자랐다.

"아니, 이건 너무 변했잖아……."

코스케는 변한 모습에 깜짝 놀랐고, 코우히와 미츠키를 제외한 멤버도 똑같은 표정을 보였다. 참고로 코우히와 미츠키가 놀라지 않은 건 코스케가 연구하는 사이 여기에 왔었기 때문이다.

이렇게나 커진 나나가 얼굴을 핥으면 장난친다기보다는 습격당한다는 말이 더 와닿는다.

나나를 진정시킨 코스케가 스테이터스를 확인하자, 예전부터 있던 스킬에 더해서 마법을 쓸 수 있게 되었다. 다른 고유 스킬도 균일하게 LV이 올랐다. 그 밖에도 천혜 스킬인 《대신의 조각》이 (초승달)에서 (반달)로 변했다. 이 스킬 때문에 이렇게나 변화가 생겼다는 걸 바로 알 수 있었다. 만약 이게 코스케의 예상대로 (보름달)로 변한다면 어떤 일이 일어날까 궁금했다.

또 하나 있는 《몸길이 변화》라는 스킬도 신경이 쓰였다. 혹시나 해서 몸을 예전 크기로 돌릴 수 있는지 나나에게 물어봤다.

그러자 나나는 모두 앞에서 태연하게 크기를 바꿨다.

""""""오~!!"""""""

일제 합창이었다.

콜레트를 통해 이야기를 들어보니, 마물과 싸울 때는 큰 게 유리하니까 계속 큰 몸으로 있고 싶다고 한다.

그리고 조금 전 모두의 반응을 본(들은?) 나나는 모두의 앞에서는 작은 몸으로 있겠다고 말했다. 코스케는 어느 쪽이든 상관없었지만, 그 크기로 응석을 부리면 역시 피곤해지니까 응석을 부릴 때는 작은 게 낫다고 전했다. 코스케의 말을 들은 나나가 조금 실망한 모습을 보인 건 기분 탓이라고 생각하기로 했다.

작은 몸으로 돌아온 나나에 더해서 이번에는 원리가 있는 8층으로 향했다. 8층 중심 거점에는 없었기에, 나나에게 원리가 있는 곳을 냄새로 찾아달라고 했다. 어째서인지 그때 나나가 망설이는 모습을 보였지만, 그 의문은 원리의 모습을 보자마자 풀렸다.

"뭐랄까, 대단하구먼······."

"이제 놀라지 않아. 어차피 코스케가 하는 일이니까······."

"상식이 없어요······."

"깜짝 놀랐어요~."

그걸 봤을 때 모두의 반응은 이랬다.

그리고 어째서인지 코스케 탓이 되어버렸다. 그가 직접 뭔가를 한 건 아니라고 항의하고 싶······었지만, 코스케 역시 그런 걸 할 여유는 없었다.

그런 일동을 아연실색하게 만든 원인(원리?)은, 나나와 함께 놀고 있었다.

"아~. 나나. 간지러워~."

소녀의 모습으로······.

당연하게도 옷 같은 건 없었기에, 소녀 모습을 한 원리는 알몸이었다. 미츠키가 만약을 위해 아이템 박스에 넣어둔 옷을 줘서 입혔다. 크기는 헐렁헐렁했지만, 코스케에게 알몸을 보여줄 수는 없다는 일동의 의견을 우선한 것이다. 참고로 옷을 입힐 때까지 코스케는 강제로 보지 못하게 막혔다. 정확히 말하면, 실비아가 뒤에서 코스케의 눈을 가렸다.

그 후에 원리에게 이야기를 듣자, 그로부터 코스케의 지시대로 각자 거점으로 가서 하룻밤 보낼 때마다 꼬리 숫자가 늘어났고, 할 수 있는 일도 늘어났다고 한다. 지금 있는 거점에는 [별의 조각]이 있는데, 그 거점에서 하룻밤 보낸 뒤에 눈을 뜨자 인간형이 되었다는 모양이다. 익숙하지 않은 모습이라서 사냥도 하지 못해 초조했지만, 금방 여우 모습으로 돌아올 수 있었다. 참고로 코스케 일행이 온 건 냄새와 기척으로 알았기에 놀라게 해 주려고 인간형이 되었다고 한다.

원리의 인간형 모습은 열 살 정도의 나이로, 세계수의 요정에서 나보다 조금 연상이라는 느낌이었다. 짧은 머리는 금색에 가까운 황금색이고, 햇살에 닿아 반사되자 거의 금색으로 보인다. 붉게 빛나는 눈은 여우 때의 눈을 그대로 이어받아서 여우눈이다. 그대로 성장한다면 요염한 미녀가 될 것이 약속된 듯한 미소녀였다.

그런 원리가 수줍은 기색으로 코스케에게 다가와서(옷을 입을 때까지는 주변에서 금지했다), 머리를 쓰다듬어 주는 걸 기쁘게 받아들이고 있었다. 이건 여우형이든 인간형이든 변함없었기에 코스케는 기뻤지만, 여러 의미에서 마음속 깊이 담아두었다.

코스케가 쓰다듬어줘서 만족했는지, 원리는 나나와 놀기 시작했다. 그동안 여우형과 인간형 양쪽의 스테이터스를 확인했다.

예상대로 스킬 자체의 LV도 올라갔지만, 칭호에는 【태양신의 축복】 말고도 【월신의 축복】과 【성신의 축복】이 늘어났다. 신들이 직접 관련되어 있는지는 알 수 없지만, 틀림없이 새로 증설한 세 개의 조각 덕분이다. 나중에 실비아를 경유해서 에리스에게 확인해보자. 효과만 봐서는 『가호』보다 약하지만 틀림없이 신들이 내린 것이고, 조건만 만족하면 부여된다고 한다.

종족명은, 여우 때는 【다미호(5미)】, 사라 모습일 때는 【다미호(인간형)】으로 표시된다. 그 표시대로 여우 모습일 때는 다섯 개의 꼬리가 휙휙 흔들리는 걸 확인했다.

일반 스킬은 여우형일 때 《변화(인간형 가능)》라는 스킬이 나왔다. 이 스킬 덕분에 인간형이 될 수 있었던 것이리라. 게다가 인간형이 되었을 때는 《물어뜯기》와 《언어 이해(권속)》가 ( ) 표시로 변했다. 사람 모습일 때는 쓸 수 없는 스킬이라 이런 표시가 된 것이다.

원리가 사람 모습이 되었다는 해프닝은 있었지만, 당초 예정대로 나나와 원리가 더해진 코스케 일행은 46층으로 향했다.

46층에서는 먼저 나나와 원리의 실력을 보기로 했다.

결과적으로 말하면, 압승까지는 아니지만 다수의 마물에 둘러싸여도 지지 않을 만큼 강해졌다. 전투 중의 나나는 몸이 커지고, 원리는 여우가 된다. 역시 46층은 중급 마물이 다수 나오고, 단독으로 덤벼오는 일은 거의 없었다. 만약 있다면 중급 이상의 마물이겠지만, 다행히 거점 주변에서 나오지는 않는 모양이었다.

참고로 나나와 원리의 전투를 본 멤버는…….

"방심하면 나조차도 바로 추월당하겠구나…….'"

"나는 못 이겨……."

"저도 무리예요……."

"마법 강하네요~……."

이런 식으로, 일동의 분위기는 뭔가 애수가 감돌았다.

"혹시, 두 마리가 함께하면 상급도 가능할까……?"

코스케가 그런 감상을 남기자, 코우히와 미츠키가 대답했다.

"여유롭게 상대하는 건 무리겠지만, 반반 정도일까요."

"그러게. 상급의 하위 정도라면 어떻게든 될 거야. 뭐, 한 번 싸울 때마다 시간을 둘 필요가 있겠지만."

"그렇구나."

그런 세 사람의 대화를 다른 네 명이 어이없는 표정으로 보고 있었다. 원래는 늑대와 여우가 그토록 강해질 수는 없다. 그렇지만 종족명을 보면 두 마리 모두 이미 전설의 존재에 한 발짝 다가섰다. 그렇게 생각하면 이렇게 강해진 것도 있을 법하다고 납득한 네 사람이었다.

나나와 원리의 강함을 실감한 다음으로는 본래의 목적, 개발한 소환진을 쓴 소환이다.

이 소환 실험에서 알고 싶은 건 두 가지 있다. 첫 번째는 탑의 소환진 리스트에 없는 소환수를 탑의 계층에 소환할 수 있는가. 두 번째는 새로운 소환수를 소환한 경우, 탑의 소환진 리스트에 등록되는가.

참고로 베이스는 어디까지나 탑의 소환진을 참고했기에 코우히나 미츠키가 예전에 썼던 소환과는 다르다. 간단히 말하면, 탑의 소환진에서 소환 대상 부분을 다른 소환수로 변경한 것이다. 소환수는 참고한 책 안에 있던 걸 유용했다. 마지막으로 코스케에게는 탑의 소환진처럼 다수를 소환할 힘은 없기에 소환하는 숫자도 한 마리로 줄였다.

그렇게 바로 소환을 실행했다.

여느 때처럼 소환진이 나타나더니 소환수 한 마리가 소환되었다. 소환하는 숫자를 다수로 설정하지 않기에 한 마리만 나타난 뒤 소환진은 사라졌다. 그리고 새 한 마리가 소환되었다.

난새(鸞)라고 불리는 새 타입의 마물이다. 몸길이는 날개를 펼친 상태에서 3미터 정도이고, 전체적으로 푸르스름한 색을 가진 굉장히 아름다운 새였다.

소환된 뒤에는 하늘을 날아올라 축사 울타리를 홰로 삼아서 앉았고, 코스케가 다가가자 기쁜 듯 꾸룩꾸룩 울었다. 손을 가져가도 싫어하지 않기에 그대로 몸을 쓰다듬으면서 스테이터스를 확인했다.

새답게 《부리》라는 스킬 등이 보였다. 기쁜 오산이었던 건 《요정 언어》 스킬이 붙어있었던 점이다. 덕분에 콜레트가 있으면 간단히 대화할 수 있다.

중요한 실험 성과를 보면, 칭호에 【코스케의 권속】이 붙어 있었다. 정상적으로 탑의 시스템으로 소환한 권속임이 확인되었다.

이름은 란카라고 지었다. 클래스는 중급 마물이라서 스킬 LV은 높았다. 란카를 소환한 계층이 중급 마물이 나오는 곳이니만큼, 굳이 따지자면 필요 최저한의 LV이겠지.

참고로 평소처럼 [슬라임 소환진]을 설치하자 기쁜 듯이 슬라임을 먹었다. 현재 코스케는, 어쩌면 슬라임은 모든 마물이 즐겨 먹는 식사가 아닐까 의심하고 있다. 아무튼 이걸로 먹이 부족으로 굶어 죽는 일은 없으리라.

그런 생각을 하던 와중, 나나와 원리가 지면에 내려온 란카와 인사를 나눴다. 원리는 여우 모습일 때는 어딜 봐도 여우처럼 행동하는데, 사람일 때와 사고 패턴이 다른 걸까? 코스케는 그런 아무래도 좋은 생각이 들었다.

일단 소환한 란카와 나나와 원리를 46층에 남기고, 코스케 일행은 관리층으로 돌아왔다. 소환진의 다른 성과를 확인하기 위해서다.

관리 화면에서 소환진 일람을 확인하자, 소환진 안에 [난화(鸞和) 소환진(10마리)]가 추가되어 있었다. 단, 추가된 건 [난화 소환진(10마리)]뿐이고, 일반적인 패턴은 없었다. 원래 탑의 소환 리스트에 없었기 때문인지는 검증할 필요가 있으리라.

단, 예측할 수 있을 뿐이고 완전히 검증하는 건 불가능할지도 모른다. 애초에 탑 LV의 최고치조차 알 수 없으니까.

일단 목적은 달성해서 이번에는 그만하기로 했다. 검증은 불완전하지만, 완벽을 추구한 건 아니니까 이 정도로 만족했다.

아무튼 일람에 나온 [난화 소환진(10마리)]를 두 개 설치해서 다시 46층으로 가서 새로운 난화를 20마리 소환했다.

예상보다 더 성장해버린 나나와 원리를 다시 관리층으로 데려왔다. 특히 원리는 이대로 관리층에 남겨도 되겠다는 생각도 들었지만, 인간형이 된 본인에게 물어보니 어디든 상관없다고 한다. 나나도 비슷한 대답이었기에, 전부터 시험해하고 싶었던 걸 해 봤다. 두 사람(마리?)을 관리원으로 넣어서 관리층을 자유롭게 드나들 수 있게 한 것이다.

결론부터 말하면, 평범하게 등록할 수 있었다. 관리원 지정도 그렇지만, 제일 걱정했던 전이문 출입고 나나와 원리는 바로 습득했다. 다음으로 관리원이 출입할 수 있는 곳을 탑의 기능으로 지정할 수 있기에, 그걸 이용해서 출입 가능한 층에 제한을 걸었다. 나나와 원리는 짐승형으로 휴먼이나 아인들이 있는 층에 가면 자칫 토벌당할 수도 있으니까.

나나와 원리의 강함을 봤기에 딤으로 중계층에도 각각 거점을 만들기로 했다. 우선 늑대 무리가 있는 7층과 9층에 [회색 늑대 소환진(10마리)]을 두 개씩 설치했다. 그 후에는 각각의 층에서 10마리씩 합계 20마리를 나나와 함께 47층으로 데려왔다. 47층에는 평소의 거점 세트를 미리 설치했다. 나나는 이쪽을 메인으로 활동하게 하고, [달의 보석]도 설치했다.

8층 여우 쪽은 우선 [요호 소환진(10마리)]를 세 개 설치해서 여우를 30마리 늘렸다. 그리고 20마리와 원리를 데리고 48층에서

활동하게 했다. 거점 설치물 내용은 8층과 똑같다. 단, 48층 거점
은 현재 하나씩밖에 준비하지 않았다.

　모두 언젠가는 거점을 늘릴 예정이다. 중계층에서 안정적인 토
벌을 할 수 있게 되면 지금 이상으로 신력을 회수할 수 있는 걸 기
대한 대대적인 이사였다.

◆쉬어가는 이야기 I 모험가의 일상

아르다는 막 초급 딱지를 뗀 모험가다.

모험가가 된 지 3년째에 D랭크가 되었다. 들어간 기간은 길지도 않고 짧지도 않은, 극히 일반적인 수준이다. 단지, 고정 파티에 들어가지 않고 여기까지 온 사람은 별로 없을지도 모른다.

아르다가 고정 파티에 들어가지 않는 데는 딱히 이유가 없었다. 파티를 권한 상대의 파티에 몇 번 들어간 적은 있지만, 그건 그쪽에서 항상 함께하던 사람들이 우연히 없었을 뿐이었다. 그런 아르다에게 전환점이 찾아온 건 류센의 어느 여관 식당에서 식사하던 때였다.

파티에 몇 번 불려간 적이 있던 멤버 중 한 명이 말을 걸었다.

"여어, 아르다. 너, 탑 이야기 들었냐?"

갑작스러운 말이었지만, 아르다는 순순히 수긍했다.

아무래도 류센 바로 옆에 생긴 건물에서 탑으로 전이할 수 있게 되었다고 한다. 최근 류센은 그 이야기로 북적였다. 그 이야기를 모르는 모험가는 가짜라고 해도 무방할 정도다.

"그래. 들었지. 아무래도 이 주변에서 얻을 수 없는 소재가 나온다던데."

"그렇지. 그래서 제안하고 싶은데, 너도 예정이 비었으면 이번에 같이 가보지 않겠어?"

그것은 파티 권유였다. 몇 번 함께한 적이 있기에 상대 멤버에 불안감은 없다. 있다면 다른 멤버에 비해 자신의 전투 능력이 낮기에 걸림돌이 될 수도 있다는 점이다. 지금까지 이 파티의 멤버가 되지 않았던 건 그래서였다.

아르다는 조금 주저한 뒤에 의문을 던졌다.

"그건…… 나로서는 바라 마지않는 일인데, 괜찮겠어?"

"그래, 상관없어. 그보다 너라서 확실하게 말하는 건데, 다른 유망한 녀석들은 이제 비어있지 않거든."

그가 쓴웃음을 섞어서 그렇게 말하자, 아르다는 납득했다. 그들에게 이번 일은 낌새를 보는 거겠지. 일단 자신을 넣고 가서 탑의 상황을 살핀 뒤, 돈을 벌 수 있을 것 같으면 본격적으로 동레벨 동료를 추가해서 공략할 생각인 것이다.

아르다도 그 점에 불만은 없었다. 게다가 지금 소문이 자자한 곳을 자기 눈으로 확인할 수 있으니까.

"그렇구나……. 그렇다면 문제없지. 나는 언제라도 상관없어."

"오오. 그럼 내일은 준비하는 날로 두고, 모레부터 어때?"

"좋아. 나는 상관없어."

"알았어. 그럼 모레, 평소 만나던 데서 만나자고."

"그래."

익숙한 느낌으로 예정을 정하고, 그날은 헤어지게 되었다.

◆

"과연, 이건 유행할 만하네."

탑의 마을이 있는 5층과 6층의 모습을 본 아르다의 감상이다.

참고로 류센에서 날아온 곳이 어째서 5층이라는 어중간한 곳인지는 잘 알 수 없었다.

"그러게. 상층 쪽으로 가도 이렇게나 사냥하기 쉽다면, 우리가 활동하기도 편하겠어."

이건 그저께 아르다를 권유한 이 파티의 리더 제토의 말이다. 파티 멤버도 수긍하고 있다. 그들이 하는 말은 마물과 마주치는 빈도를 말한다. 5층에 서식하는 마물의 숫자는 명백하게 류센 주변보다 적다. 이거라면 채집도 어느 정도 여유롭게 할 수 있다.

서식하는 약초류나 출현하는 마물은 류센 주변과 비슷한 것도 많지만, 그렇지 않은 것도 많았다. 그런 걸 류센에 가져가면 당연히 비싸게 팔린다. 그렇지만 이렇게나 소재가 풍부하다면 언젠가는 가격도 어느 정도 낮게 안정될 것이다. 그래도 아르다는 충분하게 먹고 살 만큼은 벌 수 있다고 봤다.

5층의 유일한는 마을에도 거래할 수 있는 가게가 있었다. 류센에서 파는 것보다는 싸게 사들이지만, 전이문을 통과할 때의 통행료와 수고를 고려하면 마을 가게에서 파는 편이 나았다.

아르다가 그런 생각을 하는 사이 파티는 안쪽으로 나아갔다. 참고로 이 멤버로 향하는 곳은 6층 다음인 41층까지다. 출현하는 마물은 딱히 문제없지만, 그 이상 가도 채집물을 챙겨서 복귀하는 것이 힘드니까 그냥 돌아오고 있다.

그 뒤로 파티 멤버와 헤어진 아르다는 탑에서 돈을 벌기로 했다.

완성된 집합 주택 추첨에 당선된 것도 이유 중 하나다. 추첨에서 떨어지면 여관 생활도 고려했지만, 이쪽도 항상 만실이라서 묵을 수 있는 확률은 낮았다.

또한, 이 마을에는 공적 길드가 없기에 의뢰로 먹고살 수는 없지만, 마을 주변에서 소재 채집만 해도 충분히 먹고살 수 있다. 모험가의 숫자도 늘어나서 예전만큼 간단히 채집할 수는 없지만, 그것도 대단한 문제는 아니다. 조금만 멀리 가면 소재가 아직 풍부하게 존재하니까.

참고로 성질이 사납고 난폭한 이미지가 있는 모험가지만, 식물 채집 때는 모조리 채집하지 않는 일정한 원칙을 준수하고 있다. 모조리 채집했다가는 애초에 자신들이 먹고살 수 있는 밑천이 사라지니까 당연한 일이다. 과거에 그걸 강행한 자도 있기는 했다지만, 동료였던 모험가는 물론이고 그걸 파는 상인, 끝으로는 가공하는 직공들에게 모두 퇴짜를 맞아서 모험가 일을 더 이어갈 수 없게 되었다는 소문은 얼마든지 들을 수 있다.

당연히 이 탑에도 똑같은 원칙이 적용되어서, 군생지가 있다면 어느 정도 남기게 조절하고 있다.

마을을 넓힐 때는 그곳에 있는 군생지를 모두 채집하게 되지만, 그때는 모험가가 아니라 마을(이 경우에는 탑 관리자)의 수입이 되는 게 통례다.

급속도로 커지고 있는 마을인지라 군생지에서 채집하는 의뢰가 나오기도 한다. 이 경우에는 아직 길드가 없어서 마을 중앙에 있는, 전이문을 관리하는 건물 게시판에 의뢰가 붙는다.

나온 의뢰는 빠른 사람이 임자라, 그런 점은 다른 공적 길드와 똑같다.

탑에 존재하는 상점은 현재 하나뿐이다.

그렇지만 탑의 관리자가 가게를 내는 걸 거부하는 게 아니라, 그저 건물 건축이 따라잡지 못할 뿐이라서 상인들의 노점은 열려 있다. 그래서 탑에서 생활하는 데 부족한 점은 거의 없다. 무기나 방어구처럼 모험가에게 필수적인 상품은 유일하게 존재하는 상점에서 살 수 있는 데다 류센에서 사는 것과 똑같은 가격이라 모험가들의 불만이 나오지도 않고 있다. 그래도 무기나 방어구의 수리는 탑에 직공이 적어서 비싸게 받지만, 이것만큼은 어쩔 수 없다.

최근에는 이 상점 전속 직공이 온다는 소문도 돌고 있으니, 그게 사실이라면 무기나 방어구 손질도 일일이 류센에 가지 않아도 될지도 모른다. 아르다는 그렇게 되면 이 마을에 정착하는 모험가가 점점 늘어나리라 생각하고 있었다.

◆

탑 생활도 익숙해진 무렵, 두 가지 소문이 마을에서 돌았다.

하나는 탑의 관리자가 크라운이라는 조직을 만든다는 이야기다. 이건 길드를 더욱 크게 키운 것이라고 한다. 아무래도 모험가 길드, 상인 길드, 공예 길드를 합친 조직이라 상당히 커지는 것 같다. 지금까지는 아르다와 딱히 관련 없는 이야기라고 생각해서 흘려듣고 있었다.

그러나 또 하나의 소문을 들었을 때는 그렇게 있을 수 없었다. 그것은 전이문이 류센 이외의 마을과도 이어진다는 이야기다. 이 소문에 관한 진위를 확인하는 사람이 많았는지, 마을의 주요 위치에 벽보가 붙었다.

다행히 아르다는 글을 읽을 수 있어서 그 자리에서 내용을 확인할 수 있었다. 아르다를 발견한 제토가 말을 걸었다.

"여어, 아르다. 오랜만이네."

"아아, 제토인가. 너도 내용을 확인하러 왔어?"

"그야 그렇지. 그래서, 너는 어쩔 거야?"

질문을 받은 아르다는 즉답했다.

"당연히 신청해야지."

"뭐, 그렇겠지."

크라운에 소속되면 디메리트도 있다. 그러나 아르다에게는 디메리트보다 메리트가 더 컸다.

"제토, 너희는 어쩔 거야?"

"이것만큼은 내 독단으로 정할 수 없지. 동료들과 상담해서 정하겠어."

"그건 뭐, 그러네. 하지만 빨리 정하는 게 좋아."

"그래, 알고 있어."

크라운 결성, 그리고 다른 마을과의 전이문 접속은 기간이 설정되어 있었다. 다른 마을과 이어지기 전에 신청하는 게 좋다. 다른 마을과 연결된 시점에서 신청자가 늘어날 가능성이 크니까 당연하다.

실제로는 아르다의 예상을 뛰어넘는 사태가 벌어지게 되지만, 이때의 아르다는 거기까지 예상하지 못했다. 그러나 다행히 새로운 문이 연결되기 전에 크라운에 등록했기에 그 이후의 혼란에 말려들지는 않았다.

참고로 제토의 파티는 기간 중에 신청하는 걸 보류했지만, 전이문에 연결된 마을이 세 곳으로 늘어난다는 걸 알게 되자마자 망설임 없이 신청했다고 이후에 아르다에게 말해 줬다.

제3장 탑의 지맥에 담긴 힘을 써보자

(1) 모험가 부문장과 탑의 현황

크라운이 결성된 지 한 달 정도가 지났다.

멤버는 순조롭게 늘어나서 이미 대륙의 어느 길드보다도 커다란 조직이 되었다. 그러나 이건 모든 부문을 합친 멤버 숫자라서 각각의 부문만 비교하면, 모험가 부문만 다른 길드보다 훨씬 큰 조직이 되었다. 상인 부문이나 공예 부문은 현재 크라운보다 큰 조직이 존재한다. 그래도 5층 마을은 현재 급속히 발전 중이라서 다른 부문의 멤버도 더욱 늘어날 예정이다.

현재 공예 부문의 주력은 건축이다. 마을에서 건축 러시가 이어지고 있으니 이것도 어느 의미로는 당연했다.

또한, 얼마 전 탑에서 농지 조성이 시작되었고, 그에 동반하여 마을에 정착하게 된 사람도 늘었다. 농지 조성하는 건 처음부터 정해진 일이라 에쿠가 예전부터 탑에서 일할 농부를 찾아다녔는데, 그들이 본격적으로 움직인 것이다. 참고로 농부들이 사는 주택은 탑의 기능으로 만들었다. 현재 풀가동 상태로 건축하고 있는 공예 부문의 착공을 기다리다가는 아무리 지나도 정착하지 못하고, 밭도 개간되지 않기 때문이다.

5층에서는 세세한 계절을 지정하지 않았기에 최초 생산물은 어림짐작으로 만들게 되었지만, 이것만큼은 어쩔 수 없다. 애초에 코스케 자신도 탑 안에서 1년을 보낸 게 아니라서 계절이 어떻게 바뀌는지도 모른다. 그래서 코스케도 5층의 계절은 지금 단계에서는 건드리지 않는 게 좋겠다고 생각하고 있다.

5층 마을의 주요 시설은 대부분 완성했지만, 그것도 하나씩 하나씩 만들어지고 있기에 아직 수요를 따라잡지는 못했다. 그렇기에 지금 크라운에서 제일 바쁜 곳은 공예 부문 멤버일 거다.

그렇다고 모험가 부문이나 상인 부문이 한가한 건 아니다. 크라운은 매일 새로운 멤버가 늘어나고 있기에 각각을 통괄하는 사람들은 바쁘게 움직이고 있다.

그런 와중에 크라운의 각 부문 책임자는 다음과 같이 정해졌다.

크라운 종합 총괄…… 와히드
크라운 종합 부총괄…… 에쿠
크라운 모험가 부문 총괄…… 도르
크라운 상인 부문 총괄…… 사라사
크라운 공예 부문 총괄…… 틴

그리고 각각의 부문 총괄 아래에 부문장을 둘 예정이다. 예를 들어 상인 부문의 부문장으로는 슈미트를 두는 식이다. 공예 부문의 부문장은, 후보는 있지만 지금은 바빠서 시간을 낼 수 없기에 보류 중이다.

그리고 코스케는 마물이 나오는 탑 안에서 활동하는 의미에서는 가장 중요한 부문인 모험가 부문장 후보와 만났다.

지금 코스케의 눈앞에 있는 남자는 그야말로 모험가를 체현하는 존재감을 발하고 있었다. 나이는 20대 후반 정도이고, 외모는 완전히 근육덩어리 같은 느낌이다. 단, 코스케가 원래 있던 세계에서 TV 화면을 통해 보던 보디빌더가 보여주는 근육이 아니라, 어디까지나 실전적인 모습이다.

그 남자가 방에 들어온 코스케를 보고 눈살을 찌푸렸다.

"댁이 코스케 공인가?"

"네. 처음 뵙겠습니다. 잘 부탁드려요."

남자의 이름은 가제란 휴매드. 와히드와 도르가 고른 모험가 부문의 부문장 후보다.

그런 가제란의 낌새를 본 코스케가 미소를 지었다.

"제가 탑의 공략자여서 불만이신가요?"

"불만이라…… 아니, 불만……이라기보다는 의문, 이겠군. 아무리 생각해도 댁이 탑을 공략한 것처럼 보이지는 않아."

"하하하. 그건 그렇죠. 저 자신은 공략할 때 전투는 거의 하지 않았으니까요. 전투는 이 두 사람이 했습니다."

코스케는 그렇게 말하며 코우히와 미츠키를 가리켰다.

"그랬었나."

가제란은 그렇게 말하며 고개를 끄덕였지만, 말 그대로 받아들이지는 않았다.

그도 그렇다. 일반적인 필드에서도 단순한 초보자가 따라가면 짐짝이 된다. 하물며 대륙에서도 최고 난이도로 불리는 중앙 탑을 공략한 것이다. 단순한 짐짝이 살아남을 수 있는 곳은 아니다. 설령 뒤에 대기하고 있는 두 사람이 아무리 강하더라도.

실전 속을 살아온, 대륙에서도 최고봉으로 불리는 길드를 운영하던 가제란은 눈을 가늘게 뜨고 코스케를 바라봤다. 말하자면, 거짓말은 용납하지 않겠다는 기세다.

"그래서? 댁은 뭘 할 수 있지?"

그런 가제란을 앞두고, 여기가 승부처라고 느낀 코스케는 굳이 아끼지 않기로 했다.

코스케는 자신을 똑바로 응시하는 가제란을 바라보며 천천히 입을 열었다.

"가제란 씨."

"뭔데?"

"마음을 굳게 먹으세요."

코스케는 그렇게 말하고는, 신력의 일부를 가제란을 향해 방출했다.

그것은 공격적인 힘이 아니라, 어디까지나 가제란에게 압력만 걸도록 유도했다. 신력 그 자체에 상대를 공격할 수 있는 힘은 없지만, 압력을 거는 정도는 쓸 수 있다. [상춘정]에서 이 사용법을 배웠을 때 코스케는 이걸 언제 쓸지 의문이 들었지만, 의외로 빠르게 도움이 되었다.

"뭐라고? 큭……?!"

가제란은 한순간 의아한 표정을 지었지만, 이어서 코스케가 압력을 가하자 의식이 그대로 날아갈 뻔했다.

가제란은 일류 모험가다.

자신이 가진 힘과 동료의 힘으로 어느 정도 이름을 날리는 길드도 만들었다. 당연히 난이도 높은 마물과 몇 번이고 직접 대치해 왔다. 그러나, 눈앞에 있는 코스케에게서는 그런 마물조차 발끝에도 미치지 못하는 압력이 느껴졌다. 솔직히 의식이 날아가지 않게 버티는 게 고작이었다. 가제란에게는 무척이나 길게 느껴졌던 그 시간은 실제로 고작 몇 초였으리라. 그 압력은 어느새 사라졌다. 내심 믿을 수 없다고 생각했지만, 손바닥에 남은 대량의 식은땀이 현실이라는 걸 알렸다.

압력의 여운이 남아있는 걸 느끼면서, 가제란은 그걸 내색하지 않게 조심하며 코스케에게 물었다.

"방금 그건, 뭐지?"

지금까지 받아본 적이 없는 감각이었기에, 가제란은 머릿속으로 여러 상상을 해 봤다. 뭘 어떻게 해야 지금 같은 일이 가능한가. 풍부한 경험을 가진 가제란도 전혀 짐작 가지 않았다.

"신력입니다."

"뭐라고?"

"신력을 써서, 압력을 건 거죠."

그 해답을 듣자, 가제란은 앉아있던 소파에 깊숙이 몸을 묻었다.

마력이나 성력은 들은 적이 있다. 그러나 신력이라는 건 거의 들어본 적이 없었다. 가까스로, 신관이나 무녀에게 잡담 정도의 이야기를 들은 적이 있을 정도다. 그러나, 그건 어디까지나 신화 속 세계의 이야기라고 생각했다.

"뭐야? 댁은 사실 신이었나?"

가제란이 어이없다는 투로 묻자, 코스케는 웃으며 대답했다.

"설마요. 그저, 신력을 쓸 수 있는 평범한 일반인이죠."

"아니아니. 신력 같은 걸 쓰는 녀석이 평범한 일반인일 리가 없잖아."

"아하하……."

가제란에게 지적받은 코스케는 일단 웃으며 얼버무렸다.

그런 코스케의 모습을 본 가제란이 한숨을 쉬었다.

"이거야 원. 나도 여러 인간을 보고 살았지만, 이렇게나 첫인상에서 받은 예상에서 벗어난 건 처음이야."

빈말로도 강자라고는 할 수 없는 코스케가 이런 힘을 가졌을 줄은 몰랐다. 그래도 확실히, 전투에서 쓰는 기술이 강하지 않은 코스케가 미지의 힘을 쓸 수 있다는 걸 안 것만으로도 가제란에게는 충분하고도 남을 성과였다. 성격이나 사람 됨됨이는 슈미트에게 어느 정도 들었다. 일부러 도발하는 말을 던진 건, 코스케가 어떤 반응을 보이는지 파악할 작정이었다.

"그래서? 마음에는 드셨습니까?"

코스케가 묻자, 가제란은 씨익 웃었다.

코스케도 조금 전 가제란이 보인 태도가 일부러라는 건 알고 있었다. 당연히 코우히나 미츠키도 마찬가지다. 그렇기에 화내지 않고 두 사람의 모습을 그저 지켜보고 있었다.

"뭐, 그렇지. 댁의 밑에서 일하는 건 여러 의미에서 재미있을 것 같아. 그렇지만, 아무리 그래도 우리 길드 전원이 이적할 수는 없다고?"

가제란이 운영하는 길드는 소속원이 50명을 넘는 조직이다. 그걸 가제란의 한마디로 크라운에 소속시키는 건 어렵다. 못 하는 건 아니지만, 반드시 어딘가에서 불만이 터진다.

코스케도 그건 알고 있기에 살짝 고개를 끄덕였다.

"그건 당연하겠죠. 애초에 가제란 씨가 이적해 주시는 것만으로도 우리로서는 고마울 따름이니까요."

"그런가. 그럼 우리 길드 멤버에 관해서는 내가 이야기하면 되겠지?"

"네. 물론이죠. 그렇지만, 우대 조치 같은 건 없으니 다른 크라운 멤버와 똑같은 대우가 된다는 건 확실히 알려주세요."

"뭐, 그건 그렇겠지."

멤버 내부에서 우대 조치를 하며 우열을 매기기 시작하면 안에서 붕괴할 수도 있다. 그렇기에 어딘가에서 이적하더라도 개인 자격으로 크라운에 들어온 멤버와 똑같이 대우한다. 그걸 이유로 이적을 거절하는 길드도 있지만, 한 번이라도 전례가 생기면 나중에 오는 길드도 똑같은 요구를 할 것이다. 그 정도까지는 아니더라도, 처음 들어온 이들이 불만을 품을 게 분명하다.

"그것만 받아들여 주신다면, 크라운으로서는 멤버 이적도 환영합니다."

"알았어."

"나중의 세세한 이야기는 도르나 와히드에게 물어주세요. 실무에 관한 건 완전히 맡기고 있으니까요."

"좋아. 그렇게 하지."

코스케와 가제란은 서로 그렇게 말하고는 악수하고 헤어졌다.

결국 이번 면담에서 가제란이 크라운의 모험가 부문장으로 소속되는 게 정해졌다. 그 이야기는 순식간에 모험가들 사이에 퍼졌고, 크라운의 명성이 한층 높아졌다. 참고로 가제란의 길드에서는 잠시 소란이 있었지만, 역시 수완가인 가제란답게 길드 멤버 일부를 데리고 크라운으로 소속을 바꾸게 되었다. 남은 길드 멤버는 같은 길드명으로 활동을 계속하게 되었지만, 가제란이 나갔기에 예전과 같은 힘을 유지할 수는 없었다.

모험가 부문 부문장이 가제란으로 결정되자 크라운의 모험가는 더욱 현저하게 조직적으로 움직이게 되었다. 크라운은 당연히 의뢰라는 형태로 모험가들의 움직임을 어느 정도 제어한다. 현재 모험가의 주요 수입원은 모험가들이 상인 부문으로 가져오는 토벌 의뢰에서 얻은 소재의 이익이 크다. 기본적으로 모험가에게 내는 의뢰는 상인 부문이나 공예 부문에서 발생하기에 어느 의미로는 당연할지도 모른다.

게다가 모험가 부문에서는 모험가들이 가져오는 소재 말고도 탑 안에서 채집할 수 있는 소재 중에서 부족한 게 생기면 의뢰하는 형태를 취하고 있다. 그렇기에 현재 크라운 모험가들에게 내는 의뢰 중에는 각 층의 상황을 정리해서 보고해 달라는 것도 있다. 구체적으로는 계층의 어느 부분에 어떤 마물이 나온다든가, 어떤 약초가 채집되는가 등등이다. 그걸 모험가 부분이 정리해서 관리하는 것이다. 물론 모험가들이 활동하기 편하게끔 정보를 모은다는 목적도 있지만, 다른 이유도 있다.

그것은 분포도를 만들어서 어느 소재가 부족해지는지를 산출하기 위해서다. 그 소재가 나오는 마물을 소환할 수 있다면, 탑의 기능을 이용해서 소환진을 설치한다. 설치물 중에 바라는 게 없다면 외부에서 들여와서 가능하면 정착시킨다.

목표를 말하자면 탑에서 자급자족할 수 있는 게 최고지만, 그건 어디까지나 이상이다. 무엇보다 자원은 몰라도 기술 같은 건 탑에 틀어박혀 있어서는 편중될 가능성이 있다.

코스케는 그런 생각을 하고 있었지만, 슬슬 크라운에 간섭하는 건 그만둘 생각이었다. 원래 목적이었던 탑 관리에 힘을 들여야 한다는 걸 뒤늦게나마 깨달은 것이다. 탑에 모험가를 들이는 거나, 정착하는 사람을 만들어서 신력을 효율적으로 번다는 본래의 목적은 성공했다. 사실 예상 이상이라고 덧붙여야 할지도 모른다.

각 층의 마물을 토벌하는 모험가가 대량으로 오게 되자, 모험가에게 토벌당한 마물에게서 나온 신력이 상당히 많이 들어왔다. 문제는 그 마물들이 출현하지 않게 되는 경우지만, 어느 정도의 비율로 자연스럽게 발생하는지 코스케는 잘 모른다. 자연스럽게 발생하는 숫자보다 모험가들이 토벌하는 숫자가 많다면, 각 층의 마물은 줄어들 것이다.

그러나 그것은 딱히 문제시하지 않고 있다. 그렇게 되면 필연적으로 탑 안에서 활동하는 모험가들도 줄어들 테니까. 가능하면 중급 마물을 토벌하는 모험가들이 늘어나서 소환진으로 소환한 마물을 토벌하도록 하는 게 이상적이라고 생각하지만, 그렇게 잘 돌아갈지는 아직 모른다. 다만 거기까지 가려면 중계층까지 가는 길에 거점을 몇 개 만들어야 안정적인 토벌이 가능하리라.

뭐가 어찌 됐든, 앞으로 코스케는 5층 마을 만들기에서는 최대한 나서지 않고 얌전히 상황을 지켜볼 작정이다.

그 밖의 아인들의 마을은 순조롭게 정착해나가고 있다.

먼저 73층 엘프 마을은 이미 성목(成木)이라고 해도 좋을 만큼 성장한 세계수를 중심으로 해서 집락을 형성했다. 엘프들이 정착하기 위한 주택도 늘어났기에 이주도 순조롭게 진행되고 있다.

현재 엘프 마을은 엘프들이 원래 있던 집락과 연결되어 있다. 원래 있던 집락은 외부와 접촉이 없었기에, 그런 의미에서도 갇힌 세계라 할 수 있다. 원래 집락 단위로 생활해서 그런지 딱히 문제는 없었기에, 당분간은 이대로 놔두기로 했다. 코스케도 세계수에게 얻는 신력이 상당한 수치가 되었기에 딱히 외부와의 교류를 강제할 생각은 없다.

세계수가 어디까지 성장했는지는 잘 모른다. 한 번 콜레트에게 물어봤는데, 모르겠다는 짧은 대답을 들었다. 아무리 세계수라 해도 그 성장은 어디까지나 주변 환경에 따라 달라지므로, 탑이라는 닫힌 곳에서는 더 성장하지 않을지도 모르고, 그 밖에 뭔가 변화가 생길지도 모른다는 것이다. 애초에 세계수의 성장 한계가 어느 정도인지는 엘프나 하이 엘프도 파악하지 못했다. 그래서 세계수의 성장은 지켜볼 수밖에 없다는 것이 현재의 결론이다.

이어서 76층의 버밀리니아 성과 이그리드족 마을은 성과 부속 마을이라는 느낌이 되었기에 세트로 묶어서 버밀리니아 성 마을로 부르고 있다.

버밀리니아 성, 아니 성에 있는 [버밀리니아 보옥]에서 얻는 신력은 슈레인 덕분에 늘어났다. 코스케도 설마 슈레인과 이어지는 것이 【격】을 올리는 조건일 줄은 몰랐기에, 그 말을 들었을 때는 귀를 의심했다. 그렇지만 얻을 수 있는 신력이 확실히 늘어났기에, 버밀리니아 일족의 전승은 틀리지 않았다고 납득할 수밖에 없었다. 코스케에게도 이득이었기에 그대로 받아들이기로 했다.

그건 넘어가고, 버밀리니아 성 마을에는 5층 마을과의 전이문을 설치했다. 슈레인의 예정대로, 버밀리니아 일족 몇 명이 탑 밖으로 나가서 일족 사람을 찾는 여행을 떠났다. 그 보람이 있어서인지, 얼마 전 버밀리니아 일족이 몇 명 탑으로 찾아왔다.

5층 쪽 전이문에는 항상 2~4명의 흡혈 일족이 감시하고 있다. 처음에는 문을 열라며 억지를 부리는 모험가도 있었지만, 현재는 그런 모험가도 줄어들었다.

버밀리니아 성 마을에는 이그리드족이 정착해 사는데, 이쪽도 지하 생활이 아닌 지상에 지은 거주지에 사는 사람이 늘어나고 있다. 참고로 이그리드족의 탑 이주는 완전히 끝났기에 원래 바깥과 연결한 전이문은 현재 철거했다. 이건 버밀리니아 성 마을에 이주

한 이그리드족도 납득하고 있다. 아니, 사실 이그리드족이 제안한 것이라서 그걸 인정했다. 과거의 역사 때문에 지하 세계의 위치는 최대한 들키고 싶지 않다고 해서 이주자가 전부 넘어온 단계에서 철거한 것이다.

그 이그리드족은 현재 크라운 카드의 장식을 시작으로 그들의 손재주를 이용한 특산물을 서서히 만들기 시작했다. 그런 특산물을 크라운 상인 부문을 통해 거래하면서 자신들의 생활에 필요한 것들을 들여오고 있다.

크라운과 거래할 때는 중간에 버밀리니아 일족이 끼는데, 이건 이그리드족이 있다는 걸 최대한 다른 곳에 알리지 않기 위함이다. 설령 알려지더라도 그때는 버밀리니아 일족이 중간에 끼어서 이그리드족에게 위험이 미치지 않게 하기로 했다. 그쪽은 원래 양자의 이해관계가 일치하고 있기 때문이다. 어디까지나 표면에 나서서 상품 거래를 하는 건 버밀리니아 일족이다. 옛날에 하던 방법을 그대로 도입한 것이라 지금으로서는 딱히 문제가 생기지 않고 있다.

다음은 77층의 데프레이야 일족 마을인데, 이쪽은 마지막으로 이동한 자들이라 개발이 제일 늦었다.

당연하지만, 탑에 거주지를 만드는 것보다 원래 살던 숨겨진 마을의 흔적을 지우는 작업을 우선한 것도 개발이 늦어진 이유 중 하나다. 아이가 있다거나 하는 이유가 없어서 아직 거주지를 배정받지 못한 자들은 텐트 생활을 하고 있지만, 언젠가 거주지가 생긴다는 걸 알고 있는 데다 이전처럼 갑작스러운 습격을 두려워할 일이 없기에 반대로 안심하고 생활하고 있다고 피치가 보고했다. 그쪽은 데프레이야 일족에 맡기고 있기에 코스케가 먼저 뭐라고 말할 생각은 없다.

숨겨진 마을에서 온 대륙으로 흩어졌던 동료들도 거의 돌아왔기에 슬슬 숨겨진 마을과 연결된 전이문을 철거해도 좋을지도 모른다고 들었다. 그 대신 5층과 연결된 전이문은 별도로 설치했다. 버밀리니아 일족과 마찬가지로 5층 쪽 전이문은 데프레이야 일족 사람이 관리하고 있다. 애초에 데프레이야 일족은 정보 수집을 생업으로 삼기 위해 탑에 왔기에 그 전이문이 없으면 일할 수 없다.

이건 완전히 코스케의 주관인데, 코스케에 대한 데프레이야 일족의 충성은 상당히 강했다. 이게 원래 주인의 명령에 절대적인 뒷세계 일을 맡은 자들이기 때문인지, 아니면 탑에 살 곳을 마련해 줬다고 생각하고 있어서 그런 건지는 알 수 없다. 코스케도 굳이 물어볼 필요는 없다고 생각하고 있다.

탑의 각 계층에 들어온 아이들의 현재 상황은 이런 느낌이다.

앞으로 그들이 어떻게 탑의 발전에 관여하게 될지는 관리하는 콜레트, 슈레인, 피치와도 상의해야만 한다. 하지만 현재는 아직 생활 자체가 안정적이지 않기에, 코스케는 우선 그쪽을 기다리는 게 좋을지도 모른다고 생각하고 있었다.

(2) 푸리에 풀과 공예 부문장

이날, 코스케는 슈미트에게 어떤 제안을 받았다.

그 제안이란 탑 계층 어딘가, 모험가가 갈 수 있는 곳에 푸리에 풀을 군생시킬 수 없느냐는 것이었다.

"푸리에 풀?"

코스케가 고개를 갸웃하자, 슈미트가 고개를 끄덕였다.

"네."

"아아, 나도 들은 적이 있어. 듣기로는 비싸게 거래되어서 군생지 발견에는 상당한 현상금이 걸렸다던데."

동석한 가제란도 이야기에 끼어들었다.

"네. 어느 약의 제조에 쓰는 풀인데, 서식하는 지역이 한정되어 있어서 일반적으로는 유통되지 않는 풀입니다."

"응? 유통되지 않는데 약의 소재라는 걸 아는 건가요?"

"레시피 자체는 약제사 사이에서는 일반적으로 알려져 있다더군요."

일반적으로 알려져 있는데 유통되지 않는다니, 뭔가 사정이 있어 보였다.

"뭔가, 수상하지 않나요?"

"아니, 대단한 이야기는 아니었어. 그 풀은 사실 한정된 지역에서만 서식하던 게 아니었을 거야."

"네. 맞습니다. 원래는 남대륙에서 자생하던 풀이었는데, 모험가들의 남획으로 격감했다고 하더군요."

슈미트의 이야기에 따르면, 모험가가 약초 부류를 채집할 때 반드시 일정 숫자는 남겨야 한다는 암묵적인 원칙이 생긴 이유 중 하나라고 한다.

현재 푸리에 풀을 채집할 수 있는 지역은 자유로운 채집이 금지되어 있고, 엄격한 관리 아래에서 채집이 이루어지고 있다.

"이야기를 들어보니, 다른 곳에서 채집할 수 있게 되면 괜한 원한을 살 것 같은데요?"

코스케가 의문을 던지자, 슈미트가 고개를 내저었다.

"아뇨. 다른 거라면 그럴 수도 있겠지만, 푸리에 풀은 그럴 리가 없습니다."

"어째서……?"

"푸리에 풀을 조합한 약을 관리하는 나라, 스미트에서 현상금을 걸었기 때문입니다."

"무슨 소리죠?"

원래는 약의 이익을 독점하려고 하지 않나? 관리하는 게 국가라면 더더욱 그럴 텐데.

코스케의 의문에 슈미트가 대답했다.

슈미트의 이야기에 따르면, 그 약으로 치료하는 병은 남대륙 특유의 풍토병 같은 것이라고 한다. 푸리에 풀이 많이 채집되었을 때는 모두가 그 약으로 병을 억누를 수 있었지만, 현재 유통되는 풀의 숫자로는 일반인에게 처방할 정도의 숫자가 나오지 않는다.

그 풍토병 자체는 사람이 죽을 정도로 심각한 건 아니지만, 약으로 억누르는 것과 억누르지 못하는 건 환자의 증세에 상당한 차이가 생긴다. 유일하게 약을 만들 수 있는 스미트에는 다양한 나라에서 약을 나눠달라는 요청이 쇄도하고 있지만, 국내에서 쓰는 것만으로도 간당간당한 상황이다.

당연하지만 국내에만 푼다면 다른 나라에서 비판하기 때문에, 국내의 분량을 희생하면서까지 어느 정도의 양을 외국에 보내는 것으로 확보해야만 한다. 그러면 당연히 국내에서도 비판이 나오므로, 완전히 중간에 끼어버린 상태가 되었다.

"흐음. 과연."

그런 설명을 듣자 코스케도 납득하며 끄덕였다.

"간단히 말해서, 그 나라 하나만으로는 독점해서 이익을 얻을 만큼의 양을 만들 수 없다 이건가."

"네. 맞습니다. 푸리에 풀 군생지가 없어졌을 때 다른 나라에서도 재배할 수 없나 시도해 봤지만, 모조리 실패했다고 합니다."

"그렇군요. 가제란. 그 푸리에 풀은 지금 발견되지 않았죠?"

물론 이 질문은 탑 안에서는 발견되지 않았느냐는 것이다.

"그래. 못 들었어. 하지만, 그 푸리에 풀이라는 것 자체가 지금의 모험가들이 본 적도 없는 소재야. 설령 있다고 해도 지나쳤을 가능성도 있다고?"

"그렇긴 한가. 으음. 그래도 탑의 각 계층에 뭔가 분포되어 있는지는 자세하게 모르는데 말이지……."

그 말을 듣자, 슈미트와 가제란은 실망한 표정을 보였다.

만약 발견할 수 있다면 크라운의 새로운 수입원이 될 가능성이 높으니 당연하다.

"그럼, 잠깐 다른 방법으로 확인해 볼까요?"

코스케는 확인할 방법이 딱 하나 있었다.

"정말입니까……?"

"뭐, 저쪽에도 사정이 있으니까 제대로 대답해 줄지는 모르겠지만요."

코스케는 에리스의 얼굴을 떠올리면서 그렇게 대답해놨다.

그렇게 해서, 실비아를 통해 에리스에게 물어보니 확실한 대답이 돌아왔다. 그건, 탑에서는 나지 않아도 탑 바깥 기슭에는 있다는 것이었다.

그래서 코스케는 전이문을 써서 바로 입구로 이동해 기슭을 찾았다. 이번에 데려온 멤버는 코우히와 미츠키, 콜레트와 실비아다. 탑 기슭은 그런대로 LV이 높은 마물이 나오므로 코우히와 미츠키가 반드시 필요하다.

콜레트를 데려온 건, 약초에 박식한 엘프의 지식을 기대했기 때문이다. 실비아는 콜레트가 온다기에 따라왔다. 참고로 최근 실비아는 접신구를 가지고 있으면 딱히 집중하지 않아도 에리스의 말을 들을 수 있게 되었다. 에리스의 이야기로는, 짧은 시간이나마 계속 접촉한 성과라고 한다.

콜레트도 푸리에 풀을 본 적은 없다고 해서 슈미트에게 빌린 푸리에 풀의 특징을 적은 도감을 건넸다. 간간이 덤벼드는 마물을 코우히와 미츠키가 뿌리치면서 다섯 명이서 한나절 정도 탑 주변을 돌자, 콜레트가 마침내 목표인 푸리에 풀을 찾아냈다.

만약을 위해 코스케도 왼쪽 눈으로 확인하자, 틀림없이 푸리에 풀이었다.

찾아냈다면, 이후에는 콜레트의 작업이다. 탑 계층에 뿌리를 내릴 수 있게 푸리에 풀을 채집해서 탑으로 돌아가 예정했던 층에 심을 뿐이다. 그곳은 바로 2층과 엘프 마을이다.

2층은 언젠가 모험가가 채집하러 오는 걸 내다보고 있다.

엘프 마을은 콜레트의 희망이었다. 푸리에 풀을 사용해서 엘프가 쓸 수 있는 약을 개발할 수 없을까 생각한 것이다. 그런 이유로 콜레트는 푸리에 풀을 어느 정도 채집했다.

탑으로 돌아와서는 우선 2층에 푸리에 풀을 이식했다. 마물이 어지럽히지 않게 사전에 결계를 쳐놨기에 그 안에 심었다.

다음은 엘프 마을로 가서 푸리에 풀을 엘프들에게 넘겼다. 장소는 그들에게 맡겼다. 이것에 관해서는 콜레트도 끼어들지 않았다. 굳이 끼어들지 않아도 좋은 곳에 심으리라는 걸 아니까.

이렇게 두 계층에 푸리에 풀을 심었는데, 예상 밖의 기쁜 일이 일어났다. 외부에서 가져온 푸리에 풀이 데프레이야 일족의 [파밀리아의 비보]와 마찬가지로 외부에서 들여온 물건으로 등록되리라는 건 예상하고 있었다. 그러나 그것만이 아니라, 다른 풀이나 꽃과 마찬가지로 군생지로 설치하는 게 가능하게 되었다.

명칭 : 푸리에 풀 군생지

설치 코스트 : 10만 PT(신력)~

설명 : 푸리에 풀 군생지. 설치하는 넓이에 따라 코스트가 변한다. 바깥에서 들어와 뿌리를 내렸기에 등록되었다.

설치 코스트는 다른 풀이나 꽃 군생지와 비슷했다. 어느 정도의 넓이가 될지는 실행해 보지 않으면 모르기에 바로 설치해 봤다. 장소는 2층 결계를 친 곳이다.

다른 풀, 꽃 중에서 필요한 게 있을지도 모르기에 일단 최저 코스트로 설치했다. 그래도 결계보다 넓은 면적에 설치되었기에, 설치물로서의 군생지는 상당한 면적이라는 걸 알 수 있었다.

이것으로 푸리에 풀 군생지가 생겼기에 앞으로 이곳은 모험가들로 북적이게 될 것이다.

단, 이번에 설치한 것 이상으로 푸리에 풀 분포가 넓어질지는 알 수 없기에, 코스케는 이걸 어떻게 채집할지는 크라운에 맡기는 게 좋겠다며 통째로 떠넘기기로 했다.

코스케는 푸리에 풀을 2층에 설치한 걸 보고하기 위해 미츠키를 데리고 가제란을 찾았다. 모험가들이 눈치챌 때까지는 방치할 생각이었지만, 아무리 지나도 2층에 모험가가 찾아갈 기색이 없었기에 직접 가르쳐 주기로 한 것이다. 참고로 전이문이 얼마나 사용되는지는 관리 메뉴에서 확인할 수 있다.

4층에서 아래층은 나오는 마물이 약해서인지 모험가들에게 인기가 없어서 전이문 자체가 거의 사용되지 않고 있다. 푸리에 풀 군생지를 일부러 하층에 설치한 것도, 모험가들이 하층에서도 제대로 활동해 주기를 노린 것이다. 2층에 아무도 없다면, 당연히 그곳에 푸리에 풀이 있다는 걸 알아챌 리가 없다.

"여어. 오늘은 무슨 용건이야?"

코스케가 가제란의 집무실을 찾자, 그가 오른손을 들며 인사했다. 딱히 공손한 태도를 보이지 않아도 된다고 말해놨기에, 가제 란과는 편한 관계가 되었다.

"푸리에 풀 군생지가 탑층에 있어서 알리러 왔어요."

실제로는 탑의 기능으로 설치한 거지만, 그렇게까지 세세한 걸 가르쳐 줄 생각은 없다.

"뭐야? 정말이야?!"

"정말인데요."

"어디에……?!"

"2층이요."

코스케가 짧게 대답하자, 가제란은 이마에 손을 가져갔다.

"크아, 진짜냐……!"

가제란에게는 완전히 맹점이었으리라. 탑 상층으로 갈수록 좋은 소재가 나오니까, 하층에는 현재 아무도 눈길을 돌리지 않고 있었다. 예전에는 하층으로 간 파티도 있었지만, 기껏해야 3층 정도까지 갔다가 돌아왔다.

가제란이 당했다는 표정을 짓자, 코스케도 고개를 끄덕였다.

"진짜더라고요."

"그런가……."

가제란은 고민에 잠긴 듯 눈을 감고 팔짱을 꼈다.

"하지만…… 곤란한데. 어떻게 하지……."

"네? 뭔가 문제라도 있나요?"

"아니 그게, 2층이라면 도착하는 것만으로도 상당한 거리를 가야 하니까. 모처럼 채집하러 가더라도 채산이 맞을지……."

일부러 푸리에 풀만 채집하러 가는 파티는 없다. 수지가 안 맞으니까. 단, 그건 가제란이 생각했을 때나 그런 거다.

"고레벨 모험가만 모으면 그렇겠지만, 저레벨 모험가들이라도 안 될까요?"

"그야 너…………."

햇병아리들에게 맡겨봤자 금방 죽는다고 대답하려던 가제란이 바로 생각을 고쳤다.

확실히 코스케의 말대로, 목적은 푸리에 풀 채집이다. 약초 채집만 한다면 전투 능력은 그렇게 대단하지 않아도 된다. 하층에는 그 정도의 마물밖에 나오지 않으니까.

처음에는 고레벨 모험가 소수와 저레벨 모험가를 조합하면 된다.

"그런 뜻인가. 하지만 자유롭게 채집하게 두는 것도 곤란할 것 같은데."

방식에 따라서는 돈을 많이 벌 수 있다는 걸 알게 되면, 모험가들은 우르르 채집하러 갈 거다. 그러나 물건이 물건인 만큼, 멋대로 채집하게 놔둬도 될지는 판단하기 곤란했다. 기왕이면 크라운에서 채집 장소를 파악하고, 거점을 만들어두는 게 좋을지도 모른다고 생각한 가제란은 그걸 코스케에게도 전했다.

"그런가요. 뭐, 어떻게 운영할지는 그쪽에 맡길게요. 유통도 해야 하니까, 슈미트 씨와도 상담하는 게 좋겠어요."

"하긴. 그래야겠지."

코스케의 제안에 가제란도 수긍했다. 그러나 푸리에 풀을 위해서 그렇게까지 하는 건 과연 어떨까? 가제란은 머릿속으로 이런 저런 고민을 이어갔다.

이후에 코스케는 푸리에 풀 말고도 모험가 부문에서 일어난 다른 사항에 관해 잡담을 섞인 이야기를 들었다. 그러자 코스케가 왔다는 게 알려졌는지 와히드와 슈미트가 한 남성을 데리고 방으로 들어왔다.

세 사람을 대표해서 와히드가 코스케에게 말했다.

"실례합니다. 코스케 님, 지금 시간 괜찮으십니까?"

"괜찮은데?"

코스케는 가제란이 고개를 끄덕이는 걸 보고는 대답했다.

"그렇다면, 지금 다레스를 소개하겠습니다."

와히드는 그렇게 말하며 남성을 가리켰다. 소개받은 다레스가 코스케에게 고개를 숙였다.

"처음 뵙겠습니다. 다레스 팔레스라고 합니다. 이번에 크라운의 공예 부문장을 맡게 되었습니다."

다레스는 어딜 봐도 가제란보다 나이가 많은, 30대 전반이라는 느낌이었다. 몸의 크기는 가제란에게 전혀 당해낼 수 없지만, 그래도 근육은 상당히 있다. 다만 그 근육은 가제란과 달리 전투에 쓰는 게 아니라 실무로 붙었는지, 아는 사람이 본다면 완전히 질이 다르다는 걸 알 수 있다. 코스케는 그런 차이를 모르지만.

"아아, 그렇구나. 코스케라고 합니다. 잘 부탁해요."

다레스의 인사를 들은 코스케는 공석이었던 공예 부문의 부문장이라는 걸 알아챘다.

"뭐야. 결국 다레스로 정해진 거냐."

그렇게 말한 건 지금까지 코스케와 이야기하던 가제란이었다.

다레스는 5층에 처음 마을이 생긴 무렵부터 건축을 맡아온 직공이다. 지금까지는 건축 러시가 이어져서 크라운의 이야기를 타진해도 대답을 보류해 왔다. 그러나 이렇게나 마을이 커지나 언제까지고 보류할 수 없다고 생각했기에 오늘 대답을 가져온 것이다.

"뭐냐니 무슨 소리냐. 뭔가 할 말이라도 있는 거냐?"

"없어. 반대로 댁 말고 누가 있는지 가르쳐 줬으면 할 정도야. 뭐, 댁으로 정해졌다면 굳이 따질 필요는 없지."

다레스가 약간 노려보는 표정을 짓자, 가제란은 오른손을 휙휙 내저었다.

두 사람의 모습을 본 코스케가 저도 모르게 와히드를 바라봤다. 와히드는 코스케에게 쓴웃음을 지었다.

다레스에게는 현재 전해 줄 말이 없었기에, 열심히 해달라고 말하고 끝냈다.

그보다도 슈미트가 왔으니까 코스케는 푸리에 풀에 관한 정보를 전했다.

"그렇게 되었으니까, 가제란과 상의해서 어떻게 운영할지 정해 주세요."

"알겠습니다."

슈미트가 끄덕이자, 코스케는 미츠키를 데리고 관리층으로 돌아갔다.

코스케를 배웅한 다레스가 다른 이들과 마찬가지로 나지막하게 중얼거렸다.

"저게 이 탑의 관리장인가……."

"그렇게 안 보이냐?"

가제란이 의미심장한 미소를 지으며 다레스를 봤다.

"솔직히 말하면, 그렇지."

"뭐, 그건 그렇지. 나도 처음에는 그랬어."

다레스의 대답을 듣자, 가제란과 슈미트도 고개를 끄덕였다.

"하지만 기왕 수락했으니 똑똑히 지켜보는 게 좋아. 꽤 재미있는 걸 볼 수 있을 테니까."

"정말 동감입니다."

가제란의 충고에 슈미트가 동의했다.

슈미트가 코스케에게 가진 인상은 처음 만났을 때와 확 달라졌다. 강한 두 사람에게 보호받는 극히 평범한 청년이라는 느낌이었는데, 지금은 그런 건 생각하지도 않고 있다. 실력 있는 상인인 슈미트와 모험가 중에서도 틀림없는 강자 중 한 명인 가제란이 그렇게 말하자, 다레스는 진지한 얼굴로 고개를 끄덕였다.

(3) 엘프라는 종족

코스케는 눈앞의 광경을 보고 머릿속이 하얘졌다.

그것이 일어난 곳은, 관리층 코스케의 방. 그래봐야 코스케 혼자서 자본 적은 거의 없는 침실이지만.

언제나 누군가와 함께 잠들기에 방에 자기 이외의 누군가가 있는 건 언제나 그렇지만, 그 상대가 문제였다.

이날, 침실에서 코스케를 맞이한 건 콜레트였다. 게다가 어째서인지 노출이 많은 메이드복을 입었다. 잘 어울린다. 잘 어울리지만, 평소 태도와는 동떨어진 차림새다. 어디서 이런 옷을 가져왔는지 의문도 들었지만, 애초에 콜레트가 왜 이런 옷을 입고 여기에 있는 걸까.

게다가 들어온 코스케를 맞이한 콜레트의 첫마디가……

"수수수, 수고하셨습니다. 주, 주인님."

이거였다.

귀와 얼굴을 새빨갛게 물들이면서도 일단 코스케의 얼굴을 보면서 그렇게 말하자, 저도 모르게 메이드복에 시선을 빼앗겼던 코스케도 바로 정신을 차렸다.

"아니아니, 이게 뭐야? 무슨 상황인데? 뭔가 벌칙 게임?!"

"그그, 그런 거 아니거든! 아…… 아니에요!"

저도 모르게 평소처럼 말했던 콜레트는 황급히 수습했다. 노골적으로 수상한 태도다. 아무리 코스케라도 그 정도는 알 수 있다.

코스케는 그런 콜레트를 빤히 쳐다보기로 했다.

"……저, 저기~? 주, 주인님?"

그저 빤~히.

"……그, 그게. 그렇게 쳐다보면, 부끄럽다고나 할까……?"

빤~히…………

"…………"

빤~히.

"죄……죄송합니다?"

콜레트의 입에서 사과가 나오자, 코스케는 한숨을 쉬었다.

"하아. 그래서? 이건 무슨 농담?"

"아, 잠깐…… 기, 기다려. 이것 자체는 딱히 농담 같은 게 아니라……."

"응? 무슨 소리야?"

고개를 갸웃한 코스케를 힐끔 쳐다보던 콜레트는, 이윽고 체념한 표정을 보였다.

애초에 사태의 시작은 실비아가 콜레트의 낌새가 평소와 다르다는 걸 눈치챈 것이었다. 다른 사람은 아무도 알지 못했지만, 오랫동안 알고 지낸 실비아는 어쩐지 콜레트의 낌새가 이상하다는 걸 이전부터 알고 있었다.

평소에도 그런 느낌이 없었던 건 아니었기에 한동안 내버려 뒀지만, 그래도 이렇게까지 오래 이어지는 건 이상하다고 생각해서 직접 물어보기로 했다. 그렇지만 다른 사람의 눈이 있는 관리층에서는 들을 이야기도 듣지 못할 가능성이 있었기에, 단둘이 있을 수 있는 곳을 찾다가 세계수의 기슭까지 오고 말았다.

세계수의 기슭은, 설령 주변에 사는 엘프들도 대부분 접근을 허가하지 않는다. 그러나 코스케 일행은 예외다. 평소에는 파수꾼이 막지만, 실비아는 접근하는 게 허용되었다. 실비아는 마침 잘 됐다면서 콜레트에게 다가갔다.

다가오는 발소리를 눈치챈 콜레트는 숙이고 있던 고개를 들어서 실비아를 봤다.

"어, 어라? 실비아. 어쩐 일이야?"

"나 참. 어쩐 일이긴요. 그 말은 제가 당신에게 할 말이라고요."

"어……?!"

콜레트가 놀라자, 실비아는 어이없다는 표정을 보였다.

"설마하니, 스스로도 눈치채지 못한 건가요?"

"무, 무슨 소리야?"

"당신, 아침부터, 아니 얼마 전부터 낌새가 이상했다고요? 뭔가 고민이라도 있나요?"

실비아의 그 말을 듣자, 콜레트는 허를 찔린 표정을 지었다.

"고민? 내가?!"

"하아. 이건 심각하네요."

실비아가 보기에는 명백하게 이상했지만, 본인은 전혀 깨닫지 못한 모양이었다.

"뭐, 좋아요. 일단 이런 곳에서 무슨 생각을 하고 있었는지 가르쳐 줄래요?"

"어, 아니, 딱히 대단한 건……"

"됐으니까요."

콜레트는 거절하려고 했지만, 실비아가 억지로 밀어붙이자 본인도 딱히 대단한 게 아니라고 생각하던 이야기를 모두 했다.

콜레트의 이야기를 모두 들은 실비아가 마지막에 말한 한마디는…….

"둔하다고 해야 할지, 뭐라고 해야 할지."

이것이었다.

"어?! 뭐야 그게?"

진심으로 의아하게 생각하는 콜레트를 본 실비아는 이건 자기만으로는 감당할 수 없다고 판단했다. 누구에게 상담해야 할지 고민하다가 마침 좋은 사람을 떠올렸기에, 콜레트를 데리고 그곳으로 향하기로 했다.

향한 곳은, 돌리의 나무다. 정확하게는 돌리의 나무를 지키는 무녀인 셰릴에게 향했다. 거의 질질 끌면서 콜레트를 데려온 실비아는 셰릴에게 조금 전 이야기를 그대로 했다.

그러나.

"그게, 뭔가 문제라도 있는 건가요?"

이런 대답이 돌아왔다.

그걸 들은 콜레트는 역시 자신은 문제가 없었다며 수긍했다. 그리고 두 사람의 모습을 본 실비아는 머리를 감싸 쥐었다. 아무래도 이건 종족적인 문제라는 걸 깨달았기 때문이다. 그리고, 이러니 출생률이 떨어지는 거라고 묘하게 납득도 갔다.

어떻게 할지 고민하던 실비아 앞에서 돌리가 도움을 줬다.

"저기. 엘프는 굳이 따지자면 저희와 가까운 존재이니까, 휴먼처럼은 되지 않아요."

"대단히 실감하고 있어요."

"그래서 제안할 게 있는데요, 그쪽 전문가에게 상담해 보는 게 어떨까요?"

"전문가? 누구인가요?"

"죄송합니다. 성함까지는 모르지만, 서큐버스 동료가 있지 않나요?"

서큐버스라면 물론 피치를 말한다. 실비아는 과연 그렇다고 납득했다. 그쪽 방면에서는 종족적으로도 전문가니까.

콜레트에게 이 자리에 있으라고 말한 실비아는 피치에게 향해서 바로 그녀를 데리고 돌아왔다.

돌리가 있는 곳에 도착한 실비아는 조금 전에 일어난 일을 피치에게 이야기했다.

"그렇군요~."

그걸 들은 피치가 고개를 끄덕이며 납득했다.

"그래서, 어떻게 될 것 같나요?"

어째서인지 의욕적으로 물어본 건 돌리였다.

"어라라라~? 어째서 돌리 님이 더 진지하신 건가요?"

"그건, 엘프라는 종에 관한 문제니까요. 게다가 당사자들이 이러니까요."

그렇게 의문부호를 띄우고 있는 두 사람을 가리켰다.

"아~. 그렇군요. 하지만 짐작 가는 건 있지만, 아마 당사자들에게는 무식한 치료가 될 텐데요?"

"어쩔 수 없죠. 엘프의 감각에 맞춰서는 언제 눈치챌지 모르니까요."

"그것이 엘프족 전체의 도움이 될 가능성도 있어요."

피치의 불온한 말을 듣자, 어째서인지 실비아와 돌리가 힘차게 끄덕였다.

그 모습을 지켜보던 콜레트는 뭔가 불길한 예감이 들었지만, 어째서 그때 도망치지 않았는지 바로 후회하게 되었다.

엘프라는 종족은 휴먼에 비해 월등히 장수하는 종족이다.

그 성장 방식도 당연히 다르다. 휴먼의 성장은 어느 정도 오차가 있어도 육체와 정신이 거의 동시에 성장한다. 그러나 긴 수명을 가진 엘프는 육체의 성장이 먼저 끝나고, 정신의 성장은 나중에 따라온다.

엘프에게 그것은 성장이 늦은 게 아니라 오랜 시간을 거쳐 깊은 사색을 하는 것이겠지만, 적어도 그건 개인적인 사항이다. 타인이 얽히게 되었을 때 가장 현저하게 드러나는 것이 연애 관계인데, 그에 관해서는 오히려 그 성장 방식이 방해가 될 경우가 있다.

상황에 따라 그렇다기보다는, 확실하게 방해한다. 그렇기에 출생률이 낮다는 현실의 숫자로 나타나는 거다. 간단히 말하자면, 육체는 젊어도 소위 말하는 발정기는 오래 이어지지 않을 때가 있다. 정신의 성장이 따라잡았을 때는 이미 끝나버리는 일이 생기는 거다. 더 안 좋게도 그 발정기는 엘프, 혹은 하이 엘프 자신은 깨닫지 못하기에 더더욱 악순환이다.

요컨대 엘프라는 종족은 정신이 연애를 원할 무렵에 육체의 욕구가 잦아들게 된다. 그래서 엘프가 연애를 아예 하지 않는 건 아니지만, 휴먼으로 대표되는 격렬하게 불타오르는 연애는 매우 적은 부류에 속한다.

"뭐, 이런 느낌일까요~?"

"그렇군요. 감각적으로 알고는 있었지만, 말로 들어보니 바로 그거네요."

피치의 추론을 들은 돌리가 납득한 듯 수긍했다.

"납득했어요."

마찬가지로 옆에서 듣던 실비아도 콜레트를 보며 고개를 크게 끄덕였다.

한편, 이야기 대상이 된 콜레트와 셰릴은 이러지도 저러지도 못하는 느낌이 들었다.

"저기, 그건 결국 무슨 뜻이야?"

세 사람의 시선을 받은 콜레트가 참지 못하고 물었다.

"뭐, 한마디로 말해 엘프는 무진장 둔감하다는 뜻이에요."

실비아의 가차 없는 말에 피치와 돌리가 수긍했다. 그야말로 딱 들어맞는 표현이었다.

"게다가 몸은 확실히 성장했으니까 더 질이 나쁘네요."

"돌리 님. 그건 너무 인정사정없네요~."

"자칫하면 종족 멸망과도 관계가 있는 일이니까 이 정도는 말해야겠죠."

실제로 엘프는 멸망에 한 발짝 발을 들여놓은 상태이기에, 유감스럽게도 지나친 말이라고는 할 수 없었다.

설명을 모두 들은 실비아가 고개를 갸웃하며 피치에게 물었다.

"그나저나, 피치는 잘 아네요?"

"아아, 그건 간단하죠~. 서큐버스는 그걸 한참 지나친 종족이거든요."

"무슨 뜻인가요?"

실비아는 피치의 말에 고개를 갸웃했다.

"간단히 말하면, 정신…… 사랑이나 연애 같은 건 제쳐놓고, 먼저 육체를 갈구해버리자~ 라고 생각한 거예요~."

이것저것 건너뛰어 버린 피치의 말을 듣자, 실비아는 더욱 납득한 표정을 지었다.

"납득했어요……."

"실제로 먼저 육체가 이어지고, 나중에 마음이 따라와서 잘 풀린 사례가 많달까, 대부분 그랬으니까요~."

그건 그것대로 극단적인 느낌이 들지만, 그건 어디까지나 휴먼의 감각이다. 실비아는 그렇게 생각하기로 했다. 피치가 하는 말은 다소 극단적이기는 해도, 종족의 차이라는 의미에서는 훨씬 알기 쉬운 차이니까.

"그걸 본 다른 종족이, 서큐버스는 육식계라는 착각을 퍼뜨려버렸죠~."

"그렇군요……."

피치가 말해 준 서큐버스에 관한 뜻밖의 과거를 듣자, 실비아는 저도 모르게 감탄하고 말았다.

그러나 문득, 현재는 그런 소문이 별로 퍼지지 않는다는 걸 깨달았다.

"어머? 하지만 지금은 그렇지도 않잖아요?"

"지금은 점술이 있으니까요~."

실비아는 피치의 말에 납득하며 끄덕였다.

요컨대 점술로 상성 진단 같은 걸 하니까 육체관계에 고집할 이유가 없다. 난폭하게 말하자면, 휴먼으로 치면 맞선을 하는 거나 다름없다. 돌봐주는 아주머니 역할을 점술사가 대신한다고 생각하면 된다.

그런 생각을 하던 실비아는 이야기가 많이 탈선했다는 걸 깨닫고 다시금 화제를 원래대로 돌렸다.

"그럼, 콜레트는 어떻게 하죠?"

"그렇죠~. 차라리 저희와 똑같은 방법을 써보는 게 어떨까요?"

그렇게 말한 두 사람이 싱글벙글 미소를 지으며 바라보자, 콜레트는 저도 모르게 몸을 빼고 말았다.

콜레트에게 이야기를 들은 코스케는 실비아와 피치의 암약 때문이라는 건 알게 되었지만, 어째서 이런 차림을 하고 여기에 있는지는 이해할 수 없어서 고개를 갸웃했다.

"아니, 사정은 알았는데, 왜 그런 차림으로 이곳에?"

"나, 나도 잘 몰라. 데프레이야 일족의 마을에서 제일가는 점술사인 할머니라는 사람한테 점을 쳐 달라고 했는데 어느새 이런 일이……."

얼굴을 빨갛게 물들이고 이쪽을 바라보는 콜레트를 보자 코스케도 저도 모르게 두근대고 말았지만, 왠지 모르게 두 사람의 의도가 엿보였다.

"실비아, 피치. 어떻게 된 거야?"

두 사람의 짓이라면 이 상황을 지켜보고 있을 것 같아서 문 쪽을 봤다.

그러자, 겸연쩍은 표정의 실비아와 장난스러운 미소를 지은 피치가 방으로 들어왔다.

"아뇨. 저기, 콜레트의 최근 고민을 해결해 줄 수 있는 건 코스케 씨밖에 없으니까, 열심히 해 주셨으면 좋겠어요."

"그러게요~. 할머님의 점은 빗나가지 않는다고요? 특히 이쪽 방면에서는요~."

두 사람의 말을 듣자 코스케는 머리를 감싸 쥐고 말았다.

콜레트는 이해하지 못한 모양이지만, 코스케는 두 사람의 의도를 완전히 파악했다. 그러나 아무리 그래도 저항감이 있다.

코스케가 그런 생각을 하던 와중, 또 난입한 사람이 있었다.

"이야기는 다 들었어. 그래도 다들 마무리가 어설프네."

미츠키였다.

"그런가요~?"

"그럼. 실비아 때를 떠올려 봐."

미츠키가 단언하자, 실비아는 저도 모르게 크게 끄덕였다.

"그랬었죠. 상대는 코스케 씨였죠. 이걸로 잘 해결되길 바라는 건 너무 뻔뻔한 생각이었어요."

그런 두 사람을 보자 코스케는 저도 모르게 도망치고 싶어졌지만, 여기서 생각지 못한 복병이 나타났다.

"죄송합니다. 주인님."

설마 하던 코우히였다. 코우히는 코스케가 움직이지 못하게 등부터 그를 꽉 억눌렀다. 그리고 콜레트에게 들리지 않게 귓가에 속삭였다.

"이번만큼은 엘프 일족을 위해, 그런 마음이 들지 않더라도 움직여 주세요."

"아니, 그래도……."

반론하려던 코스케에게 추가타가 기다렸다.

『깨끗하게 포기하시지 그래요?』

놀랍게도, 실비아의 접신구에서 에리스의 목소리가 들려왔다.

대체 언제부터 저쪽에서 접속할 수 있게 되었는지 의문이 샘솟았지만, 지금은 그런 질문이 허락되지 않는 상황이었다.

"정말로, 그것밖에 방법이 없어?"

"있다면, 엘프족의 출생률이 떨어지지 않았겠죠."

코우히의 말을 듣자, 코스케는 체념한 듯 한숨을 쉬었다. 아무래도 주변에 떠밀리는 느낌이 들지만, 어쩔 수 없다기보다는 기쁘다고 생각하는 자신이 있는 것도 확실하다.

그리고 혼자 이야기의 흐름과 동떨어진 표정을 지은 콜레트에게 다가갔다. 당혹스러워하는 콜레트에게 다가간 코스케는 마지막으로 입술을 포갰다.

갑작스러운 일에 멍하니 있던 콜레트는 이어서 나온 코스케의 말을 듣자 지금까지 이상으로 머리가 새하얘졌다.

"싫으면 싫다고 말해. 그때는 확실하게 그만둘 테니까."

코스케의 그 말이 머릿속에서 되풀이되었지만, 결국 콜레트의 입에서 싫다는 말은 마지막까지 나오지 않았다. 오히려 다음 날이 되자, 당신은 대체 누구냐고 모두가 생각할 만큼 헤실거리는 콜레트가 있었다.

참고로.

"이번에 묘하게 적극적으로 움직였는데, 일단 이유를 물어봐도 될까요?"

평소에는 좀처럼 참견하지 않던 피치에게 코우히가 물었다.

"그야 물론, 이러면 저도 사양하지 않아도 되니까요~."

"역시 그랬었나요."

탐스러운 가슴을 펴며 그렇게 말하자, 코우히는 딱히 표정을 바꾸지 않고 끄덕였다.

코스케가 동료로 들인 순서를 신경 쓰지는 않는다는 거야 피치도 알고 있었지만, 옆에서 봤을 때 콜레트가 어느 정도 코스케에게 호의를 품고 있다는 건 알았다. 상담을 받아주면서 콜레트의 뒤를 밀어주면, 자기도 순서를 신경 쓰지 않고 낄 수 있겠다고 생각한 건 피치에게는 자연스러운 흐름이었다.

그러나 피치에게도 의문은 있었다.

코우히도 미츠키도, 동료로 들인 여성들과 코스케를 적극적으로 깊은 관계로 이끌려는 느낌이 있다. 두 사람이 그렇게 움직이는 건 뭔가 이유가 있다고 생각했지만, 그게 무엇인지는 알 수 없었다.

그 이유를 묻기 위해, 피치는 굳이 지금까지 하지 않았던 질문을 던졌다.

"막지 않는 건가요~?"

"막을 필요가 있을까요?"

"어떨까요~?"

코우히가 살짝 고개를 갸웃하자, 피치도 마찬가지로 고개를 갸웃했다.

그 모습을 옆에서 지켜본 미츠키가 몰래 웃고 있었지만, 두 사람은 마지막까지 눈치채지 못했다.

(4) 정령

우연히 시간이 비었기에, 코스케는 관리층에 있는 방 소파에 누워있었다.

거의 잠들기 직전이었지만, 그런 코스케를 향해 태클을 날린 사람이 있었다.

"오빠~ 부탁할 게 있어~."

"끄헉……?!"

돌진한 건 인간 모습으로 변한 원리였다. 아무리 몸이 작고 체중이 가벼워도 기습적으로 뛰어들면 버겁다. 한동안 몸부림을 치는 코스케를 본 원래가 약간 울먹이며 사과했다.

"미안해…………."

그런 원리를 본 코스케는 머리를 쓰다듬어 줬다.

"아아, 응. 뭐…… 다음부터 조심해."

"응……!"

씨익 웃은 원리를 보자 코스케도 웃음이 나왔다.

"그래서? 부탁이라니 뭔데?"

"그게~ 말이지……."

살짝 고개를 갸웃한 원리의 말에 따르면, 얼마 전 콜레트와 함께 엘프 마을에 찾아갔다고 한다. 그때 세계수도 봤는데, 그 주변에 있던 수많은 정령 씨(※원리의 말)가 예뻐서 자기가 사는 곳에도 정령 씨를 갖고 싶다는 것이었다. 자신이 있는 계층에도 정령 씨가 있다는 건 느끼고 있지만, 그래도 세계수 주변만큼 정령 씨가 있는 건 아니라고 한다. 덤으로, 원리도 그렇지만 천호나 지호도 정령 씨를 느낄 수 있으니까 힘을 늘리는 데도 좋은 모양이었다.

그걸 들은 코스케는 팔짱을 끼고 흠, 하고 고민하기 시작했다.

원리의 소원을 들어주는 건 괜찮다. 바라 마지않은 제안이다. 그러나 정령을 늘린다고 해도, 어떻게 해야 좋을지 전혀 짐작도 가지 않는다.

한동안 고민하던 코스케는 자기 머리로 생각해도 해답이 나오지 않을 것 같아서 미츠키와 원리를 데리고 전문가를 찾아가 보기로 했다.

"흐음. 과연. 그래서 나한테 상담하러 온 거구나."

그렇게 말하며 고개를 끄덕인 건 콜레트였다. 참고로 콜레트는 코스케와 팔짱을 끼고 있다.

얼마 전에 있었던 일 이후, 콜레트는 코스케와 접촉하는 걸 좋아하게 되었다. 슈레인의 안 좋은 영향을 받았는지, 아니면 콜레트 자신이 원래 이런 성격이었는지는 확실하지 않다. 그래도 다른 멤버가 있는 관리층에서는 주변의 교정을 받아 자중하게 되었지만, 남들 눈이 없는 곳에서는 빈틈을 봐서는 팔짱을 끼고 있다.

예전에는 관리층에서도 아랑곳하지 하고 달라붙었지만, 주로 실비아와 피치가 부러워하면서 삼가라고 말했기에 지금은 하지 않게 되었다. 사실 콜레트가 달라붙게 되고 나서는 다른 멤버도 코스케와 접촉하게 되었는데, 이게 점점 심해져서 상의한 끝에 삼가게 된 거다.

그럼에도 콜레트는 접촉을 계속했지만, 역시 치사하니까 모두가 있는 곳에서는 삼가라며 실비아와 피치가 설득한 것이다. 콜레트를 부추긴 책임을 진 형태다.

처음에는 콜레트도 꺼렸지만, 실비아의 "너무 지나치면, 코우히와 미츠키가 화낼 거예요."라는 말에는 수긍하지 않을 수 없었다. 아무리 콜레트라도 코우히와 미츠키를 화나게 만들면 어떻게 되는지는 굳이 상상하지 않아도 알 수 있다. 최악의 경우, 코스케에게 접근하는 것조차 허락하지 않을지도 모른다. 지금의 콜레트에게 그것만큼은 반드시 피해야 하는 일이다.

그래서 관리층에서 응석을 부리지 못하는 만큼, 이렇게 코스케가 엘프 마을에 찾아올 때는 한껏 응석을 부리게 되었다. 예전의 콜레트를 아는 사람이 본다면 넌 대체 누구냐고 물어볼 상태지만, 본인은 전혀 신경 쓰지 않고 있다.

처음에는 그 모습을 본 엘프 마을 사람들이 눈을 동그랗게 떴지만, 최근에는 받아들이고 있다. 참고로 처음 두 사람의 모습을 본 셰릴은 나지막하게 "부러워."라고 말했고, 돌리의 이야기에 따르면 남들 눈을 아랑곳하지 않고 응석을 부리는 콜레트를 보자 엘프들의 낌새도 변했다고 한다.

예전에는 어딘가 황혼기 부부 같은 태도였던 커플들(기혼자 포함)이 콜레트의 모습을 보거나 들으면서 신혼 같은 모습을 보이게 되었다는 것이다. 코스케는 그게 과연 좋은 변화인지 의문이 들었지만, 그 중얼거림을 들은 돌리는 틀림없이 좋은 변화라고 단언했다. 적어도 돌리는 이 결과를 노리고 있었던 느낌이 있다.

코스케도 콜레트가 달라붙는 게 싫은 건 아니었기에(오히려 기뻤다), 하는 대로 내버려 두고 있다.

코스케에게 원리의 요망을 들은 콜레트가 바로 어렵다는 표정을 보였다.

"정령을 늘리고 싶다……. 그런 설치물이 있을까……?"

한동안 탑 설치물 리스트를 떠올리던 콜레트는 바로 고개를 내저었다.

"안 되겠네. 딱히 그렇게까지 주의해서 보지 않았으니까 안 떠올라. 관리층으로 돌아가자."

"일은 괜찮아?"

코스케가 물어본 일이란, 세계수 에세나의 무녀로서 하는 일을 말한다.

"괜찮아. 마침 끝난 참이니까. 게다가 코스케도 이 차림새를 좋아하잖아?"

콜레트가 그렇게 말하며 과시한 건 당연하게도(?) 무녀복이었다. 그 말을 들은 주변 여성의 시선이 약간 차가워진 느낌을 받은 코스케는 웃으며 얼버무렸다.

"그, 그렇지는 않은데……?"

"그래? 평상복보다 이 차림새가 격…… 우우웁."

이 이상 말하게 두면 위험하다고 느낀 코스케는 즉시 콜레트의 입을 막았다. 그걸 본 원리는 고개를 갸웃했고, 미츠키는 웃음을 참았다. 황화을 지켜보던 주변 여성의 시선이 더더욱 차가워진 것 같았다.

"아하하하……. 소란 피워 죄송합니다~."

코스케는 콜레트의 입을 계속 막으면서 얼버무리려는 미소를 짓고는 그 자리를 떠났다.

세계수의 기슭에서 돌리의 나무에 들러 셰릴을 추가하여 관리층으로 향했다. 옛 세계수의 무녀였던 셰릴이 정령에 관한 지식이 풍부하기 때문이다.

셰릴을 관리층에 부른 또 하나의 이유는 돌리에게 있다. 현재 코스케 일행과 함께 관리 화면에서 설치물을 확인하고 있다.

순조롭게 성장하는 돌리는 세계수 에세나와 마찬가지로 무녀인 셰릴이 있다면 단시간 동안은 다른 곳에도 나올 수 있게 되었다. 셰릴의 이동 범위가 엘프 마을과 관리층 정도라서 그 이외의 장소에서는 확인하지 않았지만.

본인은 행동 범위가 좁은 것에 관해서는 딱히 불만이 없어 보였다. 원래 셰릴은 세계수의 무녀라서 세계수 근처를 거의 떠난 적이 없기에 불만이 없다고 한다. 오히려 관리층에 올 때 돌리가 나온 것을 보고 무척 놀라워했고, 그녀가 자유롭게 움직이는 걸 기뻐했다.

그리고 콜레트, 셰릴, 돌리 세 명(?)이서 정령을 모으는 설치물을 찾아봤지만, 그 작업은 대단히 난항을 겪었다. 참고로 이 작업을 진행하게 된 원인인 원리는 코스케의 무릎 위에서 "정령 씨~ 정령 씨~."라는 자작 노래를 부르고 있다.

유감스럽게도, 콜레트나 셰릴이 아는 정령을 모으는 도구는 탑의 관리 메뉴에서 설치물로 나오지는 않았다. 처음에는 생각나는 걸 찾아봤지만 발견되지 않았기에 차라리 정령이 기뻐할 자연물(대표 사례가 세계수)을 설치해 보려고 했지만, 애초에 세 사람은 지식이 식물에 편중되어 있었다. 결국 세계수보다 나은 것은 없고, 덧붙인다면 돌리의 나무를 뛰어넘는 것도 없었다. 어느 의미로는 정령의 상위 존재인 (콜레트에게 들었다) 요정이 깃든 세계수나 돌리의 나무를 뛰어넘는 게 없는 건 당연했지만.

차라리 환경 자체를 정령이 살기 쉬운 것으로 바꾸는 게 어떠냐는 의견도 나왔지만, 유감스럽게도 그런 대개조가 가능할 만큼의 신력은 모아두지 않았다.

콜레트나 셰릴을 통해 정령에게 물어봤지만, 그들의 소망대로 환경을 바꾼다면 소비하는 신력이 터무니없는 수준으로 늘어난다. 일분만 바꿔도 별로 의미가 없으므로 지형 전체를 바꿔야 한다. 그러면 소비하는 신력도 막대해므로 포기할 수밖에 없었다.

한동안 그렇게 상의해 봤지만, 결국 좋은 의견이 나오지 않았기에 이번에는 해산하게 되었다.

그날 밤. 모두 모인 저녁 식사 자리에서 뜻밖의 의견이 나왔다.

"그렇다면, 실비아의 의견을 들어보는 게 어떠냐?"

슈레인이 그런 말을 한 것이다.

"네?! 저요?"

정작 말을 들은 본인은 짐작조차 못 했는지 놀랐다.

그런 실비아를 보고 살짝 미소를 지은 슈레인이 고개를 끄덕이며 설명했다.

"음. 애초에 휴먼이 가진 신앙의 근원은 엘프와 같은 정령 신앙이 아니냐?"

"그……그렇긴 하지만, 애초에 지금의 신전은 완전히 실제로 나타난 적이 있는 신의 교리를 근거로 발전했어요. 정령에 관한 건 엘프보다 앞선다고 생각하지 않는데요?"

"아니. 그런 게 아니라, 힘의 질을 말하는 것이야."

"아아, 그렇군요~."

슈레인의 말에 피치만 납득했고, 다른 모두가 고개를 갸웃했다.

"저기, 무슨 뜻이야?"

대표로 콜레트가 두 사람에게 물었다.

"콜레트의 정령을 쓰는 힘과 실비아가 사용하는 성력은 동질의

것 아니냐?"

"확실히, 신전의 가르침 중 하나로 『성력은 정령력(정령)과 통한다. 그 반대도 그렇다.』라는 게 있지 않았나요~?"

슈레인의 설명에 피치가 덧붙였다.

그 말을 듣자 실비아도 수긍했다.

"확실히, 그런 가르침이 있었어요. ……하지만, 그게 이번 이야기와 어떻게 연결되는지는 모르겠는데요."

애초에 원리가 있는 계층에 정령을 늘리자는 이야기였다.

"콜레트. 애초에 세계수의 역할이란 무엇이냐?"

"그야 물론, 지맥의 힘을 조정하는……. 그거였구나!"

그 말을 들은 콜레트가 갑자기 납득하며 끄덕였다.

"무슨 소리죠?"

실비아는 변함없이 고개를 갸웃하고 있다.

참고로 이 대화를 듣던 코스케는 완전히 관심 밖으로 밀려났다. 신구나 마도구를 만들 수 있게 된 이상 코스케도 어느 정도는 신력이나 마력에 대해 알게 되었지만, 이 세계의 신앙에 관해서는 아직 모르는 게 많다. 코우히와 미츠키는 그 밖에도 설명할 수 있는 동료가 있을 때는 끼어들지 않는다.

"세계수 옆에 정령들이 많이 모이는 건, 물론 에세나가 있어서 그런 것도 있지만 그것만은 아니야."

애초에 세계수의 요정이 가볍게 모습을 드러내는 일은 극히 드물고, 설령 세계수의 무녀라 해도 볼 수가 없다. 옛 세계수의 정령인 돌리는 예전에 셰릴 앞에 드물게 모습을 보였지만, 그건 특이

한 사례다. 콜레트도 세계수의 사정을 모두 알고 있는 건 아니다. 그래도 이 세계에는 세계수가 몇 그루 존재하지만, 거기에 세계수의 요정이 나온다는 이야기를 들어본 적은 없었다.

본래 세계수의 역할은 지맥의 흐름을 조정하는 것이다. 지맥이란 정령의 흐름을 말하며, 정령력 그 자체라고 해도 된다.

세계수는 그 흐름의 교차점(중심)에 존재하며, 그 힘을 흡수하여 정령의 흐름을 만든다. 정령이란 정령력을 말한다. 그렇기에 세계수가 있는 곳에는 정령이 모이는 거다.

그리고, 지맥의 교차점에 존재하는 건 세계수만이 아니다.

그것은 옛날부터 존재하는 신전이다. 특히 정령 신앙이 있던 신전은 옛날부터 정령이 많이 모이는 곳에 지어지는 일이 많았다. 정령이 많이 모인다는 건, 필연적으로 그곳이 지맥의 교차점이라는 뜻이다. 왜냐하면 지맥의 교차점이 정령력이 모이는 곳이며, 정령이 발생하기 쉬운 곳이기 때문이다. 그렇지만, 정령이 발생하더라도 그 자리에 머무는 일은 거의 없다. 그저 흐름에 따라서 온 세상을 떠다닐 뿐이다. 그걸 모으는 역할을 하는 것이 세계수나 신전인 것이다. 정령이 발생하는 장소에 '무언가'가 존재한다면, 그만큼 정령이 모이기 쉬워진다.

신전은 인공물이라 세계수처럼 정령력을 흡수할 수는 없지만, 정령을 머무르게 하는 역할을 할 수는 있다. 여담이지만, 현재 이 세계에서 성지라 불리는 신전은 모두 정령을 많이 볼 수 있는 곳이기도 하다. 예로부터 존재하는 다른 신전도 지맥의 교차점 위에 지어졌지만, 대부분 사람이 많이 사는 도시에 있기에 정령이 모습을 보이는 일은 거의 없어졌다.

콜레트의 설명을 모두 들은 코스케는 납득하며 끄덕였다.

"요컨대, 지맥의 교차점이 되는 곳에 무언가가 존재하면 된다는 거지?"

"뭐, 극단적으로 말하면 그렇지만……. 아니, 정령력과 대극을 이루는 마력을 모으는 곳이 있으면 안 돼."

"그렇구나. 그래서 실비아인 건가."

"그런 거야."

슈레인이나 피치가 평소에 사용하는 건 마력이다. 당연히 두 사람이 관련된 도구나 건물도 마력 관련이라 이번 목적에는 어울리지 않는다. 이 경우에는 성력을 잘 아는 실비아가 적임이다. 그 당사자인 실비아는 지금까지의 이야기를 멍하니 듣고 있었다.

"그런 이야기, 신전에는 서적에서 본 적도 들은 적도 없었어요."

"그렇겠지. 애초에 정령 신앙이 있을 적의 이야기이니 말이다."

"어째서 슈레인 씨는 이 이야기를 아시는 거죠?"

슈레인은 망설임 없이 이 이야기를 입에 담았다. 처음부터 알고 있었다고밖에 생각되지 않는다.

"우리 일족과 신전의 과거를 생각하면 알 수 있지 않느냐?"

슈레인의 쓸쓸해 보이는 어조를 들은 실비아는 놀란 표정을 지었다. 신전에서 뱀파이어들을 마(魔)의 일족이라 여기며 대치해 온 과거가 있었으니까.

"죄송해요."

"신경 쓰지 마라. 실비아의 잘못은 아니지 않느냐? 게다가 이미 그건 과거의 일로 털어냈으니 말이다."

실비아가 고개를 숙이자, 슈레인은 웃으며 답했다.

왠지 미묘한 분위기가 되었기에, 코스케는 그걸 끊어내고자 실비아에게 물었다.

"그렇다면, 나중에 뭘 지으면 좋을지 가르쳐 줘."

"알겠습니다. 그래도 딱히 지금 지은 것에서 바꿀 필요는 없을 거예요."

"어?! 무슨 소리야?"

실비아가 뜻밖의 말을 했기에, 코스케는 놀란 표정을 지었다.

"어떻게 되고 뭐고, 저희와 같은 사람들에게는 신전이든 신사든 역할은 똑같아요. 그러니 모두의 이야기를 토대로 생각하면, 그저 지맥의 교차점 위에 신전이나 신사를 지으면 될 뿐이에요. 나머지는 확실히 관리만 하면 되는 거죠."

"지맥은 볼 수 있는 건가?"

코스케가 왠지 자신 없는 태도로 제일 잘 알 것 같은 콜레트를 바라봤다. 콜레트는 고개를 가로저었다.

"아무리 그래도 나는 무리야. 적어도 하이 엘프 정도는 되어야지. 하지만 일부러 그 사람들을 부를 것까지는 없어."

"어째서?"

"더 확실히 볼 수 있는 사람이 근처에 있으니까."

콜레트의 말을 들은 코스케는 누구인지 몰라 고개를 갸웃했다.

"누구……?"

"그야 당연히 에세나지."

콜레트의 한마디에 일동은 모두 납득한 듯 크게 끄덕였다.

8층에서 에세나에게 지맥의 교차점을 찾아달라고 부탁하는 건 간단했다. 코스케가 에세나에게 가장 힘이 많이 모이는 곳을 묻자 일직선으로 갔으니까.

문제는 그곳을 어떻게 관리 화면 지도상으로 분간하느냐였는데, 이것만큼은 적당히 어림짐작으로 작은 설치물을 놓아서 확인할 수밖에 없었다.

구체적으로는 소비 신력이 낮은 설치물을 몇 개씩 다시 설치해 가며 위치를 확인하다가 마침 좋은 위치를 찾은 거다. 그곳에 본래 목적인 커다란 신사를 놓아서 무사히 신사 설치를 끝냈다.

(5) 계층 합성과 에세나의 성장

8층에 신사를 지은 지 한동안 지났지만, 금방 변화가 생기지는 않았다.

애초에 그렇게나 단시간에 성장한 세계수가 특별한 것이다. 나무의 특성을 살려서 지맥의 흐름을 조정할 수 있기에, 정령도 그에 응해서 바로 모였다. 그에 맞춰 세계수도 성장했으니 선순환이라고 할 수 있다.

한편, 신사는 건물을 설치했을 뿐이라 세계수처럼 바로 정령이 모이지는 않는 모양이었다. 그래도 자연 상태로 두는 것보다는 훨씬 효율이 좋기에 이후에는 시간이 해결해 준다는 것이 콜레트의

견해였다. 참고로 인원이 들어가 있지 않으면 그냥 설치물이 되어 버리기에 관리는 확실하게 해야 한다. 지금까지 소환수들의 층에 지은 건물은 더러운 상태인데다 앞으로 인간이 쓸 예정도 없었기에 그대로 방치했었다. 그러나 방치한 건축물은 언젠가 자연물로 여겨진다고 한다. 8층에 설치한 신사도 그래서는 효과가 없어지기에, 확실히 관리하면서 정령이 모일 수 있도록 손을 댈 필요가 있다.

이상의 이유로 신사를 관리할 인원이 필요해졌는데, 그건 원리에게 가르치기로 했다. 교관은 한동안 실비아가 맡는다. 교관이라고 해도 신사 청소 방법을 가르쳐 주는 정도지만.

목적은 정령을 모으는 것이기에 굳이 인간의 종교를 들여올 필요도 없고, 단순하게 신사가 상하지 않게 관리만 하면 된다. 기고만장해서 커다란 신사를 지어버렸기에 언젠가는 다른 인원이 필요할지도 모르지만, 실비아도 당분간은 괜찮을 거라 말했기에 그건 이후의 과제로 놔두기로 했다.

게다가 신사 말고도 권속들이 살 층에 이것저것 손을 댔다.

신사 정도의 커다란 변화는 기대할 수 없지만, 소환수의 숫자를 늘리거나 [신성한 바위]를 늘렸다. 권속의 숫자는 이미 각각의 층에 있는 소환수가 100마리를 넘었다. 그에 동반해서 소환진으로 소환하는 중급 마물 토벌수도 늘었다. 그 덕분에 소환수 스킬 레벨도 올라갔고, 진화한 권속의 숫자도 순조롭게 늘고 있다.

현재 각 층의 상태는 이런 느낌이다.

7층 : 회색 늑대 무리, 검은 늑대 수십 마리(늑대 전체는 약 100 마리), [작은 샘(신수), 축사]×3, [신성한 바위]×6

8층 : 요호 무리, 다미호, 천호 수십 마리, 지호 수십 마리(여우 전체는 약 100마리), [작은 샘(신수), 축사, 신사(극소)]× 3, [신사(대)], [신성한 바위], [태양의 조각], [달의 조각], [별의 조각]

9층 : 회색 늑대 무리, 검은 늑대 수십 마리(늑대 전체는 약 100 마리), [작은 샘(신수), 축사]×3, [신성한 바위]

46층 : 난화 무리(60마리), [작은 샘(신수)], [축사], [신성한 바위]

47층 : 회색 늑대 무리, 흰 늑대(늑대 전체는 약 100마리), [작은 샘(신수)], [축사], [신성한 바위], [달의 보석]

48층 : 요호 무리, 다미호(여우 전체는 100마리), [작은 샘(신수), [축사], [신사(극소)], [신성한 바위], [태양의 조각], [달의 조각], [별의 조각]

7층에 [신성한 바위]를 늘렸는데, 현재는 여섯 개에서 멈췄다. 숨겨진 요소였는지, 여섯 번째를 설치한 단계에서 여섯 개 이후에는 신력 발생량이 줄어든다는 설명문이 추가되었다. 여섯 개부터 줄어드는지, 설치한 [신성한 바위]가 전체적인 균형을 두고 줄어드는지는 설명문으로 알 수 없었기에, 그곳에 설치하는 건 그만뒀다.

진화한 권속의 증가로 인해 토벌하는 중급 마물이 늘어났기에,

현재는 소환진 하나만이 아니라 각각 다수의 소환진을 설치해서 토벌하고 있다. 그 덕분에 그곳에서 얻는 신력도 상당한 양이 되었다. 그래도 성장한 세계수나 [버밀리니아 보옥]에서 얻는 양보다는 적지만, 그 뒤를 잇는 신력을 벌고 있다. 유감스럽게도 5층 마을을 중심으로 한 모험가들의 활동 범위에서 얻는 신력은 현재 이것들에 비하면 미미한 수준이지만, 원래부터 토벌하는 숫자가 적으니까 당연했다.

그러던 와중, 하루에 얻는 신력이 10만 PT를 넘어섰다. 코스케가 보기에는 어느새 늘어났다는 인상이지만, 세계수나 [버밀리니아 보옥]이 순조롭게 성장하고 있는 데다 권속들이 있는 층과 합치면 이렇게 되는 것도 당연하다 할 수 있었다.

그에 동반해서 탑 LV이 7로 올랐다. 그러자 지금까지처럼 중급 마물 소환진이나 설치물 추가에 더해, 새로운 커다란 항목이 늘어났다.

[계층 확장]과 [계층 합성]이다.

[계층 확장]은 계층 자체를 넓히는 기능이다.

[계층 확장]을 써서 한 번 넓힌 계층은 원래 크기로 돌릴 수 없다. 한 번 확장할 때 필요한 PT는 100만 PT였다. 현재 수입을 고려하면 넓히지 못하는 수준은 아니다.

그러나 현재 [계층 확장]을 쓰는 건 생각하지 않고 있다.

그보다는 [계층 합성] 쪽이 쓰기 편해 보였으니까.

이쪽은 각각의 계층을 합치는 기능이다. [계층 확장]과는 달리

[계층 합성]은 한 번 합친 계층을 다시 원래대로 되돌릴 수 있다. 코스케가 그 기능을 봤을 때 생각한 건, 계층을 합치면 각 층에 있는 마물의 이동을 일으킬 수 있는 게 아닌가 하는 것이다. 현재 쓰지 않는 층에서는 완전히 서식지 분배가 끝난 모양이라, 지켜본 바로는 먹이사슬을 제외한 전투는 일어나지 않고 있었다. 그게 자연의 섭리이긴 하지만, [계층 합성]을 쓰면 그것에 변화가 생길지도 모른다고 기대하고 있는 거다.

그렇기에 코스케는 [계층 합성]을 써먹기 좋다고 판단했다. 그리고 새로 추가된 두 기능을 모두에게 이야기했을 때, 코스케와는 다른 활용법이 나왔다.

제안한 건 콜레트였다.

"그거, 어쩌면 세계수의 성장에 쓸 수 있을지도……?"

"응? 그게 무슨 소리야?"

"세계수가 지맥에 영향을 주며 성장하는 건 알고 있겠지만, 결국 우리가 하는 일은 지맥의 활성화야."

콜레트의 말에 따르면, 지맥을 활성화한다=그곳에서 흐르는 정령력이 증가한다고 한다. 정령력의 증가는 그걸 이용하는 세계수의 성장으로 이어지는 것이다. 계층을 연결하면 그만큼의 지맥이 늘어나니까, 당연히 정령력도 늘어나리라 예상된다.

그걸 들은 코스케는 납득한 듯 끄덕였다.

"그리고, 단순히 공간이 넓어지는 것도 커."

"역시 관계가 있나?"

"그야 그렇지. 단순한 나무 한 그루라면 물리적으로는 지금 넓이로도 충분하지만, 세계수는 주변 환경에서도 힘을 얻으니까."

"주변 환경이라니, 다른 나무한테서?"

"그것만이 아니야. 간단히 말하면, 환경에 따라 지맥의 성질이 달라지기도 하니까, 거기서 얻을 수 있는 것도 크게 달라지거든."

"그렇구나."

세계수의 관리자로 불리는 엘프다운 의견이었기에, 코스케를 제외한 다른 사람들도 감탄했다.

"어느 정도 영향을 미치는지는 해 보지 않으면 모르겠지만."

"그건 어쩔 수 없지. 좋아. 그럼 일단 엘프 마을의 계층 합성을 전제로 두고 한동안 신력을 절약해 볼까."

신력을 완전히 쓰지 않는 건 아니지만, 다른 설치물 설치를 삼간다면 꽤 많이 절약할 수 있을 거다.

"괜찮아? 절대적인 건 아닌데?"

"그건 어쩔 수 없지. 계층 합성은 언젠가 시험해 봐야 한다고 생각하고 있으니까, 그에 맞춰서 세계수에 대한 것도 시험할 수 있으면 충분해."

"그래? 그럼 내 쪽에서도 마을 사람들에게 전해둘게."

갑자기 세계(계층)가 넓어지는 거니까, 사전에 전해두지 않으면 혼란스러울 거다.

"그래야겠네. 이후에는 어느 계층과 합치는 게 나을지 골라봐."

"알았어."

지금은 아직 쓰지 않는 층이 많이 남아서 마음껏 고를 수 있다. 그러나 코스케는 앞으로 [계층 합성]에 손대게 된다면 의외로 층이 부족해지는 사태가 나올지도 모른다고 생각했다.

콜레트에게 이야기를 들은 뒤, 73층에 [계층 합성]을 하기 위해 한동안 쓸데없는 신력을 쓰지 않고 보냈다. 덕분에 보름도 지나지 않아 신력이 쌓였고, 바로 [계층 합성]을 진행하기로 했다.

처음이니까 만약을 위해 엘프들은 층 중앙에 모이라고 했다. 합성시키는 건 11층이다. 이유는 단순한데, 엘프들이 관리하기 쉬운 삼림이 있기 때문이다. 그 밖에도 73층이 고층이니까, 저층을 옆에 붙였을 경우 마물의 움직임이 어떻게 되는지 확인하고 싶은 마음도 있었다.

[계층 합성]은 바로 끝났다. 조작 자체는 대상 층을 골라서 네 귀퉁이 중 어디에 붙이는지 고를 뿐이라 대단한 수고는 들지 않았다.

결과적으로 말하면, 지진이 일어날 정도의 커다란 변화는 전혀 일어나지 않았다. 콜레트가 73층 쪽에서 대기했는데, 코스케 일행이 올 때까지 완전히 평소 그대로였다고 한다. 실제로 넓어졌는지 아닌지는 지금부터 확인해야 하기에, 그건 엘프들에게 맡기고 코스케 일행은 관리층으로 돌아왔다.

세계수에 [계층 합성]의 영향이 어떻게 나올지는 불명이기에, 며칠 동안은 통상 영업으로 돌아갔다. 그래도 딱히 건물을 세우거나 설치물을 설치하는 일도 없었지만. 코스케 자신은 신구 개발을 하는 등 나름대로 바쁜 시간을 보냈는데, 변화가 먼저 찾아왔다.

관리층 소파에서 얕은 잠을 자던 코스케를 꾹꾹 흔드는 사람이 있었다.

"오라버니. ……코스케 오라버니. 일어나보세요……."

"으응……?"

자신의 이름을 부르는 목소리와 흔들림으로 눈을 떴는데, 처음에는 자신을 깨운 사람이 누군지 알지 못했다. 아직 반쯤 잠에 취하기도 했고, 이전의 흔적이 남은 얼굴 말고는 크게 변해버렸기에 바로 눈치채지 못한 것이다.

"응……? 어? 어, 어라……?! 호……혹시, 에세나?!"

"네. 정답이에요."

눈앞의 소녀는 그렇게 말하면서 기쁜 듯이 방긋 웃었다. 코스케는 저도 모르게 에세나를 빤히 바라봤다. 전에 봤을 때는 기껏해야 7~8세 정도였는데, 부쩍 성장해서 12~13세 정도가 되었다 예전의 흔적은 남았지만, 앳된 모습은 자취를 감추고 어른으로 가는 계단을 오르기 시작했다는 인상을 받는다.

겨우 두뇌 처리가 따라잡은 코스케는 저도 모르게 소파에서 일어나 예전에 했던 것처럼 에세나의 머리를 쓰다듬었다. 당연하지만 키도 커져서 코스케의 목젖 부근까지 성장했다.

"우와~ 굉장하네. 이렇게나 변한 건가……."

머리를 쓰다듬자 에세나는 쑥스러운 듯 뺨을 붉게 물들이며 코스케를 올려다봤지만, 딱히 막지는 않고 그대로 받아들였다.

"네. 그래도 두 배 정도는 되지 않았지만, 지맥이 늘어난 덕분에 정령력도 상당히 늘어났어요. 덕분에 세계수도 많이 성장했죠."

예전에는 명백하게 어린애 말투였지만, 지금은 완전히 어른스러워졌다. 무엇보다 이야기 내용을 알기 쉬워졌다.

"흐응~. 그렇구나. 아, 미안해. 너무 허물없었나?"

그런 에세나의 변화를 보고 예전 같은 어린애가 아니라는 걸 깨달은 코스케는 머리를 쓰다듬는 걸 멈췄다.

에세나는 그 손을 아쉬운 듯 바라보며 말을 이었다.

"앗……. 아, 아뇨. 괜찮아요……. 혹시 괜찮으시면, 좀 더 하셔도……."

마지막은 속삭임이 되어버려서 코스케의 귀에 닿지 않았다.

"응……?"

"아, 아뇨……. 아무것도 아니에요."

"그래?"

코스케가 고개를 갸웃하자, 에세나는 고개를 끄덕였다. 왠지 아쉬운 표정을 짓고 있었지만, 코스케는 그걸 눈치채지 못했다.

이렇게 성장한 에세나와 코스케가 대면한 뒤, 두 사람을 알아챈 콜레트가 다가왔다.

"콜레트……. 알았으면 가르쳐 줘도 되잖아……."

코스케는 무심코 원망하는 말을 꺼냈지만, 이것에는 콜레트도 반박했다.

"무리한 말은 하지 마. 나도 에세나가 성장한 걸 방금 눈치챘거든?"

"어? 그랬어?"

코스케는 저도 모르게 에세나를 봤다.

"아……. 네, 네에. 지금까지는 흘러오는 힘을 제어하느라 바빴으니까요. 어떻게든 안정을 찾아서 여기로 왔어요."

"그렇구나."

"왠지, 납득이 안 가네. 뭐, 상관없지만."

에세나의 말에 순순히 수긍하는 코스케를 본 콜레트가 뭔가 못마땅한 표정을 내비쳤다.

"그건 넘어가고, 상태는 어때?"

"네. 아까도 말씀드렸듯이, 지금은 안정을 찾았어요. 넓어진 곳이 삼림이었던 것도 다행이었죠. 흐름이 제대로 정비되는 것도 그리 시간은 걸리지 않을 거예요."

에세나의 설명을 듣자, 콜레트는 안심한 듯 끄덕였다.

"그렇구나. 이제는 토지 조정을 해야겠네."

"네. 그래야겠죠."

두 사람의 대화 내용은 코스케도 어렴풋한 수준으로밖에 모르지만, 일단 순조롭다는 건 알 수 있었다. 그러나 그 밖에도 묻고 싶은 게 있어서 두 사람의 대화에 끼어들었다.

"세계수…… 에세나에게 지금 문제가 없다는 건 알겠는데, 엘프들 쪽은 어때?"

"일단은 추가된 장소를 조사하고 있는데, 아직 합성된 지 며칠밖에 안 됐으니까 조사가 끝나지는 않았을걸?"

"하긴 그런가."

아무리 마물들의 이동이 발생했더라도 결과를 알 때까지는 조금 시간이 걸린다는 뜻이다. 그 영향이 나올 때까지는 상당한 시간이 걸린다고 보는 게 나으리라.

어쩌면 전혀 변하지 않을 수도 있다.

"그런데, 아까 삼림이었던 게 다행이라고 하던데, 앞으로도 추가하는 건 삼림지대 쪽이 나은가?"

코스케가 의문을 던지자, 콜레트는 에세나를 봤다. 에세나는 한동안 고민에 잠겼다.

"미묘하네요. 단순히 저의 힘을 늘리는 거라면 삼림지대만이라도 상관없지만, 다양성을 고려하면 다른 환경도 넣는 게 낫다고 생각해요."

에세나의 대답을 들은 코스케는 그녀의 성장을 기쁘게 느끼면서도 의문을 던졌다.

"갑자기 다른 환경의 계층을 합성하면 곤란한가?"

"아뇨. 제가 당장 말라버리는 일은 없겠지만, 그 환경의 지맥이 가진 힘에 익숙해질 때까지는 시간이 걸려요. 그래서 한동안은 지금처럼 움직일 수 없게 되죠."

"그렇구나."

"가능하면 삼림 계층을 늘려서 힘을 키운 뒤에 다른 계층을 늘리는 편이 적응하기 쉽다고 생각해요."

에세나가 명쾌한 해답을 내놓자, 코스케와 콜레트는 감탄한 듯 끄덕였다.

"그보다, 콜레트도 이제야 알았다는 반응이네."

"그야 그렇지. 애초에 자연에서는 이렇게 환경이 급격하게 달라지는 일이 일어나지 않거든?"

듣고 보니 그렇다. 닫힌 세계(계층)가 갑자기 두 배로 넓어진 거니까, 어떤 변화가 일어날지 모른다. 그러나 세계수라는 존재가 있는 이상, 어느 정도는 안정적이라고 보는 게 좋을 듯하다.

중심(물리적인 의미가 아니다)에는 세계수가 존재하니까.

"어차피 신력이 모일 때까지는 다음 계층 합성을 할 수 없으니까, 한동안은 이대로 낌새를 보기로 할까."

"그러자."

"알겠습니다."

코스케가 결론을 내리자, 콜레트와 에세나도 수긍했다.

"그나저나……."

"왜 그러시나요?"

의아한 표정을 지은 코스케를 본 에세나가 고개를 갸웃했다.

"아니, 굉장히 어른스러운 미인이 되었구나 싶어서."

"그……그런가요? 감사합니다."

코스케에게 갑작스러운 칭찬을 듣자 에세나는 뺨을 물들이며 고개를 수그렸다. 코스케는 그걸 보고 조금은 느끼한 말이었다고 생각했지만, 옆에서 그걸 본 콜레트는 몰래 한숨을 쉬었다. 휴먼의 감각으로 따지면 예전의 자신은 상당히 둔감했다는 걸 뒤늦게나마 이해했지만, 코스케도 어지간하다고 생각했으니까.

(6) 릴라 아마미야

"천 명을 넘었다고……?!"

5층 마을을 찾은 코스케는 가제란에게 정보를 듣고 조금 멍해져 버렸다.

그런 코스케에게 가제란이 쓴웃음을 지었다.

"등록 대기 중인 녀석들을 넣으면 두 배는 되겠지."

크라운에 등록한 모험가의 숫자다. 등록 대기가 생기는 건 크라운 카드 생산수가 등록 희망자를 따라잡지 못하고 있기 때문이다. 그런 사람들은 잠정 카드를 줘서 대응하고 있다.

최근 코스케는 5층에 거의 오지 않았다. 그동안 모험가 등록자 수가 예상을 뛰어넘은 것이다.

"슈미트. 경비는 충분해?"

코스케가 늘어난 모험가를 듣고 가장 먼저 걱정한 것이 경비 문제다. 사람이 늘어나면, 당연히 움직이는 돈도 격이 달라진다.

"네. 다행히 카드 발행수 문제가 있으니까요. 인원이 단번에 늘어나지는 않아서 대응할 수는 있습니다."

"그런가. 다행이네."

"네. 앞으로도 문제는 없을 겁니다. 들어오는 돈이 그 이상으로 크니까요."

슈미트의 말은, 요컨대 장사가 꽤 순조롭게 이루어진다는 걸 나타내고 있었다. 이미 크라운이 보유한 상인의 숫자도 대륙 안에서는 톱 클래스의 규모가 되었다.

슈미트에 이어 다레스가 공예 부문의 상황을 보고했다.

"공예 부문 쪽도 순조……롭다고 봐야겠지만, 솔직히 말씀드리면 인원이 부족합니다."

현재 5층 마을은 활동하는 사람 숫자만 보면 이미 작은 마을 수준이 아니라 커다란 마을이라고 해도 좋은 규모가 되었다. 그에 비해 건물 숫자는 도저히 쫓아가지 못하고 있다.

"견습의 숫자를 늘려서 어찌어찌 대응하고 있지만, 수요를 따라잡으려면 시간이 더 필요하겠죠."

기존 공예 길드에서 크라운에 가입하고 있기는 하지만, 그런데도 건축 속도가 따라잡지 못하는 게 현실이다. 넘쳐나는 모험가들은 텐트 생활을 하고 있다. 참고로 마을에 정착을 희망(집을 구입)하는 사람들부터 최우선으로 거주지를 나눠주고 있고, 임대와 매매 양쪽을 준비해놨다. 매매는 집의 판매 비용과 토지 비용이 크라운의 수입이 된다.

"그런가……. 그래서. 지금 제일 큰 문제는?"

코스케가 묻자, 세 사람은 얼굴을 마주하며 말했다.

"""어서 크라운의 이름을 지어줘(주세요)!"""

역시 이렇게나 규모가 커졌으니, 이제 이름 없이 운영하기는 곤란하다는 뜻이었다. 크라운이라는 이름의 길드라고 착각하는 사람도 나오는 상황이라고 한다. 이미 늦은 일일지도 모르지만, 거의 호의에 가까운 세 사람의 요망을 들은 코스케는 한숨을 쉬었다. 좋은 이름이 떠오르지 않아서 뒤로 미루고 있었는데, 이제는 슬슬 정하지 않으면 안 되는 것 같다.

"그럼……『릴라 아마미야』는 어때?"

"릴라 아마미야, 라고요? ……무슨 뜻입니까?"

들어본 적 없는 말에 슈미트가 고개를 갸웃했다. 다른 두 사람도 똑같은 표정이 되었다.

아마미야라는 건 탑의 이름이 되어있으니 알고 있지만, 의미까지는 모르니까.

"응. 뭐, 조어인데. 릴라는 평온하다거나 편안하다는 뜻이고, 아마미야는 하늘에 있는 성이라는 의미, 일까?"

요컨대, 크라운 멤버에게는 안심할 수 있는 곳이라는 뜻으로 붙인 것이다. 그 설명을 들은 세 사람은 한동안 입을 벌리고 중얼거리거나, 고민했다.

"응. 뭐, 괜찮지 않을까?"

"그러게요."

"저도 동감입니다."

그렇게 이곳에서 크라운의 이름은 『릴라 아마미야』로 결정되었다.

단, 크라운이라는 명칭이 이미 일반 명사로 정착되었기에 릴라 아마미야라는 이름은 이후에도 별로 퍼지지는 않았다.

크라운의 정식 명칭이 정해진 뒤, 코스케는 신경 쓰이는 점을 부문장들에게 물었다.

"그러고 보니, 건축용 소재는 충분해?"

건축 러시에 들어선 건 좋지만, 소재가 부족하면 답이 없어진다.

참고로 마을에서 만들어지는 건물의 주요 건축 재료는 목재다.

"지금으로서는 현장에 나무가 있고, 거기서 공급하고 있어서 충분합니다."

"지금으로서는…… 말이지."

"네. 지금으로서는, 입니다. 지금 같은 속도라면 확실히 이 층의 나무가 사라지겠지요."

"벌목한 뒤에 식목 작업은 하고 있어?"

"당연하지요. 그렇지만 나무라는 건 아무래도 성장에 시간이 걸리니까요."

다레스의 말에 슈미트가 덧붙였다.

"다행히 난센에서 목재가 싸게 들어오니까 지금으로서는 문제없을 겁니다."

난센은 광산 기슭에 있는 마을이라 목재는 풍부하게 입수할 수 있다.

원래 난센에서는 목재가 공급 과다 상태였는데, 릴라 아마미야에서 수입하는 덕분에 남아돌던 재고를 털었다며 기뻐할 정도였다. 추가 주문도 내서, 정체 기미였던 목재 업계가 활기를 띠고 있다고 한다.

"언젠가는 난센에서 들어오는 입하도 늘어날 예정이니, 이 층의 나무가 없어질 일은 없을 겁니다."

"그거, 난센 쪽은 괜찮겠어?"

"그곳은 원래 주변의 나무가 너무 많아서 때때로 산불이 일어날 정도였으니까요. 그래서 재고가 남아돈다는 걸 알아도 벌채하지 않을 수가 없었습니다."

"그것이 우리의 주문으로 해소되었다는 건가."

"그뿐만이 아니라, 마을 주변의 삼림도 적절하게 벌채할 수 있겠다며 기뻐하겠지요."

슈미트의 말에 다레스도 동의했다.

"그렇구나. 그렇다면 문제없나."

"굳이 따진다면 난센에 있는 상인 길드와 문제가 생기는 정도겠지만, 그건 괜찮겠죠."

"뭐……?! 그거 괜찮아?"

슈미트는 가볍게 말했지만, 상황에 따라서는 커다란 문제로 발전할 수 있다. 그러나 슈미트는 이번만큼은 괜찮다고 생각하고 있었다. 난센 상인 길드에서 영향을 받는 건 한정적이고, 애초에 문제가 되는 부분은 어디에나 있는 이야기이기 때문이다.

뭐가 어떻게 된 것이냐면.

"어느 세계에서도, 갑자기 튀어나온 새로운 조직은 경계 대상인법이니까요."

"아아, 그런 거였나."

요컨대, 모난 돌이 정 맞는다는 거다. 애초에 누구의 경계도 받지 않고 활동하는 건 무리라는 거야 알고 있었기에, 코스케도 그에 관해서는 딱히 문제시하지 않았다.

"뭐, 불쾌하게 여겨서 저희 쪽에 파고들거나, 없애려고 드는 자들은 앞으로 얼마든지 나올 테니까요."

슈미트는 쓴웃음을 지으며 대답했다.

아무리 생각해도 센트럴 대륙에서 지금 제일 기세등등한 조직은 크라운, 아니 릴라 아마미야다. 그 조직에 간섭하거나, 혹은 손에 넣으려는 나라가 나오리라는 건 당연했다.

"그건 그것대로 문제라고 생각하는데?"

"이것만큼은 어쩔 방도가 없지요. 누구도 불평할 수 없을 조직이 될 수밖에 없습니다."

애초에 장사라는 건 독점하지 않는 한 적대 조직이 나오는 게 당연한 세계다. 그걸 방지하려면 슈미트의 말대로, 적대하는 걸 생각할 수 없을 만큼 커다란 조직이 될 수밖에 없다.

"그래도 크라…… 릴라 아마미야는 상인 부문만이 아니라 모험가 부문도 거느리고 있으니까요. 힘으로 위협하는 어리석은 자는 없겠죠."

다른 대륙은 몰라도, 센트럴 대륙에는 국가가 존재하지 않는다. 굳이 따지자면 도시 국가라고 해야겠지만, 군사력만 보면 귀족이 마을의 치안을 지키고자 거느리는 부대가 고작이다. 마을을 방어하는 건 마물의 공격에서 방어하는 것이지, 다른 도시에 쳐들어가는 건 애초에 고려하고 있지 않다. 그리고 마물을 막는 방어의 최전선에 서는 건 치안 부대가 아니라 모험가들이다.

"이렇게나 커다란 조직이 되었으니 여차할 때 이용할 생각을 하는 녀석은 있더라도 협박하는 바보는 없을걸."

그렇게 말하며 웃은 건 가제란이다.

천 명의 모험가를 거느린 조직을 무시할 수 있는 건 이 대륙에 없다. 하물며 그 인원이 확실하게 늘어난다면, 가제란의 말도 당연하다고 볼 수 있다. 모험가들에게 크라운 카드라는 게 얼마나 충격적이었는지 잘 알 수 있다.

이미 이 센트럴 대륙에서 릴라 아마미야를 무시할 수 있는 조직은 존재하지 않는 셈이다.

(7) 신전과의 교섭

실비아는 코우히와 슈레인과 함께 믹센의 에리사미르 신전을 찾았다. 급격하게 확장되는 릴라 아마미야의 이야기를 듣고 최대한 손을 써두고 싶었기 때문이다.

슈레인은 저번에 신전에 들어가지 않았기에 이번에도 동행했다. 슈레인은 신전장 로렐이 올 때까지는 방 안을 두리번두리번 살폈지만, 현재는 차분하게 자신들 앞에 있는 인물을 보고 있다.

실비아 일행은 신전에 오자마자 바로 이 방으로 들어왔는데, 면회를 제안한 상대를 고려하면 이례적인 대응이었다. 저번 일이 영향을 준 것이거나, 아니면 이번에도 코우히를 데려왔기 때문이리라.

"그래서, 오늘은 어떤 용건이죠?"

세 사람 앞에 앉은 로렐이 표면상으로는 부드러운 표정으로 물었다.

코우히를 같이 데려오지 않았다면 아마 틀림없이 이렇게 원만하게 만날 수는 없었으리라. 실비아는 그렇게 생각하고 있었다. 상식적으로 생각해서 신전장 상대로 약속도 잡지 않고 방문했는데 바로 만나는 건 말이 안 된다. 게다가 로렐의 양옆에는 신전의 지위에서 차석에 해당하는 신관이 두 사람 대기하고 있다. 신전 측에서도 최대한 만전의 태세로 임하고 있다는 걸 잘 알 수 있다.

"오늘은 한 가지 부탁드릴 게 있어서 찾아왔어요."

"부탁, 말인가요?"

실비아의 말을 듣자, 로렐이 살짝 고개를 갸웃했다.

"맞아요. 릴라 아마미야에 대해서는 알고 있으신가요?"

"글쎄요……. 저는, 모르겠습니다만……."

로렐은 그렇게 말하며 옆에 대기하던 두 사람을 봤다. 그러나 두 사람도 그 이름을 모르는지 고개를 내저었다.

"바로 얼마 전에 이름이 붙었으니 어쩔 수 없죠. 그럼, 천궁탑 안에 결성된 크라운이라는 조직은 아시나요?"

그걸 들은 로렐은 딱히 표정 변화를 보이지는 않았지만 바로 고개를 끄덕였다.

"네. 그건 물론 알고 있지요."

역시 지난 몇 달 사이 대륙 전체를 통틀어서 굴지의 대조직으로 발전한 크라운을 모른다는 건, 아무리 성직자라고 해도 말이 안 되는 일이다.

신자들도 소문이라는 형태로 얼마든지 이야기를 들을 수 있으니까.

"그 조직에 얼마 전, 릴라 아마미야라는 이름을 붙였어요."

"그렇군요."

로렐은 고개를 끄덕이면서 의문을 입에 올렸다.

"그래서? 그 릴라 아마미야라는 조직이 어쨌다는 거죠?"

"단도직입적으로 말씀드리면, 신전에서는 앞으로 릴라 아마미야에 일절 간섭하지 말아 주셨으면 좋겠어요."

"그건……."

"물론, 신전장님이 주체가 되어서 탑 안에 신전을 짓고 싶으시다면 환영할게요."

릴라 아마미야라는 조직은 몰랐지만, 크라운이라는 조직이 탑 내부에서 생겼다는 건 모두가 아는 사실이다. 탑에서 이루어지는 행동 대부분을 그 조직이 장악하고 있으니 유명해진 건 당연하다. 이 발언은 실비아가 그 조직의 관계자임을 걸 알려주고 있었다.

로렐은 실비아의 발언에 고민하는 모습을 보였다.

솔직히 말해서, 전이문이 이어져 있는 이상 탑에 신전을 만들 의미는 없다.

실비아가 일부러 입 밖으로 꺼냈다는 건, 신전의 본래 역할은 탑에서 해도 되지만 그 이외의 일은 끼어들지 말라는 뜻이다. 더욱이 릴라 아마미야에 관해서도 똑같은 대우를 하라는 거다.

거기까지 생각한 로렐은 슬쩍 속을 떠보기로 했다.

"역시 그분과 천궁탑은 관계가 있는 건가요?"

"코스케 님은, 탑의 관리자세요."

실비아의 입에서 태연하게 답변이 나오자, 신전 관계자 세 명은 동요를 감추지 못했다. 저번 방문 때는 코스케가 탑의 관리자라는 것까지는 듣지 못했다. 그렇지만 신전을 소란스럽게 만든 힘의 소유자인데다, 코우히라는 존재까지 데리고 있으니 어쩌면 그럴지도 모른다는 예상은 하고 있었다.

"이 자리에서 이야기하는 건, 공언해도 상관없다는 뜻인가요?"

"글쎄요? 코스케 님이 신전에서 자기 이름을 멋대로 이용하는 걸 어떻게 생각하실지는 저도 몰라요. 하지만, 굳이 제가 말하지 않아도 이분을 보면 일목요연하겠죠."

실비아가 말하는 '이분'이라는 건 여기에 있는 코우히를 말한다. 그 코우히는 노골적으로 탐탁지 않은 표정을 짓고 있었다.

"그런가요……. 하지만 간섭하지 말라니, 어떻게 된 건가요?"

그래도 조금 전의 말은 로렐도 고개를 갸웃할 수밖에 없었다.

신전 측에서 보면, 릴라 아마미야는 평범한 활동을 하는 조직이다. 이런 말을 하지 않더라도 딱히 신전에서 뭔가 하려는 생각은 하지 않았다. 굳이 이렇게까지 말할 이유가 짐작 가지 않았다.

"간섭하려고 하는 길드도 있을 거라는 뜻이에요."

간단히 말하면, 릴라 아마미야를 좋게 보지 않는 조직이 신전을 부추겨서 움직이게 할 수도 있다는 뜻이다. 원래 신전은 표면적으로 그런 일에 관여하지 않는 입장이지만, 이 자리에 있는 아무도 그런 말은 믿지 않는다.

"그런 뜻입니까……. 하지만 신전에도 입장이라는 것이……."

로렐은 일단 거절하려 했지만, 실비아가 말을 가로막았다.

"그럼 그러셔도 상관없지만, 그때는 이분이 나올 뿐이에요."

"…………."

까놓고 말해서, 신전에서 코우히는 신에 다음가는 존재다.

실비아는 굳이 '부탁'이라는 말을 쓰고 있지만, 코우히가 일부러 이 자리에 나와 있다는 것은 신전 측에서 보면 거의 신탁에 가깝다. 하물며 코우히가 가진 힘은 저번에도 깨달은 참이다. 저번 일이 전력일 리가 없지만, 그럼에도 충분하고도 남을 힘이었다.

"알겠습니다. 에리사미르 신전은 릴라 아마미야에게 불필요한 간섭을 하지 않겠다고 약속드리죠."

로렐의 말을 듣자, 실비아는 크게 끄덕였다.

"감사합니다."

이것으로 여기에 온 용건은 끝났지만, 마지막에 로렐 옆에서 대기하던 신관 한 명이 그것도 모른 채 지뢰를 밟았다.

"저기, 코우히 님……!!"

그에게는 그저 질문할 생각으로 이름을 불렀을 뿐이다. 저번 방문 때 코스케가 그렇게 부른 걸 확실히 기억하고 있었다.

그러나, 그게 문제였다. 이름을 불린 코우히가 그 신관에 위압을 날린 것이다.

"제가, 언제 그 이름을 입에 담는 걸 허가했죠?"

저번만큼 강한 힘의 흐름은 아니다. 그러나 그럼에도 충분하고도 남을 압력이었다.

"죄……죄송합니다."

코우히의 이름을 부른 신관은 어떻게든 그 말만을 입에 담았다.

다음 순간, 코우히가 방출하던 위압이 바로 사라졌다. 고작 몇 초 동안의 일이었지만, 그것만으로도 그의 신관복은 땀으로 범벅이 되었다.

그 모습을 지켜본 신전 관계자 두 사람도 직접 받지도 않았건만 식은땀을 흘렸다.

"섣부른 자로다. 이자에게 이름이 중요하다는 것은 그대들도 잘 아는 사실일 텐데."

슈레인이 어이없어하며 말했지만, 신관들은 찍소리도 하지 못했다.

결국 그 신관은 코우히에게 물어보려던 말을 마지막까지 입에 담지 못했다.

실비아 일행이 나간 방 안에서 로렐 일행이 대화를 나눴다.

"정말로 어리석은 일을 했네요. 제사장."

로렐이 코우히의 이름을 부른 남자를 보며 말했다.

제사장이라 불린 남자는 입술을 깨물고 고개를 숙였다.

반면 도움을 준 것은 또 하나의 남자, 신관장이었다.

"하지만 로렐 신전장님. 이름을 부른 건 그렇더라도, 대화를 시도한 것 자체는 잘못되지 않았다고 생각합니다만?"

"그럴까요? 아뇨. 그것도 헛수고였다고 생각하는데요."

"무슨 뜻입니까?"

신관장이 의문이라는 표정을 보이자, 로렐은 한숨을 쉬고는 그녀 자신도 조금 전 알게 된 정보를 말했다.

"각지의 신전에 신탁이 내려왔어요."

"신탁……이라고요?"

실제로 신에게 신탁을 받을 수 있는 인재는 매우 귀중하다. 그 신탁을 받을 수 있는 인재가 있는 신전은 이 세계에서 매우 중요한 위치에 서게 되는데, 그런 신전에 신탁이 내려왔다는 연락이 믹센 신전에도 닿았다.

그 내용은 1급 정보로 모든 신전에 알려졌다.

"네. 천궁탑 관계자는 신들의 비호 아래에 있다더군요."

로렐의 말을 듣자, 제사장과 신관장이 굳어졌다. 신전 사람에게 있어서, 신의 비호 아래에 있는 자라는 건 불가침을 의미한다.

"하지만…… 어째서 지금 그 이야기를 하시는 겁니까?"

의문을 입에 담은 건 신관장이다. 처음부터 그 이야기를 알았다면 제사장도 묘한 말을 하지 않았을지도 모르니까.

로렐은 그걸 듣고 한숨을 쉬었다.

"나도 이 정보를 받은 게 바로 조금 전이었으니까요. 당신들을 불러서 말하려고 했을 때 그분이 온 겁니다."

면회를 우선했는데, 그게 화근이 되고 만 것이다.

"그랬었군요."

"하지만, 아무리 초조했다고는 해도 그런 폭거에 나설 줄은 몰랐습니다. 제사장."

로렐이 충고하자 제사장은 고개를 조아리듯이 머리를 푹 숙였다.

"죄송합니다……."

"지나간 일은 어쩔 수 없죠. 그보다도 앞으로를 생각합시다. 그래 봐야 이쪽의 대응은 하나뿐이지만."

로렐의 말을 듣자 제사장이 고개를 들었다.

"어쩌실 겁니까?"

"어쩌고 할 것도 없습니다. 그들의 요구대로 해야겠죠."

이어지는 로렐의 말을 들은 제사장은 조금 반론하고 싶었지만, 조금 전 실비아 일행의 이야기와 신탁을 들은 것도 있었기에, 신전 측은 신전장이 말한 대로 대응하게 되었다. 그리고 다음 날에 신전 측은 천궁탑과 릴라 아마미야에 전혀 간섭하지 않겠다는 것을 정식으로 발표했다.

◆

"말도 안 돼! 어떻게 된 거냐?!"

어느 저택의 방에서 남자의 목소리가 울려 퍼졌다.

남자는 편지를 손으로 움켜쥐고 있었다.

그곳에는, 간단히 말하면 남자에게 협력할 수 없다는 내용이 적혀있었다. 남자는 승산이 있다고 봤기에 이야기를 던져본 건데, 그 꿍꿍이는 완전히 빗나가고 말았다. 더욱이 얼마 전, 신전에서 발표된 내용도 있다.

남자의 예상과는 완전히 다른 흐름이 되고 말았다.

"녀석들을 방치하는 게 얼마나 위험한지 왜 이해하지 못하지?!"

남자가 쓴 수법은 전부 역효과가 나왔다.

자신이 가진 온갖 연줄을 써서 릴라 아마미야에 반발하게끔 유도했는데, 그것들은 전부 실패로 끝났다. 신전과 통하는 연줄도 있었지만, 얼마 전의 발표로 그것도 헛되이 날려버리고 말았다. 남자도 전부 좋은 방향으로 굴러가리라 생각하지는 않았지만, 설마 전멸이라는 결과가 나올 줄은 몰랐다.

"이대로 가면 저 녀석들의 기세에 짓눌리게 될 텐데……! 눈앞의 이익밖에 보지 못하는 바보들 같으니라고!"

남자는 그렇게 말하며 책상에 주먹을 내리쳤지만, 그 소리만 방에 허망하게 울렸다.

"뭐, 좋아. 하지만 언젠가 꼬리를 붙잡아서 본색을 드러나게 해주마."

남자는 그렇게 중얼거리며 차분함을 되찾았다.

그리고 또 다음 수단을 생각하기 시작했다.

◆

한편, 그 무렵 코스케는 어쩌고 있었느냐면…….

7층 늑대들과 놀고 있었다. 이유는 단순한데, 어느 정도 얼굴을 내비치지 않으면 신뢰도가 내려간다고 생각했기 때문이다. 실제로는 그렇게 빈번하게 얼굴을 보일 필요는 없으니까 완전히 코스케의 취미도 포함되지만.

늑대에 둘러싸여 행복한 표정을 짓는 코스케를 본 피치가 그에게 물었다.

"코스케 씨는, 그 아이들을 어떻게 하실 생각인가요~?"

"어떻게 할까? 가능하다면 상급 마물을 해치울 수 있게 되면 만만세라고 생각하는데?"

애초에 처음에는 소환진이 어떤 것인지 시험하기 위해 소환했었다. 나나의 존재가 없었다면 어느 정도 소환하고 그대로 방치했을 수도 있다. 혹은 애완동물로 삼아서 그대로 관리층에서 기르는 것밖에 생각하지 않았다.

그런데 뚜껑을 열어보니 현재는 중급 마물도 거뜬히 해치우고 있다. 덕분에 신력을 얻는 양도 늘어났다. 예상 밖의 결과여서 코스케 자신도 놀라고 있다. 이러면 욕심도 생기는 법이라, 가능하면 검은 늑대나 나나 이외의 진화도 보고 싶었지만, 그렇게 딱딱 맞아떨어지지는 않았다.

하지만 적어도 지금의 코스케 입장에서는 생각지도 못했던 소환수들이 신력을 벌어다 주고 있는 셈이기에, 그들의 진화는 기쁜 오산인 셈이었다.

"상급 마물 말인가요. 해치울 수 있게 될까요~?"

"글쎄, 어떨까? 애초에 아직 상급 마물 소환진도 쓰지 못하니까 한참 나중 이야기라고 생각하는데?"

현재의 탑 LV 7로는 상급 마물 소환진이 메뉴에 나오지 않는다. 코스케는 LV 8부터 나올지도 모른다고 예상 중이다. 그리고 덧붙이자면, 권속들이 거기까지 순조롭게 진화할지도 알 수 없다. 지금 시점에서는 어디까지나 공상 속 이야기다.

"그리고 역시 상급 마물을 해치우려면 이빨이나 발톱만으로는 힘들지. 적어도 마법적인 무언가를 쓸 수 있게 되어야 하니까."

"그렇죠."

상급 마물은 쉽지 않은 것들밖에 없다. 아무리 소환수가 강하더라도, 그냥 중급 마물을 토벌하는 게 효율이 좋을 가능성이 있다. 그래도 상급 마물을 소환할 수 없는 이상 추측에 불과하지만.

"그나저나, 마법인가요~."

"응? 마법이 왜?"

"아뇨~. 처음에도 말씀드렸지만, 저는 마법이 별로라서요."

"아아. 그러고 보니 그런 말을 했었나."

피치는 높은 신체 능력을 자랑하지만, 마법은 쓰지 못하기에 코우히나 미츠키에게 미치지 못한다고 했었다.

"그렇다면 신력 쓰는 법을 익혀볼래?"

"네⋯⋯?!"

완전히 예상 밖이었는지, 웬일로 피치가 얼빠진 목소리를 냈다.

"아⋯⋯ 아뇨아뇨. 아무리 그래도 그건 무리잖아요~?"

피치가 보기에는, 마력도 제대로 못 쓰니까 신력 같은 건 당연히 못 쓰는 게 상식이다.

"아니. 그렇지는 않다고 생각하는데? 애초에 나도 마법은 제대로 못 쓰거든?"

"그⋯⋯그러고 보니, 그랬었죠~."

"그렇지? 뭐, 신력을 쓸 수 있다고 해서 마법적인 걸 쓸 수 있게 된다고는 단정할 수 없지만."

코스케가 현재 신력을 써서 하는 것은 왼쪽 눈의 힘과 신구 제작 정도다. 신력은 마법이나 성법처럼 체계화되어 있지 않아서 기본적으로는 독학이 되고 만다. 지금까지는 시간이 없어서 연구할 시간을 할애할 수 없었다.

"그러니까, 피치도 신력 쓰는 법을 익혀서 같이 연구하자!"

"그렇군요~. 그런 거였나요. ⋯⋯그래도, 신력을 쓸 수 있게 되는 건 매력적이네요."

"그렇지?"

"네~. 그렇다면 가르침을 잘 부탁드려요."

"알았어. 그럼 관리층으로 돌아갈까."

그렇게 말하고, 코스케는 피치를 데리고 관리층으로 돌아갔다.

피치는 실비아와 마찬가지로 신력 사용법 자체는 바로 익혔다.

그러나 신력을 마법이나 성법처럼 힘으로 발현하려면 계속해서 연구와 수련이 필요하다. 무슨 일이든 빨리 진행되지 않는 건 어느 세계에서도 똑같은 법이다.

(8) 각자의 거래와 두 노예

5층 마을 중앙에는 크라운 본부가 있다.

처음 지은 건물로는 규모가 너무 작아서 현재는 거듭된 증축을 거쳤다. 그 건물에는 탑 외부로 이어지는 네 개의 전이문과 탑 내부로 이어지는 두 개의 전이문이 있다.

탑 외부로 나가는 전이문은 말할 것도 없이 류센, 난센, 케네르센, 믹센으로 이어져 있고, 탑 내부로 이어진 전이문은 뱀파이어 일족의 버밀리니아 성과 서큐버스 데프레이아 일족의 마을로 이어져 있다. 탑 내부로 가는 전이문은 당연히 각 일족의 인원이 상주하며 관리하고 있어서 관계자 이외는 출입할 수 없다. 애초에 본안에 이 전이문이 있다는 것도 극히 한정된 사람밖에 모른다.

버밀리니아 성과 이어진 전이문이 있는 옆방에 뱀파이어 한 명과 슈미트가 있었다.

두 사람이 하는 것은 이그리드족이 만든 제품 양도다. 뱀파이어가 가져온 제품을 슈미트가 하나하나 세심하게 체크하고 있다.

"이건 정말 근사하군요."

"그래서? 이번에는 얼마나 되지?"

"평소의 거래품 말고 변경이 있습니까?"

"아니, 없다."

이 전이문이 생기고 나서는 이그리드족이 만든 제품을 뱀파이어가 정기적으로 팔면서 생활필수품을 구입하고 있다.

"그렇다면 이번에도 잉여금이 발생합니다. 여느 때처럼 저축해두시겠습니까?"

"그래. 그렇게 해다오."

"알겠습니다."

슈미트는 그렇게 말하며 고개를 숙였다.

이그리드족이 만든 제품은 현재 크라운 상인 부문의 주요 수입원이 되고 있다. 뱀파이어가 만들고 있는 게 아니라는 건 슈미트역시 알고 있지만, 일부러 그걸 묻지는 않았다. 애초에 코스케의소개이기도 하고, 매번 전이문으로 납품하고 있기에 탑 안에 그런생산 활동을 맡은 이들이 있다고 짐작하고만 있다.

그래도 생산하는 곳이 설령 탑 안이 아니더라도 슈미트는 그 제품을 받았을 거다. 그들이 가져오는 제품이 대단히 좋다는 점은변함없으니까.

"그나저나……."

"뭐냐?"

"아뇨. 쓸데없는 참견일지도 모릅니다만, 잉여금이 상당한 액수가 되었습니다."

"응……?"

"혹시 세공품 등에 필요한 재료가 있으시다면 이쪽에서 구해드리겠습니다만, 어떻습니까?"

슈미트의 말을 듣자, 뱀파이어 남자는 바로 대답하지 않고 고민에 잠겼다. 이그리드족이 사는 층에서 입수할 수 있는 자원의 종류는 한정적이다. 이그리드족은 그 안에서 만들 수 있는 최고의 작품을 만들고 있지만, 다른 재료가 있으면 더 좋은 걸 만들 수 있을지도 모른다.

"확실히 그렇군. 그쪽에서도 짐작 가는 게 있다면 자료를 제출해 주겠나? 이쪽에서도 물어보도록 하지."

"알겠습니다."

슈미트는 그들이 가져오는 제품의 전문가는 아니다. 상품이니까 견적은 낼 수 있지만, 필요한 재료 같은 건 어느 정도밖에 모른다. 그래서 이후에 바로 다레스에게 물어보기로 결심했다. 뱀파이어가 가져오는 제품을 본 공예 부문 사람들이 매번 그 완성도에 눈을 휘둥그레 뜨고 있었으니까. 그들이라면 좋은 의견이 나오리라 보고 있다.

"그리고 지금보다 제품의 질과 양이 떨어지지 않는다면 정기 구입품을 조금 늘리는 것도 손해는 아니라고 생각합니다."

"확실히 그렇겠군. 그건 이쪽에서 한번 확인해 보겠지만, 늘어나는 일은 있어도 줄어드는 일은 없을 거다."

"그렇다면 지금 이럴 때 달리 필요한 것들을 알아두는 것도 괜찮을 겁니다."

"그렇겠군. 알았다. 다른 구입품도 생각해 보지."

"잘 부탁드립니다."

슈미트는 그렇게 말하며 고개를 숙였다.

이미 뱀파이어(와 이그리드족)와의 거래는 릴라 아마미야에서도 중요한 것이 되었다.

와히드는 77층에서 데프레이야 일족과 만났다. 특별한 용건이 있는 건 아니고, 평소의 정기 연락이다.

굳이 와히드가 직접 77층을 찾은 이유는, 데프레이야 일족과 릴라 아마미야가 이어져 있다는 걸 최대한 숨기기 위함이다. 와히드라면 어느 전이문에서도 77층으로 갈 수 있기에 데프레이야 일족 사람이 직접 와히드를 만나러 오는 것보다는 제삼자에게 알려지기 힘들다는 이득이 있다.

본부에 있는 전이문은 최대한 타인이 알기 어려운 위치에 설치했지만, 완전히 숨기는 건 불가능하다. 코스케는 본부와 출입할 수 있는 전이문의 운영을 완전히 데프레이야 일족에게 맡겼다. 와히드가 데프레이야 일족을 정기적으로 만나러 가는 것도 데프레이야 일족의 요청이다. 그 용건은, 탑 바깥에서 도는 천궁탑과 릴라 아마미야에 관한 정보 조사 보고다. 일족 사람이 온갖 정보를 모아 요약해서 와히드에게 직접 전달하고 있다. 물론, 긴급성 있는 것은 별도의 루트로 전달한다. 굳이 따지자면 정기 연락의 보고 내용은 긴급성이 없는 것이다.

그렇지만 그건 탑과 릴라 아마미야에서 매우 중요한 정보였다.

"이쪽이 이번 조사 내용입니다."

"감사합니다."

와히드에게 서류(제대로 종이 서류다)를 건넨 것은 데프레이야 일족의 수장 지젤이다.

"매번 말씀드리지만, 생활에 필요한 게 있다면 가르쳐 주세요. 확실하게 준비할 테니까요."

"하하. 알고 있습니다. 지금은 마을에 곤란한 건 없어서 괜찮거든요. 그보다도, 하나 부탁드리고 싶은 게 있습니다."

"뭡니까?"

"슬슬 이주 환경도 안정을 찾았으니, 점술업 쪽도 재개하고 싶어서 말이죠."

지젤이 이번에 제안한 건 정보 수집을 위해 노상에 세우는 게 아니라, 멀쩡한 장사를 위한 점술 가게를 내는 것이었다. 당연하지만 마을의 자본을 벌기 위해서라는 목적도 있다.

현재 뒷세계 사업인 정보 수집 업무만으로도 생활에 필요한 수준은 벌 수 있지만, 자금은 되도록 많이 조달하는 게 좋다.

"그거, 5층에 말입니까?"

"그렇죠. 이미 작은 마을이라기보다는 큰 마을이라 불러도 좋을 규모가 되었다고 들었습니다. 그러면 점술 가게를 영업해도 부자연스럽지는 않겠죠?"

어느 정도 커다란 마을이라면 점술 가게 같은 게 있어도 부자연스럽지는 않다.

"과연. 지당한 말씀이로군요. 알겠습니다. 그쪽에서 인원을 준비해 주신다면 이쪽 담당자와 계획을 세워 보죠."

"괜찮겠습니까?"

"네. 물론이죠."

두 사람은 그렇게 말하고는 악수하고 헤어졌다.

결국 크라운 상인 부문에서 잡은 점포 하나를 써서 점술업을 시작하게 되었다. 상업구 한 곳에서 시작된 점술업은 용하다는 평판을 받았고, 탑 안에서만이 아니라 이 점을 치기 위해 전이문을 통과할 정도로 많은 손님이 모이게 되지만, 그건 더 나중 이야기이다.

◆

크라운에서 노예로 일하는 세실은 조금 긴장된 표정으로 어느 방 문을 노크했다.

조금 전까지는 여느 때처럼 사무 처리 작업을 하고 있었다. 그러나 갑자기 릴라 아마미야의 수장인 와히드가 호출한 것이다. 크라운이 막 설립되었을 때라면 몰라도, 현재 와히드가 일반 종업원에게 관여하는 일은 드물다.

세실 자신도 와히드와 직접 만난 건 케네르센 노예상관에서였고, 그 이후 처음 보는 거다. 세실이 긴장하는 건 갑자기 해고(노예상관으로 돌아간다)당하는 게 아닐까 걱정하고 있기 때문이다.

노예인 세실에게 크라운에서의 노동은 매우 좋은 환경이었다. 다른 곳으로 이적하더라도 이곳보다 더 좋은 환경은 없다고 생각한다. 그렇기에 다시 노예상관으로 돌아가는 건 사양하고 싶었다.

"들어오세요."

방 안에서 남성 목소리가 들렸다. 아마 와히드이리라. 세실은 와히드의 목소리를 손꼽을 정도밖에 듣지 못했기에 바로 판단할 수 없었다.

실례가 되지 않는 속도로 문을 열고 바로 고개를 숙였다.

"실례합니다. 세실입니다. 어……?!"

인사한 세실은, 저도 모르게 놀라서 목소리를 높이고 말았다.

생각지도 못한 공격(?)이 옆에서 왔기 때문이다. 열 살 정도의 소녀가 끌어안은 거다. 아무리 갑자기 끌어안았더라도 쓰러지지는 않았지만, 설마 와히드의 방에 아이가 있을 줄은 몰랐기에 굉장히 놀란 표정을 지었다.

"세실 언니……?"

"어! 어어?!"

세실에게는 동생이 없다. 그래서 이런 나이대의 소녀가 언니라 부르는 건 이상하다.

당혹스러워하는 그녀를 끌어안은 소녀를 향해 여성의 웃음소리가 들렸다.

"원리. 놀란 것 같으니까 이리로 돌아오세요."

"네~에."

여성이 말하자, 원리라고 불린 소녀는 순순히 그녀 쪽으로 돌아갔다.

그곳에는, 무녀복을 입은 여성과 와히드가 서 있었다.

"놀라게 해서 미안합니다. 저는 실비아. 당신을 끌어안은 건 원리에요. 일단은 앉으세요."

"처음 뵙겠습니다. 세실이라고 합니다. 실례합니다."

일단 와히드를 보고, 그가 고개를 끄덕이는 걸 확인한 세실은 소파에 앉았다.

원래는 노예가 소파에 앉는 건 있을 수 없다고 말해야겠지만(노예상관에서도 그렇게 배웠다), 크라운에서는 노예든 아니든 동등하게 대우하기에, 그렇게 말하면 오히려 그런 비굴한 태도는 상대를 거들먹거리게 할 뿐이라고 주의를 받는다.

지시대로 세실은 소파 중앙에 앉았는데, 몇 명이 앉을 수 있는 소파였기에 좌우가 비었다. 그 오른편에 어째서인지 원리가 폴짝 앉았다.

"문제없는 모양이군요."

"그러게요."

그 모습을 본 와히드와 실비아가 서로 고개를 끄덕였다.

"저기……?"

원리에게 오른손을 잡힌 세실이 의문의 표정을 보이자, 와히드가 세실을 이 방에 부른 이유를 설명하기 시작했다.

"아아, 미안하군. 자네는 지금부터 새로운 일을 할 건데, 그곳에서는 교류할 필요가 있어서 말이지. 그 상성을 조사한 것이다."

"새로운 일, 말인가요?"

"그래."

"구체적으로는, 신사의 유지 관리에요."

실비아가 보충했다.

"신사, 말인가요? 저는 무녀 수행 같은 건 하지 않았는데요?"

점점 영문을 모르게 된 세실에게 와히드가 구체적인 설명을 시작했다.

"아니, 그게 아니야. 어느 신사에서 무녀로 일하는 게 아니라, 단순히 건물이 상하지 않게 청소 같은 걸 하는 것이다."

탑의 어느 층에 원리가 사는 신사가 있다. 그 신사는 상당히 커서, 원리 혼자서는 청소 등의 관리를 하는 게 힘들기에 그 도움을 주라는 것이었다. 이야기를 들어보니 딱히 거절할 이유도 없었기에, 세실은 순순히 그 이야기를 받아들였다.

참고로 방에 들어오기 전에 생각했던 게 완전히 괜한 걱정임을 알게 된 세실은 내심 안도했다.

이야기를 들은 세실은 한동안 다른 방에서 대기했다. 알리사라는 다른 노예도 면접을 보기 때문이다. 알리사도 같은 이야기를 들었는지, 세실이 대기하던 방에서 합류하고 나서 호출될 때까지 방 안에서 잡담을 나눴다.

"준비 다 됐대~."

갑자기 원리가 방으로 들어와서 두 사람의 손을 잡더니, 그대로 당겨서 와히드와 실비아가 있는 곳으로 데리고 왔다.

애초에 두 사람이 있던 곳은 크라운 본부 안에서도 한정된 사람밖에 드나들 수 없는 곳이다. 거기서 더욱 안쪽 방으로 들어가자, 그곳에는 와히드와 실비아가 기다리고 있었다.

방 중앙에는 익숙한 전이문이 있다. 이곳을 지나는 것이리라.

"앞으로는 이곳을 통해 일용품 등을 들이게 될 테니 기억해 두도록."

"이 문은 허가받은 사람밖에 통과할 수 없어요. 지인을 부르고 싶어도 불가능하니까 조심하세요."

만약 무단으로 통과하려 한다면, 탑의 관리자에게 연락이 간다고 한다. 그 이야기를 들은 세실과 알리사는 진지한 표정으로 끄덕였다. 노예의 대우가 좋은 크라운이라도 고용주의 의향에 어긋나는 행동을 하면 어떻게 될지는 상상하기 어렵지 않다.

게다가 두 사람의 전이문 사용에 제한은 없고, 자유로이 드나들 수 있다고 한다.

와히드가 오는 건 이 방까지였던 모양이라, 여기서부터는 네 명이서 이동했다. 전이한 곳은 조금 전까지와는 다른 분위기가 있는 방이었다. 그 방에서 밖으로 나와 신사의 외견을 본 두 사람은, 센트럴 대륙의 마을에 있는 일반적인 신사와는 다른 구조와 크기에 놀랐다.

크기는, 애초에 원리 혼자서 관리할 수 없는 수준이었다. 그보다 두 사람이 추가되었는데도 도저히 하루로는 방 청소를 끝낼 수 없을 만큼 넓었다.

세실이 그렇게 말하자, 실비아에게서 돌아온 대답은…….

"괜찮아요. 애초에 손님을 맞이하기 위한 게 아니니까, 건물이 상하지 않도록 주의해 주세요."

이렇다고 한다.

그렇지만 힘을 빼면 바로 부적합 판정을 받아 노예상관으로 돌아가리라 여긴 두 사람은 힘을 뺄 생각이 없었다.

결국 둘이서 상의해서 닷새 정도면 모든 방을 청소할 수 있게 근무표를 짜기로 했다. 게다가 이 신사는 결계를 치고 있어서 결계 안에 마물이 침입하지 못하는 모양이었다. 모험가 같은 전투 능력이 없는 두 사람이 그 이야기를 듣고 안도한 건 말할 것도 없다.

그리고 바깥 순회에서 돌아온 두 사람을 더욱 놀라게 한 것이 원리였다. 갑자기 옷을 벗어 던지는 원리에게 고개를 갸웃했는데, 다음 순간 한 마리 여우가 된 것이다.

그 순간 몸을 움츠린 두 사람에게 실비아가 조언했다.

"놀라는 것도 무리는 아니지만, 그 여우는 틀림없이 조금 전의 원리에요. 습격하지는 않으니 안심하세요."

실비아가 그렇게 말하며 여우 모습이 된 원리를 쓰다듬었다.

실비아가 쓰다듬어 보라고 말하자, 두 사람은 조심조심 원리에게 다가가 목덜미 주변을 살며시 만졌다.

"꺄악……?!"

세실이 목덜미를 쓰다듬자, 원리가 뺨을 할짝 핥았다. 그것만으로도 조금 전까지 세실이 느꼈던 경계심이 사라졌다.

원리는 다음에는 똑같이 알리사의 뺨을 핥았다. 세실의 모습을 지켜보던 알리사는 소리를 지르지 않았지만, 간지러운 듯 웃음소리를 냈다.

"아, 원리. 잠깐만. 간지러우니까……!"

순식간에 원리에게 익숙해진 기색을 본 실비아가 안도한 표정을 보였다. 상대가 마물이라는 걸 알면 아무래도 경계하는 사람이 많은데, 이 두 사람은 그렇지 않은 것 같아서 안심한 것이다.

"이제 괜찮아 보이네요. 일단 생활에 필요한 건 갖춰놨지만, 부족한 게 있으면 자유롭게 구입해 주세요."

실비아가 그렇게 말하자, 두 사람은 황급히 자세를 고쳐서 대답했다.

이후, 몇몇 주의점을 전달한 실비아는 그 자리를 떠났다.

참고로 세실와 알리사는 이후 신사에 모이는 다종다양한 정령들과 접하며 정령사로서 힘을 발현하게 되지만, 그건 조금 더 나중 이야기다.

(9) 정령의 집합소와 선물

세계수처럼 정령들의 집합소(?)가 되는 걸 기대하며 8층에 신사를 설치했는데, 좀처럼 생각대로 되지 않았다. 코스케는 지금까지 몇 번 확인하려고 신사로 갔었는데, 주변에 정령이 모이는 기색이 없었다.

그래서 한번 제대로 정리하며 생각해 보기로 했다.

세계수와 신사의 차이를 비교해 본다.

우선 생물과 건물이라는 차이는 있지만, 이건 딱히 문제없다. 코스케는 본 적이 없지만, 정령들이 모이는 신전을 중심으로 성지로 불리는 곳이 실제로 존재하고 있기 때문이다.

다음으로 생각할 것은 들어선 장소지만, 이것도 딱히 문제없다. 지맥의 교차점 위에 있다는 조건은 만족했으니까.

그 밖에 고려할 차이점은, 성립 과정이다. 신사는 탑의 기능을 써서 느닷없이 지맥의 교차점 위에 세워졌다. 세계수 때를 떠올리면 처음에 묘목을 설치할 때 설치할 수 있는 곳과 할 수 없는 곳이 있었다. 생각해 보면 그건 지맥의 교차점이 어딘지 알려주고 있었던 걸지도 모른다.

그리고 세계수가 묘목이었을 때는 정령들의 빛을 거의 본 적이 없다. 세계수가 성장하면서 정령들이 모였다고 생각해 볼 수 있다. 그러나 신사가 성장하는 건 불가능하다.

그렇다면, 어떻게 된 것인가?

코스케는 거기까지 생각하다 고개를 갸웃했다.

"어라……? 애초에 이쪽에는 물건에 의지가 깃든다는 발상이 있나?"

"있어."

코스케의 중얼거림에 대답한 건 콜레트였다.

"우왓. 깜짝 놀랐네."

혼자라고 생각했던 코스케는 갑자기 끼어든 목소리에 깜짝 놀라고 말았다. 지금은 주변에 아무도 없었기에 기쁜 듯이 코스케와 팔짱을 낀 콜레트가 키득키득 웃으며 말을 이었다.

"어머, 미안해."

"아니, 그건 상관없는데. 역시 있구나."

"뭐, 그다지 일반적인 생각은 아닐지도 모르겠지만. 그래도 정령 신앙은 애초에 자연 그 자체에 의지가 깃든다는 생각이기도 하고, 엘프는 특히 그런 식으로 사물을 보는 경향이 있어."

듣고 보니 그럴지도 모른다. 만물에 정령이 깃든다고 생각하는 것이 이 세계의 정령 신앙이니까.

"그렇다면, 건물에도 정령이 깃드는구나?"

"엘프는 기본적으로 정령은 자연 그 자체에 깃든다고 생각하지만, 그렇게 말하는 사람도 있는 것 같아."

그 말을 들은 코스케는 문득 생각했다.

세계수 때는 정령이 모이고 코스케가 세계수를 만지자 에세나가 태어났다고 생각했는데, 사실 그건 반대가 아닐까? 원래 세계수에는 요정이 깃들어 있었고, 코스케의 무언가 (아마도 신력)에 접촉하여 요정(에세나)으로 탄생한 게 아닐까? 그렇다면 이미 8층 신사에 요정이 깃들어 있어도 이상하지는 않다. 그러나 실제로 신사에 모이는 정령은 확인되지 않았다. 잘 생각해 보면, 세계수처럼 신사 주변을 떠돌아다니는 건 아닐지도 모른다.

혹은, 어떤 요정이 깃들어 있다면 그 주변에 있을 수도 있다. 세계수 때의 일이 머릿속에 남아서 건물 주변에 모인다고만 생각했지만, 다른 곳에 정령이 모였을 가능성도 있다.

거기까지 생각한 코스케는 바로 신사를 확인해 보기로 했다.

코스케는 콜레트와 미츠키를 데리고 얼마 전 설치한 전이문을 써서 8층 신사로 찾아왔다.

이미 요정이 깃들어 있을 법한 장소를 확인하려 했던 코스케는 전이문이 있는 방을 나서자마자 멈췄다.

"누……누구신가요……?!"

그렇게 말한 건, 얼마 전 신사 관리를 맡은 세실이었다.

세실은 본 적도 없는 세 사람이 전이문이 있는 방에서 나오자 경계했다. 생각해 보면, 세실과 알리사를 신사에 부르고 나서 아직 코스케와는 한 번도 대면하지 않았다.

실비아에게 이름을 듣기는 했지만, 지금 만난 사람이 세실인지 알리사인지 알지는 못한 코스케는 일단 인사했다.

"처음 뵙겠습니다. 탑의 관리자인 코스케라고 합니다."

이름은 댔지만, 세실은 잠깐 놀랐을 뿐 경계를 풀지 않았다. 거짓말일 가능성도 있으니 당연했다.

그 모습을 본 코스케는 실비아를 데려왔어야 했다고 후회했지만, 이미 늦은 일이다. 실비아를 데리고 다시 올까 생각하던 그때, 이 상황을 타개해 줄 천사가 나타났다.

타타타탁, 하는 빠른 소리가 계단에서 들려오더니, 그 소리의 발신원이 똑바로 코스케에게 몸통박치기를 날렸다.

"코스케 오빠~."

원리(소녀)가 그렇게 말하며 코스케를 끌어안았다.

"아아, 원리. 변함없이 기운차네."

코스케는 그렇게 말하며 며칠 만에 만난 원리의 머리를 쓰다듬었다. 원리는 기쁜 듯이 눈을 가늘게 뜨며 그 손을 받아들였다.

"응! 오늘은 어쩐 일이야~?"

"아. 잠깐 신사의 상태를 보러 왔어."

"와~아."

한동안 함께 있을 수 있다는 걸 알자, 원리는 순진하게 기뻐했다.

이미 원리는 오려고만 하면 언제든 관리층에 올 수 있지만, 스스로 관리층에 오는 일은 거의 없다. 언제든 와도 된다고 말했지만, 어쩌면 자기가 가면 방해된다고 생각하는 걸지도 모른다.

그 소란을 듣고 알리사도 여기에 찾아왔다.

"세실? 무슨 일이야……?!"

코스케 일행을 본 알리사는 한순간 경직하고 말았다.

그러나 원리가 코스케를 당기고 있기에 세실처럼 의심하는 시선으로 보지는 않고 있다.

"저기……?"

고개를 갸웃한 알리사에게 코스케가 다시금 자기소개했다.

"처음 뵙겠습니다. 천궁탑 관리자인 코스케라고 합니다."

"처, 처……처음 뵙겠습니다!"

알리가가 고개를 숙이는 걸 보고 세실도 황급히 고개를 숙였다. 뒤늦게나마 코스케가 누구인지 알아챈 것이다.

"처음 뵙겠습니다! 아까는 죄송했습니다!"

"아아, 아냐. 괜찮아. 실비아를 데려오지 않은 내 잘못이니까. 원리가 와 줘서 다행이네."

세실이나 알리사가 코스케 일행(그보다는 미츠키)에게 뭔가 할 수 있는 건 아니지만, 원리가 와준 덕분에 괜한 소동이 일어나는 것보다는 훨씬 나은 상황으로 끝났다.

코스케는 이렇게나 사과할 일은 아니고, 오히려 사과해야 할 건 자신이라고 생각했다. 그런 코스케의 말을 듣자, 세실은 안도한 표정을 지었다.

한편, 이름을 불린 원리는 기쁜 듯이 코스케에게 달라붙었다.

"저, 저기……. 그런데, 오늘은 어쩐 일로 오셨나요?"

알리사는 세실과 코스케의 모습에 약간 의문을 느끼면서도 그에게 질문했다.

"아아, 잠깐 말이지. 이 신사의 상태를 보러 왔어. ……아니, 잠깐만. 딱히 너희가 일하는 모습을 보러 온 건 아니니까……!"

코스케의 처음 말을 듣자 두 사람은 몸을 살짝 굳혔지만, 이어지는 말을 듣고 안심한 듯 한숨을 쉬었다. 두 사람에게 처음 말은, 어떻게 들어도 불시 점검을 위해 온 것처럼 들렸기 때문이다. 탑의 최고 책임자인 코스케가 갑자기 나와서 상태를 보러 왔다고 하면 그렇게 생각하는 것도 당연했다.

참고로 두 사람은 신사에 올 때 실비아에게서 코스케에 관해 들었다.

"그러니까 잠시 이 신사를 어슬렁거리겠지만, 신경 쓰지는 마."

""네……!""

코스케는 두 사람의 대답을 딱딱하게 느꼈지만, 일부러 지적할 필요는 없다고 생각을 고쳤다.

세실과 알리사에게 인사를 마친 코스케는 목표로 둔 곳을 찾기 시작했지만, 유감스럽게도 찾을 수는 없었다. 일단 신사 주변과 모든 방을 확인해 봤지만, 그럴싸한 건 보이지 않았다.

"으~음……. 역시 그렇게 착착 맞아떨어지지는 않나……."

코스케는 물건에 의지가 깃든다는 건, 오랫동안 존재한 것에 깃드는 일이 많다고 생각하고 있다. 그렇다면 이제 막 지어진 이 신사에는 아직 의지가 깃들지 않아도 이상하지 않다. 그래도 이 생각은 코스케가 예전에 있던 세계에서 가져온 것이라 이 세계에도 그 법칙이 적용되는지는 잘 모르겠지만.

거기까지 생각하던 코스케는 생각을 바꾸기로 했다.

정령을 찾으면서 신사에 깃든 요정이 없나 찾아본 건데, 애초에 정령이 아직 모이지도 않았다면 그 방법은 쓸 수가 없다. 그럼 다른 방식으로, 신력을 써서 뭔가를 찾아보는 게 어떤가 하는 생각이 든 거다.

바로 신력의 흐름을 느끼면서, 덤으로 왼쪽 눈의 힘도 한껏 써봤다. 왼쪽 눈의 힘을 너무 많이 쓰면 들어오는 정보가 많아서 뇌가 지쳐버리지만, 지금은 그걸 무시하기로 했다.

신력을 써서 다시 한번 신사 안을 돌아보자, 어느 방에서 문득 낯익은 감각을 느꼈다. 그것은 신사에서 가장 넓은 방이었다. 신전으로 따지면 일반인들이 기도를 바치는 곳이다.

그곳까지 온 코스케는 예전 믹센 신전을 찾았을 때를 떠올렸다. 지금 받는 감각은 그때와 똑같다.

그때와 마찬가지로 방 중앙 바닥에 앉아서(신사는 신발 엄금), 기운을 따라갔다. 틀림없이 [상춘정]의 기운이라고 확신한 코스

케는 예전과 마찬가지로 접점을 찾아서 자신의 신력으로 [상춘
정]과의 접속을 시도했다.

잘 연결된 감촉을 느낀 코스케는 바로 말을 걸었다.

『아수라. 연결됐어?』

『응. 연결됐어.』

『이건 어떻게 된 거야?』

『응? 뭐가?』

『지맥의 교차점이라서 아수라와 연결할 수 있었던 건가? 평소
에는 그저 내 힘이 부족한 거야?』

코스케는 믹센 때 이후 아수라에게 접속을 시도해봤지만, 전혀
잘 이루어지지는 않았다. 에리스와는 실비아가 신구를 써서 빈번
하게 접속하고 있는데 의아했다.

『양쪽 모두 정답이라고 할 수 있고, 그렇지는 않다고 말할 수도
있겠네.』

『응? 무슨 소리야?』

『애초에 나와 직접 연결하려면 그만한 조건을 맞춰야 하거든.
코스케라서 여러 조건이 면제된 거고, 그럼에도 몇 가지는 필요
해.』

『그렇구나. 그나저나, 나라서라니?』

『음…… 그건 아직은 비밀로 해둘까.』

뭔가 수상한 아수라의 대답을 듣고, 코스케는 한순간 말문이 막
혔다.

『아직……?』

『응. 아직.』

『그런가. 뭐, 그건 됐어. 그래서, 여기에 오면 언제든 연결할 수 있는 건가?』

아수라를 추궁하는 걸 바로 그만둔 코스케는 묻고 싶었던 걸 물어보기로 했다.

『언제든 연결하는 건 어렵지 않을까? 알고 있겠지만, 나도 만능은 아니니까 손이 비지 않으면 나올 수 없거든.』

『아아, 그건 그런가.』

『그건 넘어가더라도, 나로서는 확실하게 연결되는 곳이 생겼다는 게 기쁘네.』

『응? 그런가?』

『그럼. 그래도 실비아가 가진 신구처럼 되지는 않겠지만.』

『그랬었나. 그거 다행이네. 즐거움이 늘었어.』

『나도 마찬가지야.』

서로 얼굴은 보이지 않지만, 기뻐하며 웃는 분위기가 전해졌다.

『맞아맞아. 모처럼 왔으니까 선물을 두고 갈게.』

『선물?』

『응. 선물. 그래도 미안해. 그것에 관해 설명할 시간은 없어.』

『그런가. 그건 유감이네.』

『사실은 좀 더 이야기하고 싶지만, 어쩔 수 없네. 그럼 또 봐.』

『그래. 나중에 보자.』

코스케가 그렇게 대답한 순간, 접속이 끊긴 걸 알 수 있었다.

어째서 언제나 갑자기 끊기는 건가 하는 의문이 코스케의 머릿속을 스쳤지만, 에리스와 신구로 연결되는 실비아도 똑같은 말을 했기에, 저쪽에도 사정이 있다고 생각하기로 했다.

생각지도 못하게 아수라와 대화를 나누게 된 코스케가 [상춘정]과의 접속을 끝낸 직후, 그의 눈앞에 무녀복을 입은 여성 한 명이 있었다. 정좌하고 고개를 숙이고 있기에 어떻게 보느냐에 따라서는 머리를 조아린 것처럼 보이기도 하지만, 굳이 따지자면 공손히 고개를 숙여 인사하는 느낌이었다.

"미츠키……?"

"내가 아니야. 코스케 님이 뭔가를 시작하니까 갑자기 눈앞에 나타났어."

미츠키가 뭔가 한 줄 알았지만, 아닌 모양이다.

그렇다면, 짐작 가는 건 하나밖에 없다.

"아~ 으음. 혹시, 네가 선물?"

코스케가 그렇게 묻자, 여성은 고개를 들며 수긍했다.

"네. 그렇습니다."

코스케를 똑바로 응시하는 그 여성은, 역시나 근사한 미인이었다. 일어서도 바닥에 닿을 것 같은 긴 흑발에, 약간 가느다란 검은 눈을 가져서 코스케에게 뭔가 향수를 느끼게 했다. 나이는 20대 중반 같은 느낌이고, 부드러운 누님 같은 인상을 받는다. 만약 입은 옷이 무녀복이 아니라 귀족 스타일의 일본 전통복이었다면 교과서에서 본 중세 귀족 여성을 떠올렸을 거다.

그 여성을 앞에 둔 코스케는 의문으로 여긴 걸 입에 담았다.

"코우히나 미츠키 같은 셈인가?"

"아니요. 그건 아닙니다. 저는 원래 자아도 없이 여기를 떠돌아 다닐 뿐인 존재였습니다. 그러다가 그분 덕분에 자아를 가지게 된 거죠."

코우히나 미츠키는 아수라가 처음부터 준비한 존재지만, 이 여성은 원래 이 주변을 떠돌 뿐인 존재였다. 그래서 코우히나 미츠키와는 성립 과정이 다르다.

그 설명을 들은 코스케는 감탄한 듯 고개를 끄덕였다.

"흐응~."

"그래도, 이대로는 오래 버티지 못하지만요……."

"어?! 무슨 소리야?!"

여성이 느닷없이 중요한 말을 중얼거리자, 코스케는 놀란 표정을 지었다.

"지금은 그분의 힘이 채우고 있지만, 언젠가는 그 힘도 없어지니까요."

"그러면 존재를 유지하지 못하게 되나?"

"네. 그렇습니다."

자신의 존재가 사라진다는데도 여성은 담담하게 말했다.

그렇지만 코스케도 그렇게 조바심을 내지는 않았다. 아수라가 이런 어중간한 상태로 남겨둔 것에는 뭔가 의미가 있으리라 생각했으니까.

"네가 계속 존재하려면 어떻게 해야 하지?"

"당신의 힘을 빌리고 싶어요. 그러니 손을 내주실 수 있을까요?"

그 말을 듣자 코스케는 바로 손을 내밀었다.

처음에 오른손을 내밀자, 양손을 내밀어달라고 부탁했다. 여성은 정좌한 상태였기에 코스케도 쪼그려 앉았다. 그걸 본 미츠키는 저도 모르게 말리려다가 멈췄다. 아수라와의 대화를 듣지 못한 미츠키에게는 갑자기 나타난 여성이다. 당연히 나타났을 때부터 경계하고 있었지만, 코스케와 여성의 대화를 듣고 위험하지는 않으리라 판단한 것이다.

미츠키가 그런 생각을 하고 있는데, 갑자기 코스케와 여성 사이에서 힘의 흐름이 생겨나는 게 느껴졌다. 정확하게는, 코스케에게서 여성으로 힘이 흐르고 있다.

미츠키는 엉겁결에 여성을 베어버리려 했다. 힘이 너무 커서 코스케가 견디지 못하리라 생각했으니까. 실제로 코스케는 현기증이 일어났는지 순간 휘청거렸다.

"기다려 주세요. 괜찮으니까요."

여성이 당장 움직이려 하던 미츠키를 향해 말했다.

"아, 걱정하게 해서 미안해. 조금, 갑작스러워서 놀란 거니까."

코스케는 그렇게 말하고는 커다란 한숨을 쉬었다. 눈앞의 여성과 손을 잡은 순간, 코스케의 안에 커다란 힘이 흘러갔기에 이후의 탈력감이 굉장했기 때문이다.

"이제 괜찮아?"

"네. 감사합니다. 덕분에 안정되었습니다."

그렇게 말한 여성은 싱긋 웃으면서 다시 고개를 숙였다.

"그래. 다행이네. 그럼 이것저것 묻고 싶지만…… 우선은 이름을 물어봐도 될까?"

"이름은 아직 없으니, 지어 주실 수 있을까요?"

애초에 이 주변을 떠돌던 존재에게 아수라가 몸을 부여했을 뿐이니 이름은 없었다. 이름을 붙여주게 된 코스케는 한동안 고민에 잠겼다.

(10) 요정 유리와 백합 신사

코스케는 여성에게 유리라는 이름을 붙였다. 그러자 그 이름을 들은 유리는 기쁜 듯 미소 지었다.

코스케는 다시금 유리에 대해 자세하게 물었다.

"유리는 아까 이 주변을 떠돌던 존재라고 했는데, 그건 무슨 뜻이야?"

"네. 정확히 말하면, 떠돌고 있었다기보다는 그저 있기만 하는 존재였습니다."

정령은 아무리 힘이 약하더라도 어느 정도 의지(비스무리?)가 깃들어 있다. 그렇기에 빛이라는 형태로 모습을 드러낼 수도 있지만, 유리는 정령조차 아니었다. 그저 그곳에 있기만 하는 존재였던 것이다.

원래 그런 존재는 바로 흩어져버리지만, 이곳은 지맥의 교차점이라 그 힘을 의지하여 계속 존재할 수 있었다. 지맥의 교차점에는 크든 작든 그런 존재가 있다. 그것들은 보통 지맥의 교차점 주변을 떠돌 뿐이고 딱히 뭔가를 하지는 않는다. 단, 지맥에 교차점에 무슨 일이 생기면 영향을 미칠 수는 있다. 예를 들어 세계수라면 그 성장을 돕기도 한다.

유리의 경우, 지맥의 교차점 위에 신사가 생겼기에 그 신사에 깃드는 존재가 되어야 했다. 원래라면 오랜 시간을 들여 신사에 깃들고, 그리고 지맥에서도 힘을 얻어 성장해나간다. 그러나 아수라가 몸을 부여하고, 코스케가 이 세계에 존재할 힘을 주게 되자 그 의미가 약간 변하고 말았다.

거기까지 설명을 들은 코스케는 고개를 갸웃하며 유리에게 물었다.

"변했다니, 어떤 식으로?"

"네. 원래 저는 이 건물에만 존재하고, 지맥에서 힘을 얻을 뿐인 존재였습니다. 하지만, 당신의 힘을 얻은 덕분에, 그것뿐인 존재가 되지는 않게 되었습니다."

"응?? 무슨 소리야?"

코스케가 머리 위에 물음표를 띄우자, 유리는 설명을 이어갔다.

"오랜 시간에 걸쳐 이 건물에 깃들게 되면, 이 건물만을 위한 존재가 됩니다."

그런 경우에는 이 건물만을 위해 존재하게 되는데, 어디까지나 신사가 중심이 된다.

"하지만 당신의 힘을 얻은 덕분에 저는 당신을 위한 존재가 되었습니다."

현재 유리는 신사라는 건물을 위해서가 아니라 코스케를 위해 존재하고 있기에, 건물은 이 자리에 존재하기 위한 임시 그릇에 불과하다. 지금 위치에 다른 건물을 세운다면 그 건물로 바꾸는 것도 가능하다. 하지만 이제 막 태어난 유리는 존재가 안정되어 있다고 하기 힘들기에, 가능하면 지금 건물을 유지하는 게 낫다고 한다.

"예를 들어서, 원래는 이 건물 한정으로만 모습을 드러낼 수 있지만, 지금의 저는 당신 곁이라면 어디에서도 모습을 드러낼 수 있습니다."

그건, 존재의 버팀목이 건물 주체가 아니라 코스케 주체가 되었기에 가능한 일이다.

그걸 들은 코스케는 똑같은 일을 하는 존재를 떠올렸다.

"에세나와 똑같은 느낌인가?"

그걸 들은 유리는 동의하듯 고개를 끄덕였다.

"그렇지요. 엄밀하게는 다르지만, 그런 식이라고 생각해 주셔도 될 겁니다."

"어라? 에세나를 알아?"

"네. 그분에게서 모습을 받을 때, 당신에 관한 어느 정도의 지식을 받았습니다."

유리는 그렇게 말하며 어째서인지 뺨을 붉혔다.

그걸 본 코스케는 아수라에게 어떤 지식을 받았는지 약간 불안해졌지만, 긁어 부스럼이 될 것 같았기에 무시하기로 했다.

"아, 그렇구나. 그 밖에는?"

"글쎄요……. 그 밖에는……. 이 건물을 안전 구역으로 만들 수 있지요."

"응? 그게 무슨 뜻이야?"

"이 건물에는 다른 곳으로 가는 길이 존재하는데, 당신이라면 그런 걸 쓰지 않아도 자유롭게 이곳으로 오실 수 있습니다."

어째서인지 미츠키가 그 이야기에 끼어들었다.

"그건, 자유롭게 전이할 수 있다는 거야?"

"네. 그렇습니다. 이 건물에 오는 것 한정이지만요……."

"네 의지로?"

"아니요. 저의 경우는 코스케 님의 동의가 필요합니다. 코스케 님 쪽에서 자유롭게 오실 수 있다는 거죠."

"설령 탑 바깥이라도?"

"문제없습니다."

"그렇구나. 그건 편리하네. 이것저것 쓸 수 있을 것 같아."

지금 이야기라면, 코스케의 신변에 무슨 일이 생겼을 때 바로 이 신사로 전이할 수 있다는 것이다. 자신이나 코우히가 있는 한 큰 일이 벌어질 일은 없지만, 그래도 언제든 안전권으로 피난할 수 있다는 건 커다란 메리트가 있다. 뭐니 뭐니 해도 코스케에 대해 신경 쓰지 않고 날뛸 수 있다는 뜻이니까.

"그 밖에는, 뭔가 있어?"

유리가 코스케에게 편리한 존재라는 걸 알게 된 미츠키는 이것 저것 물어보기로 했다.

그러나 유리는 미안한 듯 고개를 수그렸다.

"죄송합니다. 지금의 저는 그것 말고는 대단한 힘을 쓸 수 없습니다. 지금은 지맥의 힘을 얻기 위해 지맥을 제어하는 쪽에 힘을 들이고 싶네요."

"그래. 뭐, 그건 어쩔 수 없지. 안전 구역을 만드는 힘만으로도 충분하니까. 그리고, 제어가 능숙해지면 쓸 수 있는 힘도 늘어나겠지?"

미츠키가 묻자, 유리는 살짝 끄덕였다.

"네."

"그러면 그쪽을 우선하는 게 타당하겠네. 일단은 그거면 됐어."

"감사합니다."

유리가 그렇게 말하며 고개를 숙이자, 미츠키는 괜찮다면서 손을 내저었다.

이야기가 유리에 대한 것이 되어버렸지만, 본래 목적을 떠올린 코스케는 정령에 관해 물어보기로 했다.

"지맥의 힘을 얻는다고 말했는데, 정령은 어떻게 되었어?"

"그거라면, 건물 밖에서 확인해 보시는 게 좋겠네요."

"밖?"

"네. 건물 안에도 부를 수 있지만, 지금은 바깥이 더 좋아서요."

유리의 이야기를 듣고 코스케 일행이 신사 밖으로 나가자, 기뻐하면서 신을 내는 원리를 보게 되었다.

"오빠~. 정령 씨, 잔~뜩."

원리는 그렇게 말하며 코스케에게 달려왔다.

원리를 끌어안은 코스케는 주변을 확인했다. 아무래도 73층 세계수 주변만큼 정령이 많은 건 아니지만, 그래도 상당한 숫자의 정령들이 신사 주변을 떠다녔다.

"지금은 아직 저 자신의 힘이 안정되지 않아서 이 정도지만, 지맥의 제어에 능숙해지면 더 모일 겁니다."

주변을 돌아보는 코스케에게 유리가 설명했다.

"그렇구나. 뭔가 준비해 줬으면 하는 건 있어?"

세계수의 환경을 정비하는 건 엘프들의 힘을 빌렸지만, 신사에는 뭘 준비해야 좋을지 모른다. 에세나와 달리 아수라에게 몸을 받은 유리에게는 어느 정도 지식이 있다는 모양이다. 필요한 게 있다면 직접 물어보는 게 빠르다고 생각한 것이다.

"아뇨. 한동안은 자신의 힘을 안정시켜야만 하니, 괜찮습니다."

"그렇구나. 만약 필요한 게 있다면 알려줘."

"알겠습니다."

세실과 알리사에게도 유리를 소개했다.

평소에는 딱히 모습을 드러내지 않고 존재할 수 있다고 하지만, 지금 이럴 때 두 사람에게도 소개해두는 게 좋다고 판단했기 때문이다.

두 사람도 처음에는 놀랐지만, 그 이후에는 바로 유리를 받아들였기에 앞으로 이 신사는 유리를 중심으로 해서 맡기기로 했다.

유리가 신사의 요정으로 깃들게 되자, 당초 목적대로 신사 주변에 정령들이 모였다. 이번에는 아수라라는 예상 밖의 도움이 있었던 덕분에 목적을 달성했지만, 코스케는 결과가 좋으니 다 좋다고 생각하기로 했다.

또한, 유리라는 요정을 얻게 된 건 예상 밖의 좋은 결과로 이어졌다. 게다가 생각지도 못한 변화가 일어났다. 그건 관리층으로 돌아와 8층을 체크했을 때 눈치챘다. 설치했던 건 그냥 [신사(대)]였는데, 다른 명칭으로 변한 것이다.

명칭 : 백합 신사(대)

설치 코스트 : 없음([신사(대)]에서 변화)

설명 : [신사(대)]에 '유리'라는 이름의 요정이 깃든 신사. 지맥에서 힘을 얻을 수 있다. 또한, 그때 신력이 발생한다.

유리(백합이라는 뜻)라는 이름을 붙이자 요정이 깃든 신사에도 변화가 일어난 것이다. 마찬가지로 신사를 설치하고 요정이 깃들 때까지 기다렸다가 이름을 붙이면 똑같은 일이 일어나는지 시험해 보고 싶었지만, 코스케도 그렇게 잘 풀릴 리는 없다고 생각했다. 뭐니 뭐니 해도 이번에는 아수라의 도움(선물)을 받아 유리라는 존재가 태어난 거니까. 유리에게 이야기를 들어본 바로는, 애초에 건축물에 요정이 깃들려면 상당한 시간이 지나야 하니까 간단히 조사할 수는 없다.

그렇지만 이번 일로 해 보고 싶은 게 생겼다. 의지가 있는 존재가 깃들지 않은 물건이라도 시간이 걸리는지, 아니면 걸리지 않는지에 대한 것이다.

코스케는 [버밀리니아 보옥]이 그에 가까운 게 아닌가 생각하고 있었다. 그 보옥 자체는 딱히 지맥이 관계되어 있다고 들은 적이 없지만, 신력이 발생하는 건 확실하다. [버밀리니아 보옥] 자체를 만드는 건 지금의 코스케에게 도저히 불가능하지만, 지맥의 힘을 쓰면 그와 비슷한 것이 가능하지 않을까 생각해 본 것이다. 다행히 유리의 존재를 안정시킬 때 신력을 써서 지맥의 힘을 끌어내는 방법은 얼추 알았다. 그때는 유리가 강제로 코스케의 신력을 써서 지맥의 힘을 끌어낸 거지만, 그와 똑같은 걸 하면 된다. 그렇지만 코스케도 단번에 생각대로 되리라고 생각하지는 않는다.

몇 번이고 시험해 볼 생각이니, 우선은 환경을 정비하기로 했다.

우선 콜레트와 에세나를 데리고 47층으로 가서 지맥의 교차점을 특정하여 관리층으로 돌아와 [달의 보석]을 설치할 수 있는 시설을 지었다.

이번에는 실험이니 작은 건물로 했다. 작은 건물에 문 하나 지붕 하나라는 간단한 구조다. 방 중앙에는 [달의 보석]을 놓을 곳을 마련했다. 요컨대 [달의 보석]이 그냥 노출되어 있지만 않으면 된다.

그리고 다시 47층으로 돌아와 이번에는 조금 전 설치한 건물에 [달의 보석]을 가져갔다. [달의 보석]은 코스케가 직접 들었다. 코스케가 만지는 쪽이 작업하기 쉽기 때문이다.

건물 중앙에 앉아서 양손에 [달의 보석]을 안은 코스케는 작업을 시작했다. 유리 때의 감각을 떠올리면서 눈을 감았다. 그때는 코스케가 가진 신력을 유리가 한껏 흡수하는 느낌이었다. 그러나 잘 생각해 보면, 유리 자신은 지면(아마 지맥)에서도 힘을 얻고 있었다.

그보다는, 원래 유리는 지맥에서 힘을 얻고 있었지만 동시에 그 힘을 발산시키고 있었다. 코스케의 힘을 써서 발산하는 지맥의 힘을 자신의 몸에 담을 수 있게 조작한 것이다. 그 결과, 유리라는 존재가 이 세계에 고정되었다. 이번에 [달의 보석]은 이미 이 세상에 존재한다. 그렇기에 코스케가 실행하려는 것은 신력을 써서 지맥의 힘을 [달의 보석]에 연결하는 것이다.

코스케는 자신의 몸에 깃든 신력을 써서 지맥의 힘을 찾았다. 방식은 [상춘정]과 접속하는 방법과 비슷할지도 모른다. 한 번 유리를 통해 접촉해 본 덕분인지 바로 지맥의 힘을 찾을 수 있었다. 이후에는 자신의 몸을 통해 손바닥에서 [달의 보석]으로 힘을 주입하면 된다. 신력을 써서 신중하게 지맥의 힘을 끌어들였다. 그러나 이 단계에서 잘되지 않았다. 지맥의 힘을 쓰는 건 처음이니 당연했다.

결국 이날은 함께 따라온 코우히가 말릴 때까지 지맥의 힘 제어에 몰두했다.

코스케는 어떻게든 지맥의 힘 제어에 능숙해지고 싶었지만, 어째서인지 다음 날 바로 성공해버렸다. 어제의 고생은 대체 뭐였느냐며 침울해질 뻔했지만, 기왕 성공했으니까 바로 [달의 보석]에 힘을 주입해 봤다.

그러나 그게 잘 풀리지 않았다. 힘을 주입했는데도 [달의 보석]에 힘이 머무르지 않고 그대로 흩어지고 말았다. 어떻게 해야 힘을 잘 머무를지 시행착오를 반복하는 사이 지맥의 힘 제어에 실패하는 일은 없어졌다. 어느 의미로는 전화위복이라 해야 할지도 모른다.

그렇지만 실제 작업이 잘 풀리지 않아서 막혀버린 코스케는 건물 안에 누워버렸다. 그러자 계속 옆에서 작업을 지켜보던 나나가 다가와서 코스케의 뺨을 할짝할짝 핥기 시작했다. 곤두섰던 기분이 안정을 찾았다.

"이 녀석, 나나. 간지럽다니까."

역시 간지러워진 코스케가 웃으면서 그만두라고 말했다. 그러자 나나도 얌전히 핥는 걸 그만뒀다. 그때는 이미 곤두섰던 기분도 원래대로 돌아갔다.

그걸 보던 코우히가 코스케에게 말했다.

"슬슬 점심시간인데, 이대로 작업을 계속하실 겁니까?"

"아, 벌써 그런 시간인가. 아니, 일단 그만두고 먹으러 가야지."

그렇게 대답한 코스케는 그대로 점심을 먹으러 관리층으로 향했다. 지금 상태에서 계속해봤자 성공하지 못하리라는 건 안다. 기분 전환에도 딱 좋다고 생각한 것이다.

결국 목적을 달성한 것은 이날 저녁이 되어서였다. 그러나 이날 중에 만드는 건 이제 무리라고 생각했으니 좋은 결과였다.

코스케의 손에는 지맥의 힘이 통하는 [달의 보석]이 있었다. 이 것저것 시험해 보니, 이 건물 안에서는 어디로 이동해도 [달의 보석]을 기점으로 하여 지맥의 힘이 통하고 있다. 그러나 밖으로 가져가면 지맥의 힘이 사라진다.

유감이지만 지맥의 힘이 통하더라도 지금으로서는 정령들이 모이지는 않았다. 이것에 관해서는 나중에 확인하기로 하고, 이날 작업은 끝내기로 했다.

관리층으로 돌아가 47층을 조사해 보니, [달의 제단]이라는 명칭으로 변했다.

명칭 : 달의 제단

설치 코스트 : 없음(평범한 건물에서 변화)

설명 : 일반적인 건물(어느 것이라도 가능)에 지맥의 힘을 얻은 [달의 보석]을 설치했다. [달의 보석]은 밖으로 반출 가능. 단, 반출하면 일반적인 건물로 돌아간다.

지맥의 힘을 이용하는 실험을 했더니 [달의 제단]이 생겼다. 일단 [백합 신사(대)]라는 사례가 있었기에 어느 정도 성공했다고는 생각했지만, 그건 어디까지나 [달의 보석]에 지맥의 힘을 얹는 것이 가능하다고 생각하던 정도였다. 이 정도의 변화가 일어날 줄은 몰랐다.

[달의 제단]이라는 사례가 새로 생겼으니 다른 것도 시험해 보고 싶어졌다. 그러나 유감스럽게도 [달의 보석]처럼 잘되지는 않았다. 각 계층에 있는 [조각] 시리즈나 [신성한 바위]에도 시험해봤지만, 애초에 지맥의 힘을 통하게 하는 것 자체가 불가능했다. [지맥의 힘을 물건에 통하게 한다(혹은 깃들게 한다)]라는 건 어느 정도 조건이 있는 모양이다. 그 조건을 아수라나 에리스에게 물어보려고 했지만, 그만뒀다. 묻는다고 대답해 줄지 모른다는 것도 있지만, 처음부터 해답을 알고 있는 걸 만들어봤자 재미가 없다고 생각했으니까.

그래서 지맥의 힘에 관한 연구는 지금으로서는 완전히 막다른 길에 몰린 상태가 되었다. 그러나 딱히 조바심을 낼 필요도 없다. 코스케는 그보다도 [달의 제단]이 너무 완벽하게 성공했다고 생각하고 있었으니까.

(11) 여신 자미르와 신수?

[달의 제단]을 지은 지 며칠이 지난 어느 날의 일이다.

관리층에서 고민에 빠진 코스케에게 별난 방문자가 찾아왔다.

별나다고 한 건, 나나가 왔기 때문이었다. 나나에게는 전이문을 쓸 권한을 줬고, 쓰는 방법도 가르쳐 줬지만, 지금까지 직접 관리층에 온 적은 없었다.

처음에 나나를 봤을 때는 콜레트가 함께 있었기에 그녀가 데려온 줄 알았다.

"뭔데? 콜레트가 나나를 데려오다니 웬일이야?"

그러나 콜레트는 코스케의 의문에 고개를 내저으며 부정했다.

"아니. 나는 방금 여기서 나나에게 잡혔어."

거실에서 쉬던 와중에 나나가 와서, 같이 와달라는 부탁을 받았다고 한다.

"그래? 나나. 어쩐 일이야? 무슨 일 있었어?"

코스케는 그렇게 말하며 나나의 목덜미를 어루만졌다. 참고로 지금 나나는 소형 상태다.

나나는 기쁜 듯이 꼬리를 흔들면서 코스케의 손길을 받으며 콜레트를 봤다.

"으~음……. 달의 보석이 있는 곳으로 와달라는데?"

"응? 무슨 일 있었나?"

"글쎄? 나나도 잘 모르는 것 같은데?"

"그게 뭐야?"

콜레트와 코스케는 서로 얼굴을 마주 보며 고개를 갸웃했다.

"뭐, 됐어. 나나가 부르는 게 신기하니까 가 볼게. 같이 가자."

"어? 나도?"

"그럼 누가 통역하는데?"

"그건 그러네. 그나저나…… 왜 신력 같은 걸 쓸 수 있는데 정령과의 대화는 못 하는 거야?"

"몰라!"

"이런 일로 당당하게 굴지 마. 정말이지."

[달의 제단]을 만들 때는 지맥의 힘을 제어한 데다 정령을 볼 수도 있는 코스케가 어째서 정령과 대화는 못 하는 건지 콜레트는 의아했다.

콜레트와 미츠키를 데리고 [달의 제단]으로 온 코스케는 바로 나나가 여기로 부른 이유를 알아챘다.

"뭐야, 이게?"

"나한테 묻지 마."

"동감이야."

[달의 제단]의 외관이 크게 달라져 있었다.

지맥의 힘을 제어할 때는 지붕이 딸린 작은 건물이었다. 그런데 갑자기 장식이 들어간 작은 신전 같은 모습이 되었다. 게다가 [달의 보석]이 놓인 받침대도 그야말로 제단 같은 느낌의 장식이 들어갔다. 예전에는 그냥 작은 나무 받침대였는데, 대리석으로 만든 받침대가 되었다.

"어쩌다가 이렇게 됐지?"

코스케는 그렇게 말하며 주변을 돌아봤지만, 당연하게도 대답할 수 있는 사람은 없었다. 콜레트와 미츠키도 고개를 내저었다.

그렇게 당혹스러워하는 코스케의 등을 나나가 꾹꾹 밀었다.

"오? 나나, 왜 그래?"

"뭔가, 저 달의 보석을 만져보라는 것 같은데?"

"어? 이러면 돼?"

나나에게 재촉받은 코스케가 [달의 보석]을 손으로 만졌다. 그 순간, [달의 보석]에서 빛이 뿜어져 나오며 코스케를 감쌌다. 그리고 빛에 감싸인 코스케의 눈앞에 한 명의 여성이 서 있었다.

"와~. 설마 이런 억지 방법으로 지맥과 연결할 줄은 몰랐어."

그 여성은 황당한 듯, 그러면서도 즐거운 표정을 짓고 있었다.

그리고, 그 여성을 본 코스케는 어땠느냐면…….

"에리스? ……는 아닌가. 그래도 닮았네."

분위기는 전혀 다르지만, 얼굴은 에리스와 아주 닮았다.

그걸 들은 여성은 순간 코스케를 빤히 보고는 키득키득 웃기 시작했다.

"과연. 이건 아수라 님도, 에리스 언니도 마음에 들 만하네."

"뭐……?"

"아아, 아니. 됐어. 이쪽 일이야."

"그런가요."

눈앞의 여성이 아수라나 에리스와 동류라는 걸 알아챈 코스케는 그 이상 묻는 걸 포기했다. 어차피 물어봤자 대답해 줄 수 있는 것밖에 대답해 주지 않을 테니까.

"맞아. 정답!"

"그러니까, 자연스럽게 표정을 읽지 말아 주세요."

"그치만 어쩔 수 없잖아. 우리는 그런 존재니까. 게다가 코스케도 신경 쓰지 않잖아?"

"그건…… 뭐어."

[상춘정]에서는 아수라도 실컷 표정을 읽고 있었다. 오히려 그게 당연하다는 감각으로 보냈다.

"그런데, 슬슬 성함을 여쭤도 될까요?"

"아아, 내 이름은 자미르야. 자르라고 불러줘."

아무리 그래도 지금의 코스케는 이 이름을 듣고도 누구인지 모를 만큼 지식이 부족하지 않다. 아스가르드에서 달의 여신으로 불리는 존재다. 에리스와 닮은 것도 당연하다고 납득했다. 에리사미르와 자미르는 자매신으로 유명하니까.

확실히 태양의 여신과 달의 여신, 별의 여신은 자매였을 거다.

"JAL?"

"아니, 그 소재는 이쪽 세계에서는 안 통하거든."

반대로 태클이 날아오자 코스케는 약간 놀랐다. 동시에 자르도 코스케를 알고 있다는 걸 이해했다.

"그것도 그러네요. 그보다 당신은 어떻게 아는 거죠?"

"어머. 당신에 대한 건 에리스 언니에게 이것저것 들었어. ……
그보다도……."

코스케는 이것저것이라는 게 신경 쓰였지만, 자르는 그걸 무시
하고 코스케를 응시했다.

"뭐, 뭐죠?"

"그거야. 그 말투. 개선을 요구하겠어."

"아뇨. 하지만 당신은 이 세계에서는 신이잖아요?"

"그런 건 당신에게는 새삼스러운 일 아니야?"

아수라에게도, 에리스에게도 본인들의 요망으로 편한 말투로
이야기하고 있다는 걸 아는 모양이다.

"그건 그렇…… 그런가."

코스케가 말투를 고치자, 자르는 즐거워하며 끄덕였다.

"그런 거야."

"그런데, 여기는 어디?"

주변을 둘러봐도 빛에 휩싸여 있었기에, 당연하게도 조금 전까
지 있던 제단으로 보이지는 않았다.

"어머. 지금까지 코스케가 있던 곳하고 똑같은 장소인데? 하지
만 빛에 휩싸여 있는 동안에만 시간이 가속하고 있을 뿐이야."

"그렇다면, 다른 사람들에게는 잠깐 빛난 걸로 보이는 건가?"

자르는 살짝 눈을 크게 뜨면서 놀란 표정을 지었다.

"이해력이 빨라서 좋네. 그건 저쪽 세계의 지식?"

"아니, 어떨까? 애초에 이런 게 가능한 존재는 일반적으로 없었으니까. 하지만, 이런 생각이 가능한 건 저쪽 세계의 혜택이려나?"

굳이 따지자면 코스케에게는 그렇다는 뜻이다. 모든 사람이 아는 일반적인 지식에서 나온 발상은 아니다.

"그렇구나."

흠흠 끄덕이던 자르는 어째서인지 코스케를 가만히 응시했다.

아무리 평소에 코우히나 미츠키를 봐와서 익숙해졌다고 해도, 처음 대면하는 여성이 이렇게 열렬하게 바라보면 두근대고 만다. 그래도 코스케를 보는 시선은 연애 쪽이라기보다는 장난감을 관찰하는 어린애 같았지만.

"뭐…… 뭔데?"

"그게~ 응. 새삼 납득했을 뿐이야."

"무슨 소리야?"

"아니아니, 아무것도 아니야. 이쪽 일이야, 이쪽 일."

자르는 당혹스러운 코스케를 향해 파닥파닥 손을 흔들었다.

"그래? 그렇다면 상관없지만……."

이럴 때 너무 추궁하면 변변찮은 일을 겪는다는 걸 [상춘정]에서 실컷 배웠다. 코스케는 깊이 추궁하지 않고 바로 화제를 전환했다.

"그나저나 일부러 이런 형태로 만나러 온 걸 보면, 뭔가 용건이라도 있어?"

"이크, 그랬지 그랬지. 제대로, 겸사겸사……가 아니라, 본론을 끝내야겠지."

코스케는 참 노골적으로 얼버무린 자르를 슥 흘겨봤다.

그러나 시선을 받은 자르는 나 몰라라 하고 말을 이었다.

"짜자~안. 축하합니다. 당신의 권속인 나나는 조건을 만족했으므로 내 힘의 일부를 내리겠습니다."

"으응……?"

"반응이 왜 그래?"

왜 그러냐고 물어도, 코스케는 당혹스러울 수밖에 없었다.

그런 코스케를 본 자르는 불만스레 입술을 삐죽였다.

"아니, 더 놀라거나 기뻐해야 하지 않아?"

"아니, 애초에 영문을 모르겠는데? 나나에게 힘을 내린다니, 무슨 소리야?"

"아니 그게, 이래 봬도 난 명색이 달의 여신으로 불리거든?"

본인이 명색이 어쩌고 하는 신이란 대체 뭐지? 코스케는 그런 생각이 들었지만, 생각만 하고 넘어갔다.

어차피 눈앞의 여신은 표정을 읽으니까.

"저기……? 그런가?"

"그렇거든. 그리고, 이번에 코스케가 만든 달의 제단은 나와 교신하기 위한 조건을 만족했어."

"그래서?"

"나나는 나의 힘을 내려받기에 충분한 조건을 이미 만족했으니까, 달의 제단을 통해 힘을 내려줄 수 있는 거야!"

코스케는 난데없이 그런 말을 해도 뭘 어쩌라는 느낌이었다.

"어머? 필요 없어?"

"아뇨. 건방진 생각을 해서 죄송합니다. 꼭 부탁드립니다."

"음. 좋아."

코스케가 저도 모르게 고개를 숙이자, 자르는 거만한 대사를 입에 올렸다.

하지만 말은 그래도 태도와 표정은 전혀 달랐다. 신의 위엄을 내세우는 게 아니라, 이웃집 누나 같은 느낌이다.

그런 자르가 오른쪽 손등을 위로 들자, 그곳에 빛의 구체가 나타났다.

"에잇⋯⋯!"

그런 구령과 함께 구체를 던지는 자세를 보이자, 구체는 방금 코스케 일행이 있던 빛의 공간에서 날아가서 사라졌다.

"자, 이걸로 끝."

자르는 그렇게 말하면서 방긋 웃었다.

"고마워."

코스케가 고개를 숙이자, 자르는 오른손을 좌우로 흔들었다.

"아아, 괜찮아 괜찮아. 원래부터 나나는 이럴 예정이었으니까. 코스케가 달의 제단 같은 걸 만들어서 예정이 빨라졌을 뿐이야."

"그랬나⋯⋯?"

"그럼. 원래는 좀 더 차분하게 시간을 들이려고 했는데⋯⋯. 예정이 완전 틀어졌어. 뭐, 나로서는 코스케를 직접 만날 기회가 빨라졌으니까 잘된 거지만."

"흐음. 그렇구나⋯⋯."

코스케는 어째서 이 여신이 자신을 만나고 싶었는지 잘 모른다. 기껏해야 아수라나 에리스와 직접 면식이 있어서 그렇다는 정도로밖에 생각하지 않았다.

"뭐, 지금은 그렇게 생각하는 게 좋아."

"알았어……."

굳이 신을 자극해서 알고 싶지는 않았다. 그보다도 반복하지만, 섣불리 자극했다가는 끔찍한 결과가 기다린다는 건 [상춘정]에서도 몇 번 맛봐서 질려버렸다.

"그럼 슬슬 시간이 됐으니까 헤어져야겠어."

"아, 그렇구나."

"그렇거든. 나도 용건이 끝났는데 오래 있을 수는 없으니까. 여기서 섣불리 오래 끌었다가는 아수라 님과 에리스 언니한테 야단맞을 거고."

"야단을 맞다니……."

"아아, 이쪽 일이니까 코스케는 신경 쓰지 마. 아, 맞다맞다. 나와 제대로 교신하는 걸 잊지 마."

자르가 그렇게 말하며 코스케를 향해 손을 흔들자, 지금까지 코스케 주변을 덮고 있던 빛이 흐려지는 걸 알 수 있었다.

빛이 사라진 뒤, 콜레트와 미츠키에게 상황을 물어보자 자르의 설명대로 두 사람은 아주 잠깐 [달의 보석]이 빛났을 뿐이라고 인식하고 있었다. 당연하지만 코스케가 여신 한 명과 이야기했다는 건 생각하지도 못하고 있다.

그렇다고 해서 코스케도 지금 이게 꿈이라고 생각하지는 않았다. 아수라나 에리스를 알고 있는 데다, 조금 전의 일을 뒷받침하는 증거가 있었다. 그 증거란, 나나의 스테이터스를 확인하고 깨달았다.

우선 종족이 【흰 늑대】에서 【흰 늑대신】으로 변했다. 칭호가 【대신의 사자】에서 【대신의 일족】으로 변했기 때문이라고 예상된다. 여기서 말하는 【신】이 그저 힘을 가진 걸 가리키는지, 진짜 의미로 【신】이 되었는지는 모른다. 자르의 이야기를 돌이켜보면 그저 힘을 받았을 뿐이지 【신】 그 자체가 된 건 아니라고 생각하지만, 자세한 사항은 불명이다.

이쪽은 나중에 아수라나 에리스나 자르에게 물어보면 되리라. 이들은 대답할 수 있는 것이라면 대답해 준다. 대답해 주지 않을 때는, 적어도 그 시점에서는 코스케가 모르는 게 낫다고 생각한다는 거다.

그리고 나나의 칭호에 【월신의 가호】가 늘었다. 코스케는 어쩌면 이게 아까 자르가 말했던 힘일지도 모른다고 생각했다. 이 칭호가 어떤 효과를 가졌는지는 잘 모른다. 설령 나나 본인에게 검증을 부탁해도 그게 스킬인지 칭호 덕분인지 모르니까.

이번에는 천혜 스킬인 《대신의 조각(보름달)》, 칭호인 【대신의 일족】, 【월신의 가호】까지 세 개가 동시에 변하거나 추가되었기에, 무엇이 원인인지 특정하기 힘들다. 게다가 검증해 보려고 해도, 코스케는 다른 늑대들에게 같은 스킬이나 칭호를 주는 건 거의 불가능하다고 생각하고 있다. 지금도 나나와 똑같은 진화를 따라가는 늑대가 없기 때문이다. 우선 이 출발선에 서지 못하면 아무엇도 할 수 없다.

단지, 딱히 무리해서 나나를 진화시킬 생각은 없기에 지금은 나나의 변화를 지켜보면 된다고 생각하고 있다. 나나에게는 뭔가 달라진 점이 있으면 가르쳐 달라고 전한 뒤, 일단 코스케 일행은 이자리를 떠나기로 했다.

참고로, 이후에 코스케가 [달의 제단]을 찾았을 때, [달의 보석]을 통해 자르과 교신할 수 있다는 걸 알게 되었다. [달의 제단]에 교신하기 위한 조건이 갖춰졌다는 건 본인(신?)에게 들었지만, 실행할 방법을 몰랐기에 어느 정도 시간이 걸렸다.

그러나 그때까지 [달의 제단]을 관리(청소 포함)할 사람을 까먹은 바람에 자르가 토라졌고, 코스케는 다급하게 인원을 준비할 수밖에 없었다.

【막간】 신들의 영역에서

[백합 신사]에서 코스케와의 대화를 마친 아수라가 살며시 눈을 뜨자, 그 자리에는 에리스를 필두로 스피카와 자르가 그 모습을 엿보고 있었다.

눈을 뜬 아수라는 생각보다 가까이 있던 스피카와 자르에게 놀라 무심코 몸을 빼고 말았다.

"너, 너희는 또 어쩐 일이야?"

"치사해요."

자르가 딱 한마디로 다그치자 아수라는 다시 몸을 빼게 되었다. 뭐가 치사한지는 굳이 듣지 않아도 아니까 묻지 않았다. 오히려 쓸데없는 말을 하면 긁어 부스럼이 될 게 눈에 선했으니까.

"치, 치사하다고 해도, 이번에는 내가 나가는 게 타당했잖니?"

아수라는 변명임을 알면서 말했지만, 스피카가 퇴로를 끊었다.

"정령과 요정은 내 영역. 굳이 아수라 님이 나설 필요는 없어."

"맞아요! 아무리 세계에 영향을 미치지 않는 방법이라고 해도, 아수라 님이 직접 갈 필요는 없었다고 생각해요!"

스피카도 자르도 지당한 말을 하고 있지만, 결국 공통된 점은 자기가 교신에 나서고 싶었다는 거다.

궁지에 몰린 아수라는 에리스에게 도움을 요청하는 시선을 보냈다. 그 의미를 알아챈 에리스가 고개를 끄덕이면서 자르와 스피카를 바라봤다.

"스피카, 자르. 그만해요. 그래도 상대는 아수라 님이라고요?"

에리스는 그렇게 말하며 말리려고 했지만, 분노한 두 여신은 그것만으로는 멈추지 않았다. 웬일로 진지한 표정이 된 자르가 고개를 좌우로 흔들면서 이런 말을 꺼냈다.

"에리스 언니. 그리고 아수라 님도. 코스케에 관해서는 뭘 어떻게 해도 설득력이 부족하다는 걸 자각해 주세요."

"코스케에 붙은 칭호."

그리고 스피카다운 짧은 말이 나오자, 아수라도 에리스도 반론이 봉쇄됐다.

결국 아수라는 한동안 두 사람의 힐문을 듣게 되었고, 에리스도 그걸 말리지 못했다.

◆

코스케가 [백합 신사]에 이어 [달의 제단]을 만드는 것을 자신의 집무실에서 지켜보던 아수라는 입가에 손을 대고 키득키득 웃었다. 그 주변에는 삼여신이 있었지만, 아수라의 갑작스러운 행동에 의구심을 가지지도 않은 채 오히려 똑같이 미소를 지었다. 이들도 아수라와 마찬가지로 코스케의 모습을 지켜보고 있었기에 어째서 웃었는지 잘 알고 있었다.

"새로운 요정을 만들었다 했더니만, 이번에는 달의 제단인가요. 코스케는 우리를 정말 즐겁게 해 주네요."

"하지만, 유리에 관해서는 정말 괜찮은 걸까요? 과한 간섭 같은 느낌도 듭니다만……."

"어머, 괜찮아. 왜냐하면, 내가 괜찮다고 결정했으니까."

에리스의 말을 아수라가 정면에서 잘라냈다.

어떤 이유로 인해 평소에는 좀처럼 아스가르드에 간섭하지 않는 아수라지만, 여차할 때는 얼마든지 간섭할 수 있는 힘과 권한이 있다.

"그리고, 지금의 나에게는 예감이 있어. 코스케가, 정체된 이 세계의 상황을 바꿔주지 않을까 하는 예감 말이지. 그러니까 너희도 이래저래 손대고 있는 거지?"

아수라의 말을 듣자, 에리스를 위시한 세 여신은 시선을 돌렸다.

이들 모두 코스케의 권속에게 축복을 내리거나 가호를 내리고 있다. 뭘 어떻게 해도 변명할 수 없다. 그 모습을 본 아수라는 후후후 미소를 지었다.

아수라의 의미심장한 미소를 떨쳐내기 위해 어흠, 하고 한번 헛기침한 에리스가 여느 때와 같은 모습으로 확인했다.

"그럼, 지금까지처럼 문제없는 겁니까?"

"응, 물론이지. 그보다도, 다른 자들을 억누르는 게 힘들겠지?"

코스케의 존재는 삼여신만이 아니라 다른 여신들에게도 퍼지고 있다. 그러나, 갑자기 모든 여신들이 얽히게 되면 여러 문제가 발생할 수 있기에, 삼여신이 억누르고 있는 상황이었다.

"지금은 아직 퍼지지 않았지만, 그것도 시간문제겠죠. 하지만 지금 당장 어떻게 하기도 어려우니까 어떻게든 억누르고 있습니다."

"그래. 이쪽의 억제가 통하지 않게 되는 게 먼저일까, 아니면 코스케 쪽이 빠를까……. 기대되네."

에리스의 보고를 듣고 끄덕인 아수라는 그렇게 말하고는 시선을 창밖으로 돌렸다.

코스케가 탑의 관리를 시작하고 나서 눈에 띄는 행동은 5층의 마을 건설과 크라운 결성 정도지만, 아수라 같은 여신들에게는 그 이외의 변화도 좋은 의미로 간과할 수 없었다. 다른 세계의 상식을 가진 코스케가 앞으로 이 세계의 탑에 어떤 변화를 가져올지. 아수라는 그 미래를 상상해 봤다.

◆쉬어가는 이야기 2 어느 상인의 이야기

류센으로 향하는 도중의 일이다.

지금까지는 딱히 대단한 문제도 일어나지 않았고, 마물에게 습격당하는 일 없이 올 수 있었다. 류센에는 앞으로 한나절 정도면 도착할 수 있다. 그러나 지금까지 행상인으로 쌓은 오랜 경험상, 대부분 마을에 들어가기 직전에 무언가 일어나는 게 일상다반사였다. 당연히 긴장을 풀지 않고 주변에 주의를 기울였다. 그래도 상인인 자신보다는, 자신의 마차를 지키는 호위들이 훨씬 빨리 이변을 알아챌 수 있겠지만.

자신이 주의를 기울이는 건 마물이 아니라 짐마차 안의 상품이다. 어지간한 진동으로는 무너지지 않게 쌓았지만, 짐마차 자체가 뒤집히는 사고가 일어나면 그것도 의미가 없다. 오랜 경험 속에서는 그런 일도 몇 번 일어났다.

그렇기에, 짐마차가 지나는 경로는 예측하지 못한 사태가 일어나지 않게 항상 체크를 게을리하지 않는다.

릭 클립턴.

12세 때 행상의 세계에 뛰어들었다. 이렇게 말하면 멋지게 들리겠지만, 사실 고아였던 자신을 스승이 거뒀다. 당시 자신은 계산 같은 건 전혀 할 수 없었는데도.

스승은 자신을 마음에 들었던 걸까, 아니면 그냥 변덕이었을까. 그 이유는 마지막까지 들을 수 없었다. 12세에 스승 밑에 제자로 들어가 허드렛일을 했고, 17세 때는 스승에게 한 사람 몫을 한다고 인정받았다.

스승은 20세가 되기 전에 세상을 떠났다. 행상 이동 중의 사고였다. 이 대륙에서는 자주 있는 일이지만, 마물의 습격을 받은 것이다. 릭은 우연히 다른 마을에서 대기 중이었다. 들어올 예정이었던 상품이 들어오지 않아서 스승만 먼저 목적지인 마을로 향한 것이다. 릭은 상품을 입수하고 나서 스승을 쫓아갔지만, 마을에 도착했을 때 스승의 마차가 습격당했다는 걸 들었다. 스승이 옮기던 짐은 거의 쓸 수 없는 상태였고, 팔 수 있는 건 없었다고 한다.

실제로는 확인하지 못했다. 습격당한 짐마차를 발견한 경우, 발견한 사람이 짐의 권리를 어느 정도 가질 수 있었으니까.

습격으로 자신의 신변에 무슨 일이 생겼을 때를 위해, 어지간한 행상인은 그 짐의 권리를 다른 이에게 맡긴다. 습격당한 짐마차를 발견한 자가 받을 수 있는 건 그 짐의 극히 일부다. 그렇다면 발견한 걸 전부 가져가려는 자가 나오더라도 드문 이야기는 아니다.

릭은 마물의 습격으로 스승을 잃었지만, 스승은 자신이 가진 판로 등의 권리를 모두 릭에게 맡기게끔 준비해 두고 있었다. 그때의 감정은, 이렇게나 인정해 줬다는 기쁨보다는 스승을 잃은 슬픔이 더 컸다. 그리고 이런 감정을 가진 자신이 의외였다.

릭은 장사에 관해서 스승에게 칭찬받은 기억이 거의 없었다. 기억에 남은 스승의 얼굴은 대부분 화난 얼굴이었다.

그런 생활이었기에 언젠가는 독립해서 스승과 헤어지리라 생각했다. 스승이 어째서 이런 준비를 했었는지는 결국 지금도 알지 못한다. 그래도, 스승이 지금까지 구축한 판로를 잃을 수는 없다면서 정신없이 일했다.

그리고 스승이 세상을 떠난 지 약 15년. 지금도 릭은 이렇게 행상인을 계속하고 있다.

몇 번 사고를 당해 짐을 대부분 잃기도 했지만, 다행히 목숨까지는 잃지 않고 넘어갈 수 있었다. 짐은 잃어도 신용은 잃지 않고 행상인을 계속할 수 있었던 것도 스승이 개척해 준 판로 덕분이라고 생각한다.

릭은 비슷한 일이 일어날 때마다 행상인은 손익 감정만이 아니라 신용이라는 게 중요하다고 여기게 되었다.

◆

결국 류센까지 마물의 습격을 받지 않고 무사히 도착할 수 있었다.

행상인 중에는, 습격이 없다면 호위 같은 건 고용하지 않는 게 나았다고 생각하는 자들도 있다.

그러나 릭은 그렇게 생각하지 않았다. 호위를 고용하는 것도 신용 중 하나라고 생각하기 때문이다. 마을에 도착하자 남은 대금을 호위 모험가들에게 지불하고, 이번에는 해산했다.

행상인은 옮긴 상품을 팔아야 하기에 마을에 도착하고 나서가 진짜 중요하다. 옮긴 짐은 대부분 원래 주문받은 상품이지만, 그 이외의 상품은 릭이 새로운 판로를 개척하고자 다른 마을에서 구입한 것이다.

그런 걸 가게에 가져가서 팔 수 있을지 촉을 확인하는 것이다. 유감스럽게도 새로운 판로는 그다지 쉽게 찾을 수 없지만.

도착한 마을에서 새로운 상품 판매를 시도하던 릭은 도중에 어떤 소문을 듣게 되었다. 류센과 탑을 잇는 전이문을 전개한 조직이, 탑과 새로운 마을을 잇는 문을 만들었다는 이야기였다.

그 이야기를 들은 릭은 저도 모르게 귀를 의심했다.

물론, 탑과 류센을 잇는 전이문이 있다는 이야기는 들었다. 그 전이문을 지나 탑 안에서 다양한 소재를 가져오고 있다는 이야기도. 하지만 그런 소재는 유감스럽게도 릭의 전문 분야가 아니었기에 지금까지는 상관없다고 생각해왔다.

그러나 이번 이야기는 완전히 다르다.

탑과 다른 마을을 잇는 문이 새로 생겼다는 건, 탑을 경유해서 마을에서 마을로 바로 이동할 수 있다는 거다. 소문을 들은 릭은 이 이야기에 달려들지 않을 행상인은 없으리라 생각했다. 당연히 릭도 그 소문의 진위를 확인하고자 각지에서 이야기를 들었다.

그러나 릭이 있던 마을에서는 제대로 정보를 입수할 수 없었기에, 직접 탑에 가보기로 했다. 전이문을 지난 곳에는 새로운 하늘과 대지가 펼쳐져 있었다. 참으로 신기한 느낌이었지만, 이곳이 탑 내부인 모양이었다. 새로운 전이문은 신전의 상인용 창구라는 곳에 가면 들을 수 있다고 해서 릭도 바로 향했다.

당연하다고 해야 할지, 아마 동업자로 보이는 사람들이 그곳에 모여 있었다. 일일이 한 사람씩 설명할 시간이 없으니까 잠시 뒤 설명회를 열 것이다. 그때까지 시간을 보내라. 그런 말을 들었다.

모처럼 남는 시간이다. 이 마을에 있는 상점을 보기로 했다. 가게 안에는 모험가용 상품이 진열되어 있었다.

그건 뭐, 당연하다. 애초에 이 마을에 모이는 건 탑에서 활동하는 모험가들이니까. 그래서인지 소재 매매 카운터 쪽에 많은 인원을 할당하고 있다.

릭이 슬쩍 본 바로도 계속해서 모험가가 소재를 들여오고 있었기에, 전체적으로 보면 상당한 거래가 이루어지고 있었다.

드디어 설명회가 시작될 시간이 되었다. 그러나 그곳에서 들은 이야기는, 유감스럽게도 릭의 기대에는 어긋난 내용이었다. 앞으로 크라운이라는 조직이 설립되며, 그 크라운에 소속되지 않은 상인은 하나의 문밖에 쓰지 못한다는 설명이었기 때문이다. 예를 들어, 류센에서 온 상인은 류센으로 돌아갈 수밖에 없다는 뜻이다. 덤으로 말하면, 모험가로 문을 지나는 사람은 앞으로 대량의 짐을 가지고 탑에 드나들 수 없게 된다고 한다. 조직으로서는 당연한 대응임에도 릭은 유감스러웠지만, 졸라도 소용없다는 걸 알기에 묵묵히 다음 이야기를 들었다. 적어도 모험가를 중개해서 상품을 거래하는 건 불가능하다는 걸 알게 된 것만으로도 충분했다.

탑 측에서 보기에 이 마을이 그저 통과점이 되어버리는 걸 방지하려는 의도가 있다는 건 조금만 생각해 봐도 알 수 있는 일이다. 부정을 저지르려는 자도 나오겠지만, 발각된 경우에는 앞으로 두 번 다시는 탑에 출입할 수 없다는 설명이 있었다.

전이문은 개개인의 마력이나 성력을 식별할 수 있기에 한 번 출입 불가로 등록되면 문 자체가 반응하지 않으며, 문을 쓰지 못하게 된다. 이해득실에 밝은 상인들이 그런 위험을 무릅쓸 리는 없다. 적어도 릭은 그런 모험을 할 생각이 없었다. 언제라도 전이문을 쓸 수 있는 게 월등히 이득이니까. 상품 자체의 이동은 못하더라도 자신이 이동하는 것만으로도 메리트는 크다.

문에 관한 이야기가 끝난 뒤에는 크라운에서 상인 부문이 어떤 것인지에 관한 이야기가 나왔다. 오히려 이쪽 이야기가 릭에게는 실익이 있었다. 일반적으로 상인 길드에 소속되면 행상인에 비해 상인으로서 자유롭게 활동하는 범위가 줄어든다. 그러나 그런 제약이 일반적인 길드보다 적었다.

마지막으로 설명 담당자가 크라운 소속을 희망하는 자는 언제든 환영한다는 말로 설명회가 끝났다.

탑에서 류센으로 돌아온 릭은 탑의 조직에 소속될지 말지를 본격적으로 고민했다. 그렇지만 지금까지의 판로도 있기에 바로 탑의 조직에 소속될 수는 없었다. 한동안 행상인으로 활동하게 되리라. 그동안 향후의 신변을 결정하기로 했다.

크라운이 생긴 당초에는 많은 모험가가 물 밀 듯이 입회했다. 그러나 그 덕분에 탑에서 나오는 소재 대부분이 온 대륙으로 퍼졌다. 그리고 그걸 본 많은 행상인들이 더 많은 수익을 원하며 크라운에 소속되었다. 그리고 릭도 그 흐름에 동참하여, 크라운이 정식으로 릴라 아마미야라는 이름을 대기 시작할 무렵에 새로운 수익을 찾아 크라운에 소속되게 되었다.

◆쉬어가는 이야기 3 코스케와 마법진

코스케 일행이 천궁탑을 공략하기 전, 모험가로 활동할 무렵의 일이다.

코스케는 코우히와 함께 찾은 마도구점에서 처음으로 마법진을 보았다.

"흐응. 이게 마법진인가."

"네."

마도구점에 놓인 마도구는 진짜라는 걸 증명하기 위해 마법진을 공개하고 있는 게 있다. 비싼 물건은 마법진 자체를 은닉하지만, 일반적으로 사용하는 건 공개하여 가게 자체의 신용을 확보하는 것이다. 물론, 마법진을 공개하느냐 마느냐는 가게 사람과 제작자 사이에서 상의한다.

그런 상품은 마도구에 사용하는 마법진을 볼 수 있게 해놓는다. 점원에게 부탁해서 볼 수도 있지만, 손님이 직접 볼 수도 있다.

유감스럽게도 코스케는 안에 수납된 마법진을 밖으로 꺼내지 못했기에 코우히에게 부탁해서 꺼내달라고 했다.

처음으로 본 마법진은 동그란 원에 둘러싸인 몇몇 문양이 그려져 있었다. 애초에 마법진은 종이나 소재 위에 그려서 사용하지만, 이런 마도구에 쓸 때는 특수한 방법을 써서 소재 안에 『수납』한다.

마도구는 『수납』의 방법이 확립되고 나서야 일반적으로 퍼지게 되었다. 그전에는 직접 마법진을 그렸기에 사용하는 소재의 양도 많았고, 큰 것밖에 만들지 못했다. 그러나 마도구 자체의 소형화로 쓰기 쉬워졌다고 해도 값이 비싼 게 대부분이라 일반 서민들 사이에도 침투했다고 보기는 힘들다. 귀족이나 거상을 제외하면 마도구를 구입하는 건 어느 정도 돈을 버는, 다시 말해 랭크가 높은 모험가다. 그래서 이런 마도구점에서 팔리는 건 모험가용이 많다. 귀족이나 거상용은 가게 앞에 진열하는 게 아니라 상인이 직접 판매한다.

공중에 뜬 몇몇 마법진을 비교한 코스케가 어떤 걸 눈치챘다.

"역시 똑같은 기호가 쓰이기도 하는구나."

"그렇죠. 간단한 마법진뿐이라서 똑같은 사용법을 쓰니까요."

예를 들어, 발화를 위한 도구와 발광을 위한 도구는 똑같은 불의 기호를 쓴다. 그 후에 태울지, 빛나게 할지 정하면 되니까 시발점이 똑같은 건 당연하다. 그래도 더 고도의 마법진이라면 그런 간단한 기호는 생략하고 조금 더 복잡해지니까 초보자는 봐도 모르는 내용이 된다.

"흐음. 그렇구나."

고개를 끄덕이면서 몇몇 마법진을 비교하는 코스케를 바라보던 코우히는 문득 뭔가 떠올랐는지 두 사람 옆에 있던 점주를 봤다.

이때는 다른 손님이 없었기에 점주도 두 사람의 모습을 보고 있었다.

"지금 보는 것 말고, 바람 계통은 없습니까?"

"코우히?"

"네네. 있습니다. 잠시만 기다려주세요."

코우히의 말에 코스케는 고개를 갸웃했지만, 점주는 의도를 짐작했는지 바로 원하는 걸 가져다줬다.

"자. 이건 어떻습니까?"

그걸 건네받은 코우히는 만족스럽게 끄덕였다.

"과연. 꽤 좋군요. 전부 주시겠습니까?"

"네. 매번 감사합니다."

점주는 코우히의 말을 듣자 씨익 미소를 지었다.

코우히의 갑작스러운 행동에 코스케는 귀를 기울였지만, 숙소 방에 진열된 마도구를 본 미츠키는 납득한 듯 끄덕였다.

"확실히 좋은 방법일지도 모르겠네."

"네. 무엇보다 알기 쉬우니까요."

"그러게."

둘이서 납득하며 코스케만 멀뚱히 남겨진 상태가 되었지만, 두 사람의 설명을 듣자 겨우 의미를 알게 되었다.

코우히는 마법진을 써서 코스케에게 마법의 기초를 가르쳐 주려는 것이다.

화학이나 물리학 분야에 한해서는 코스케도 원래 세계의 지식이

다소 있기에 이해할 수 있다. 그러나 그런 분야에 속하지 않는 부분, 예를 들어 불 마법에서 빛만을 꺼낸다는 식으로 눈에 보이지 않는 분야에 관해서는 도저히 이해하기 힘든 점이 있었다. 그걸 마법진이라는 눈에 보이는 형태로 이해하게 도와주려는 것이다. 덤으로 가게에서 마법진을 보던 코스케가 거기에 그려진 다양한 기호에 거부감을 보이지 않았다는 것도 크다. 교과서라는, 글자로 표현된 책으로 배우는 것에 익숙한 세계에서 온 코스케다운 학습법이라 할 수 있다.

마법진을 사용한 마법 학습은 코우히의 생각이 그대로 들어맞아서, 코스케는 막힌 부분에서 벗어날 수 있었다. 그것만이 아니라 마법진 자체에 흥미를 보인 코스케가 차례차례 그 기술을 자기 것으로 삼은 건 코우히에게도 예상 밖의 일이었다.

처음에 구입한 마도구에 그려진 기호만으로는 부족해진 코스케는 코우히나 미츠키에게 다양한 걸 배웠다. 그 결과, 이때 배운 기초적가 나중에 도움이 되지만, 그때 세 사람은 그런 걸 알 리가 없었다.

◆

탑 공략을 무사히 이뤄낸 코스케는 관리층을 개장할 때 조금 고민하고 있었다.

"어머, 뭘 고민하고 있어?"

미츠키가 코스케를 보더니 고개를 갸웃하며 물었다.

"모처럼 느긋하게 지낼 수 있는 거점을 얻었는데, 탑 관리만 하며 보내는 건 어떤가 싶어서. 뭔가 시간을 때울 수 있는 게 있으면 좋겠는데."

"그럼 전부터 말했던 마도구 제작이라도 해 보는 게 어때?"

코스케는 탑 공략을 시작하기 전부터 마도구를 직접 만들고 싶다고 말했었다. 그러나 유감스럽게도 그걸 할 곳이 없었다.

미츠키의 제안을 듣고 그건 그렇다고 수긍한 코스케는 바로 연구실을 만들기로 했다. 그와 동시에 메뉴 안에 있던 책을 몇 개 준비했다. 책을 메뉴에서 꺼내려면 어느 정도 신력을 사용하지만, 원래 가격을 생각하면 어쩔 수 없다. 이 세계에서 책은 비싸니까.

마도구를 만들기 위한 환경을 갖춘 코스케는 바로 연구실로 향했다.

연구실이라고 해도 평범한 방에 책상과 책장을 놓았을 뿐이다. 살풍경한 곳이지만, 그래도 코스케는 만족했다. 덤으로 막 꺼낸 책을 들고 내용을 확인했다.

처음에 읽은 것은, 그중에서도 가장 간단해 보이는 마도구 제작 입문서 같은 책이었다. 코스케는 그저 확인을 위해 조금 읽어 보려 했는데, 어느새 식사 시간이 되어 코우히가 부르러 올 때까지 읽고 말았다.

그리고 그 책을 독파한 무렵에는 당연하게도 마도구를 만들고 싶어졌다. 다행히 마을에서 도구를 구입할 자금은 충분히 있다.

다음 날. 코우히와 미츠키를 데리고 마을을 찾은 코스케는 모을 수 있는 도구를 전부 사서 탑으로 돌아왔다.

"좋아, 해냈어!"

인생에서 처음으로 마도구를 완성한 코스케는 저도 모르게 기뻐 소리쳤다. 처음 조립한 모형이 완성했을 때의 감각이라서 코스케는 쑥스러움을 느꼈지만, 다행히 그때는 코우히도 미츠키도 곁에 없었다.

이렇게 코스케는 인생 최초의 마도구를 만들었지만, 아직 재료는 남았다.

그리고 마도구를 만드는 즐거움을 깨달은 코스케는 이후에도 차례차례 기초적인 마도구를 완성해 나갔다.

(탑을 관리해 보자 2권 끝)

캐릭터 디자인 공개
Part 2

『탑을 관리해보자 ②』에서 활약하는 캐릭터를 소개!
사메가미 씨의 캐릭터 디자인도 특별 공개합니다 ♪

아수라

코스케의 영혼이 날아온 세계, 아스가르드를 관리하는 여신. 코스케를 보호하면서 그 행동을 지켜보고 서포트해 준다.

에리스

아스가르드의 삼대신 중 하나, 여신 에리사 미르로 숭배받는 존재. 아수라와 마찬가지로 코스케를 지켜보고 있다.

스피카

아스가르드의 삼대신 중 하나. 에리스의 동생으로, 아수라와 에리스가 도와주는 코스케에게 흥미가 있다.

자르

아스가르드의 삼대신 중 하나. 여신 자미르로 숭배받고 있다. 에리스와 스피카의 동생으로, 코스케에게 관심을 보인다.

원리

코스케가 소환진으로 소환한 요호의 리더격
존재. LV이 올라가 인간형(미소녀!)으로도
변할 수 있게 되었다.

피치 트레인

서큐버스 데프레이야 일족의 여성. 코스케
조차도 무심코 끌려갈 만큼 강력한 매료의
힘을 가졌다.

유리

코스케가 설치한 신사에 나타난 요정. 아수
라에게는 몸을, 코스케에게는 이 세계에 존
재할 힘과 이름을 받았다.

【천궁탑 아마미야】

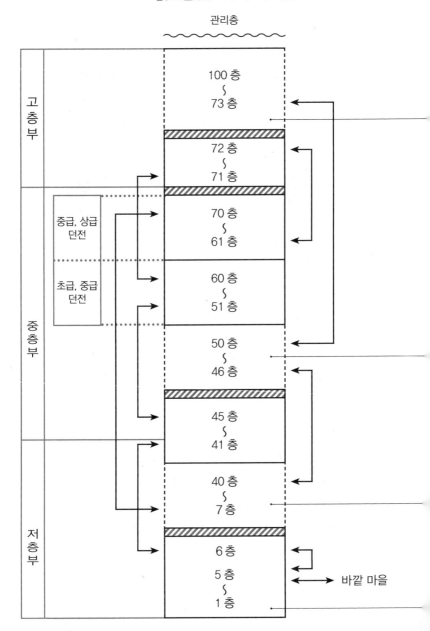

[설치물 및 마물]

77 층	데프레이야 일족의 마을
76 층	버밀리니아 성(흡혈 일족) 이그리드 마을
73 층	엘프 마을 세계수의 어린나무 푸리에 풀

[설치물 및 마물]

48 층	축사, 신사, 작은 샘, 신성한 바위, 태양의 조각, 달의 조각, 별의 조각 마물=요호, 다미호
47 층	축사, 작은 샘, 신성한 바위, 달의 보석 마물=회색 늑대, 흰 늑대
46 층	축사, 작은 샘, 신성한 바위 마물=난화

[설치물 및 마물]

9 층	축사, 작은 샘, 신성한 바위 마물=회색 늑대, 검은 늑대
8 층	축사, 신사, 작은 샘, 신성한 바위, 태양의 조각, 달의 조각, 별의 조각 마물=요호, 다미호, 천호, 지호
7 층	축사, 작은 샘, 신성한 바위 마물=회색 늑대, 검은 늑대

[설치물 및 마물]

5 층	탑 마을, 크라운 본부, 신전 마물 = 회색 늑대
2 층	푸리에 풀
1 층	외부로 통하는 출입구 현재 사용 불가

후기

여러분. 오랜만입니다. 소슈입니다.

『탑을 관리해보자』 2권을 구입해 주셔서 정말 감사합니다. 1권에 이어서 즐겨주셨으면 다행이겠습니다. 1권이 발매된 지 몇 달. 거의 지금까지와 변함없는 생활을 보내면서 2권 서적화 작업을 진행했는데, 어떻게든 무사해 발매할 수 있게 되었습니다. 감사합니다.

작가 자신에게는 두 번째 서적이 됩니다만, 변함없이 여러모로 두근두근하고 있습니다. 아마 아무리 지나도 익숙해지지는 않으리라 생각합니다. 그게 좋은 일인지 나쁜 일인지는 모르겠지만요. 과연 어떨까요.

자, 그럼. 개인적인 감상은 이쯤 해두고 중요한 책 내용으로 들어가겠습니다. 표지나 삽화를 보고 알아채셨으리라 생각하지만, 2권은 살색 비율이 높은 권이 되었습니다. 사메가미 님의 일러스트가 그런 장면들을 더욱 근사하게 보여주고 계십니다. 감사 또 감사입니다.

애초에 『탑을 관리해보자』는 전체적으로 보면 그런 장면이 그리 많은 작품은 아닌데, 어찌 된 영문인지 2권에 모이고 말았습니다. 물론 이런 곳에서 이런 걸 쓰고 있는 만큼, 의도한 건 아닙니다. 어째서일까요. 작가 자신도 굉장히 의아합니다.

그리고 1권에서 탑을 관리하게 된 코스케가 이번 2권에서 본격적으로 탑 관리를 시작하게 되었습니다. 코스케가 탑을 어떤 식으로 관리해나가는지, 본인은 알지 못하는 곳에서 여신님들도 똑똑히 지켜보고 있습니다.

　게다가 코스케 자신은 그것과는 별도로 새로운 재능(?)을 개화해나가게 됩니다. 그게 무엇이냐면, 마법진과 마도구(신구 포함) 개발입니다. 그 마법진과 마도구와의 만남에 관한 이야기를 2권에 넣었습니다. 이쪽 이야기는 인터넷 연재에서도 미공개인 새 에피소드입니다. 어떠셨습니까? 이런 일을 거쳐서 푹 빠지게 되었다는 것이 여러분에게도 전해졌다면 다행이겠습니다.

　그럼 슬슬 얼마 남지 않았기에, 이쯤 해서 2권 후기는 끝내도록 하겠습니다. 아직 본문을 읽지 않으신 분은 부디 일독해 주시면 좋겠습니다.

　마지막으로, 감사의 멘트입니다.

　편집 및 담당자 여러분, 근사한 일러스트를 그려주신 사메가미 님. 그리고 무엇보다, 이 『탑을 관리해보자』르 읽어주신 독자 여러분. 누구 하나 빠졌다면 2권은 완성되지 않았을 겁니다. 이 자리를 빌려서 감사의 말씀 드립니다. 감사합니다.

소슈

미녀들이 반하는 인생

탑을 관리해 보자 3

(글 : 소슈/그림 : 사메가미)

계속해서 가속 중!

일손이 부족해진 5층 관리자 후보로
다른 대륙에 있는 왕국에서 왕자가 찾아왔다?!
폭풍을 예감케 하는 이세계 관리 스토리, 제3탄!

오는 12월 출간 예정!

탑을 관리해 보자 2

2023년 10월 20일 제1판 인쇄
2023년 10월 25일 제1판 발행

지음 소슈
일러스트 사메가미

발행 영상출판미디어(주)
등록번호 제 2002-000003호
주소 07551 서울특별시 강서구 양천로 570 NH서울타워 19층
대표전화 02-2013-5665

ISBN 979-11-380-3451-7
ISBN 979-11-380-3193-6 (세트)

구매 시 파손된 도서는 구매처에서 교환하실 수 있습니다.
기타 불편사항, 문의사항이 있으신 독자님께서는 노블엔진 홈페이지
[http://novelengine.com] 에서 Q&A 게시판을 이용해 주시기 바랍니다.

리빌드 월드

1~4

옛 문명의 유산을 찾아서 수많은 유적에 헌터들이 몰리는 세계.
슬럼의 소년 아키라는 풋내기 헌터가 되어서 목숨을 걸고 구세계의 유적에 첫발을 내디딘다.
그곳에서 아키라가 마주친 것은 유령처럼 배회하는 정체불명의 미녀 〈알파〉.
알파는 아키라가 유적을 공략하게 도와주는 대신, 특별한 의뢰를 요청하는데──?

의지와 각오를 품고, 소년이여 날아올라라!
옛 문명의 유적을 둘러싼 헌터들의 뜨거운 SF 배틀 액션!

ⓒNahuse 2021 Illustration : Gin,yish
KADOKAWA CORPORATION

나후세 지음 / 긴, 와잇슈 일러스트

영상출판
미디어㈜

애니메이션 시즌 2 2023년 4월 스타트!
인기 이세계 판타지, 제26탄!

이세계는 스마트폰과 함께.

26

아이들도 여덟 명이 합류해 더욱 소란스러워진 토야와 그 주변.
익숙해지면 질수록 교류도 늘어,
토야는 아이들의 여러 취미와 요구에 시달리게 되는데?!
그 규모는 작은 것에서부터 전 세계를 내달리는 것까지 다양하고······

아이들을 위해서라면 어디든지 가겠어!
즐겁고 느긋한 이세계 판타지, 드라마 CD 특별한정판과 함께 등장!

후유하라 파토라 지음 / 우사츠카 에이지 일러스트

영상출판
미디어(주)